川端康成

孤独を駆ける

十重田裕一
Hirokazu Toeda

岩波新書
1968

はじめに

本書は、今から約一〇〇年前の日本で創作活動を開始した川端康成（一八九九―一九七二年）の文学者としての軌跡を、一九世紀から二〇世紀にかけて大きく発展を遂げたメディアとのかかわりのもとにたどっていくことを目的とする。

川端康成の活動期間は、西暦では一九二〇年代から七〇年代の約半世紀に及ぶ。関東大震災前後からアジア・太平洋戦争、アメリカによる占領、東西冷戦、高度経済成長など、日本国内外の激動と変化の時代であった。川端が文学者を志して華々しく活躍を始めた時期には、新たな出版社が次々に創業、新聞・雑誌の発行部数が増加した。他方、一八九五年に誕生した映画は、日本では一九二〇年代から三〇年代にかけてサイレントからトーキーに移行して国民文化となる。この時代は、ラジオ放送も開始（一九二五年）となって多くの聴衆を集めるなど、メディアの拡大期であった。戦時下において文化統制が行われたマス・メディアは、総力戦体制に活用された。戦前・戦中には内務省の検閲、敗戦後にはアメリカ軍による占領下で実施されたＧＨＱ／ＳＣＡＰ（連合国軍最高司令官総司令部）の検閲という、二つのメディア検閲と葛藤しながら創作を繰り広げていく。その後、高度経済成長期に出版された多数の文学全集や文庫本などを通じて、川端の文学は多くの読者を獲得した。国語教科書にも採録され、ますます知られていくことになるのである。

活字メディアだけでなく、映画やテレビなどの映像メディアを通じて、川端康成の文学は繰り返し発信され、受容されていった。一九五一(昭和二六)年九月にサンフランシスコ講和条約が調印されてから二年後にはテレビ放送が開始(一九五三年)となる。高度経済成長期を背景とする活字文化の隆盛と、黄金時代を迎えた日本映画、普及するテレビ・ドラマの時代においても、川端は文学者として活躍していた。とりわけ映画化とテレビ・ドラマ化は、川端の作家名を広く世に知らしめると同時に、その創作をより多くの観客、読者に伝える重要な契機になった。映画については、「伊豆の踊子」をはじめ、「雪国」「山の音」「千羽鶴」「古都」「みづうみ」「眠れる美女」など、代表作の多くが映画化されている。一方、テレビ・ドラマについては、NHKが一九六〇年代に「連続テレビ小説」として「伊豆の踊子」のドラマを製作、放映した。その後、現在も続く「朝の連続テレビ小説」が開始され、川端は「たまゆら」を書き下ろしている。このようにして、川端の文学は、「文芸映画」や「テレビ小説」を通じて人口に膾炙していくことになったのである。

以下では、日本人で最初のノーベル文学賞を受賞し、約五〇年前に没した文学者の軌跡を、大正時代から昭和時代のメディアの展開とともにたどることにしたい。

目　次

はじめに

第一章　原体験としての喪失――出生から上京まで……1
1　天涯孤独の感覚と他者とのつながり
2　川端康成の日本語観
3　文学者を志して上京する
《コラム》1　臨時国語調査会と川端康成／2　はじまりとしての「招魂祭一景」

第二章　モダン都市とメディアを舞台に――「伊豆の踊子」と「浅草紅団」……31
4　新感覚派の旗手として
5　一九二六年、映画との遭遇

6　「名作」はつくられる
7　帝都復興を映し出す「浅草紅団」
《コラム》3　『文藝時代』同人たちの去就／4　共同製作に携わった歓び／5　学生時代の恋愛と別れ／6　復興する東京のパノラマ

第三章　戦中・戦後の陰翳――書き続けられる「雪国」……97
8　文芸復興期前後の活躍
9　言論統制と「雪国」
10　新人発見と育成の名人
11　女性作家支援と女性雑誌での活動
《コラム》7　競い合う創作／8　創作と後進支援の舞台裏

第四章　占領と戦後のメディアの中で……149
12　知友たちの死と鎌倉文庫
13　GHQ／SCAP検閲下における創作と出版
14　占領終了前後に紡がれる物語

15　高度経済成長期のノスタルジー
《コラム》9　美術品の収集と死者との対話／10　敗戦後の文学全集と文庫本／11　教室の中のベストセラー／12　「伊豆の踊子」とツーリズム

第五章　世界のカワバタ ——「古都」から「美しい日本の私」へ …… 205
16　文学振興への献身
17　翻訳と「日本」の発信
18　ノーベル文学賞への軌跡
《コラム》13　川端康成と松本清張／14　「弓浦市」と『富士の初雪』

おわりに …… 239
主要参考文献 …… 244
あとがき …… 253
図版出典一覧／川端康成原作映画一覧／川端康成著作目録／川端康成関連年表

凡例

一、引用文の漢字や変体仮名は、原則として現行の字体に改めた。仮名遣い・送り仮名は底本のままとした。明らかな誤植・脱字等と判断されるものについては訂正した。ただし、固有名詞など必要と思われる箇所には、旧字体や俗字・異体字などを残した場合がある。振り仮名、傍点・圏点等については適宜取捨選択した。

二、単行本の書名、叢書名、新聞・雑誌名は『　』(欧文はイタリック)、その他のテクストのタイトルは「　」(欧文は“　”)で表記した。

三、本文中における引用は、「　」で括った。ただし、長めの引用については、二字下げとした。

四、年号は西暦を用い、必要に応じて(　)内に元号を補った。

五、引用文に見られる不適切な表現については、歴史性を考慮してそのままにした。

六、川端康成の著作の引用は、原則として『川端康成全集』全三五巻・補巻二(新潮社、一九八〇―八四年)を底本とし、これに従った。

第一章

原体験としての喪失

——出生から上京まで

1　天涯孤独の感覚と他者とのつながり
――「父母への手紙」と「十六歳の日記」

手紙と日記 ――伝えることと記録すること

川端康成のメディアへの関心は、他者との交流を強く求める思いと深く関連する。幼少期から少年時代にかけて近親者との去らぬ別れを経験し、孤独であったこととも少なからぬかかわりがあるだろう。

川端は言葉を紙に記し、「手紙」を介して自分の思いを他者に伝えていくことに強い関心を持っていた。それは、幼くして喪った父母のことを題材とする「父母への手紙」のタイトルに表れている。また、親交のあった人々との別れに際して弔辞を数多く読んだことにもうかがえる。中学生時代の川端が地方新聞『京阪新報』に持ち込んだ「H中尉に」（一九一六年）が、架空の中尉からの手紙に対する返信という形式を持つ習作であったことも無縁ではない。この時期には、孤児であることをモチーフとする「手紙一」「手紙二」というタイトルの未発表小説も創作していた。同じく未発表の小説に「五つの手紙」「絵葉書」もある。

また、新感覚派時代の実験的な小説「青い海黒い海」（『文藝時代』一九二五年八月）においても、「第一の遺言」「第二の遺言」「作者の言葉」の三部構成がとられている。ここからも、川端が創作に際して手紙形式を重視していたことがうかがえるだろう。

他者とつながり、心を通わすことを強く求める思いが、川端の文学の基盤をかたちづくっていた。言葉で表現することへのこだわりがあったことで、川端は文学者の道を歩むことになる。他者と自己とをつなぐ媒体への関心は、言葉だけにとどまるものではなく、写真・映画・ラジオ・テレビなどにも及んでいた。テレパシーへの関心も、ここにいない他者との交信に対する強い思いの表れであった。

映画・ラジオ・新聞については後述するが、近年、彼が撮影した写真が次第に公開されるようになり、川端の写真への関心が並々ならぬものであったことが明らかとなりつつある。「写真」(『文藝時代』一九二四年一二月)、「花ある写真」(『文学時代』一九三〇年四月)、「広告写真」(『週刊朝日』一九三四年四月)など、「写真」をタイトルに使用した小説もある。また、写真が作中で重要な装置として機能する小説も見られる。日高昭二が明らかにしているように、川端の小説において写真が重要な機能を果たしていることは少なくない［日高、一九九五］。

川端のもう一つの関心は、言葉を紙に記して記録することである。初期の代表作「十六歳の日記」というタイトルにもうかがえるように、川端は「日記」に強いこだわりを持っていた。「十六歳の日記」は小説であるが、日々の思いを記録した実際の日記も長年にわたって書き続けている。

川端は多くの日記を遺し、その中では、後年、自らが日本人で最初に受賞するノーベル文学賞について、一九一六(大正五)年一月二〇日の日記に次のように記していた。

俺はどんな事があらうとも英仏露独位の各語に通じ自由に小説など外国語で書いてやらうと思つてるのだから　そしておれは今でもノベル賞を思はぬでもない　……

この日記が書かれた一九一六年は第一次世界大戦の最中にあり、翌年にはロシア革命が起こる世界的な転換期にあった。国際化の進展にともない、この時期には日本でも世界各国の文学が盛んに紹介されていた。そうした背景にあって、若き日の川端は、彼が生まれた二年後の一九〇一(明治三四)年に創設されてまもないノーベル賞への思いを日記に記していたのであった。

また、川端は日記を書き続けることで、自己確認をすると同時に、精神の安定を得ようとしていた。日記の特色を多角的に分析したベアトリス・ディディエ『日記論』は、ジャック・ラカンの「鏡像段階論」を援用し、日記を書くことが母胎的な逃避の場となると述べていた〔ディディエ、一九八七〕。また、精神的・肉体的な分散・細分化の幻覚から逃走し、自己の包括的イメージを獲得する装置として機能するとともに、自己確認の場となることを指摘していた。「日記が毎日つけられることによって生じる連続性は、安心を与えてくれる」と、日記の継続性がもたらす精神の安定についてもディディエは言及している。こうした指摘は、幼年・少年時代に両親を含む親族を相次いで亡くし、日記を書き続けた川端にも当てはまるのである。

一九世紀末に生まれて――「少年の頃から自分の家も家庭もない」

一九世紀末の一八九九（明治三二）年に生まれた川端康成は、幼年・少年期を故郷の茨木でどのように過ごし、言葉で表現することにいかに関心を持つようになったのだろうか。川端の経歴をたどりながら、彼が習作期にどのような創作を試み、日本語に対してどのような考えを抱いていたか、文学者としての胎動期に照明を当てることにしたい。

はじめに川端の履歴を確認したうえで、彼が東京で作家としてどのような胎動期を送ったかをたどることにする。川端は、一八九九年六月一四日、父・栄吉、母・ゲンの長男として大阪で出生。四歳年上に姉・芳子がいた。父は医学を学び、大阪に医院を開業している。その父が一九〇一（明治三四）年に亡くなった。翌一九〇二年には母が死去し、川端は祖父、祖母に引き取られることになる。東京帝国大学の学生時代に発表した小説「油」（『新思潮』一九二一年七月）の書き出しは、以下のように、幼年期に死去した両親の記憶がないことを語る一文であった。

父は私の三歳の時死に、翌年母が死んだので、両親のことは何一つ覚えてゐない。

また、この二年後に発表の小説「葬式の名人」（『文藝春秋』一九二三年五月、原題は「会葬の名人」）は、住む家も家庭もないことを示す一文から書き始められていた。

私には少年の頃から自分の家も家庭もない。

さらに、二年後に発表の小説「孤児の感情」(『新潮』一九二五年二月)は、両親の記憶が甦ってきたことを示す一文から書き出されていた。

父母――父母といふ言葉が久し振りで私の頭に浮んで来た。

こうした川端の初期小説からは、家族のない孤独感と父母への思慕がいかに深いものであったかがうかがえる。そして、川端がそうした主題を繰り返し小説にしていたことが明らかとなる。

川端は後年、早くに失った両親に語りかける形式をとりつつ、祖父母、姉、親戚の従姉妹たち、初恋の女性の思い出などが織り込まれた小説「父母への手紙」を次のように発表している。

第一信:「父母への手紙」(『若草』一九三二年一月)
第二信:「後姿」(『文学時代』一九三二年四月)
第三信:「父母への手紙(つづき)」(『若草』一九三三年九月)
第四信:「手紙」(『文学界』一九三三年一〇月)
第五信:「あるかなきかに」(『文藝』一九三四年一月)

縁ある人々との出会い、交流、別れを亡き父母に語りかける小説を、三〇歳代になって創作していることは興味深い。孤独であったこととも少なからぬかかわりがあるのだろうが、人とのかかわりを大切にしていた川端の在り方がうかがえる。それと同時に、「父母への手紙」には、幼少期から少年時代にかけての姿が映し出されている。

一九〇六年、川端は尋常高等小学校に入学する。病弱で欠席がちであったが、作文に才能を発揮し、優れた成績をおさめた。この年、祖母が亡くなり、一九〇九年には姉の芳子が死去した。一九一二年、大阪の茨木中学校に入学、一九一四(大正三)年に祖父が死去したことで孤児となり、母の実家に引き取られた。川端、一五歳の時のことである。

孤児の感情――祖父の介護を記録した「十六歳の日記」

視力を失った祖父の介護とその最期までを題材とし、後年、川端は「十七歳の日記」(『文藝春秋』一九二五年八、九月)を発表している。この小説は、単行本『伊豆の踊子』(金星堂、一九二七年)収録時に「十六歳の日記」と表題が改められた。「十六歳の日記」は若き日の川端の洞察が随所にうかがえる、川端の文学的な出発を考えるうえで重要な作品である。それと同時に、自作を書き換える川端の創作の特色を示していた。この小説の冒頭で「――作者言ふ。括弧の中は二十七歳の時書き加へた説明です――」と一〇年前の日記を書き換える形式をとっている。「十六歳の日記」は、少年の視点から祖父の介護についても書かれた。この小説は、介護文学としての特色も合わせ持つ。「十六歳の日記」については、「処女作を書いた頃」(『新女苑』一九三八年六月)の中で次のように述べている。

これは字句の誤りを正したほかは、十六歳の原文そのままだ。書き直さうにも直しやうがないのである。二十七歳の時、「文藝春秋」に発表したが、十年前にこんな暮しをしてたとは、この日記以外に追憶のすべもなく、想像も及ばなかつた。私の唯一の真率な自伝であり、私には尊い記録である。そしてまた、私の作中では傑れたものである。十六歳の時から、私の文学になんの進歩があつたかと、感慨無量だ。私の文才は決して早熟ではなかつた。ただ身辺の素直な写生が、動かし難い作品を残したのである。

天涯孤独となった川端の、いわゆる孤児の感情は、彼の文学の特色を考えるうえで逸することのできないものである。それは、「伊豆の踊子」はもとより、「葬式の名人」「孤児の感情」など、川端の多くの小説の重要なモチーフとなっている。「葬式の名人」は小説のタイトルであると同時に、家族や多くの友人たちを看取る、あるいは見送ることの多かった彼自身のことを指し示す表現としても用いられていたのである。

川端は、目が不自由であった祖父のために朗読をしていた経験もあり、耳で聞いてわかる日本語を重視していた。この個人的な体験が、その後の彼の日本語観を醸成することになる。父母を早くに亡くし、祖父と生活した日々の出来事については、虚構を交えて「十六歳の日記」に書き留められている。この少年期の体験が、川端の日本語や文章に対する考え方をかたちづくったとしても、決して不思議ではない。そうした言葉の選択は、川端自身の嗜好の表れでもあり、また、彼の個人的な体験に根ざしていたのである。

2　川端康成の日本語観――「書き言葉」から「話し言葉」へ

耳で聞いてわかる日本語――「音読が私を少年の甘い哀愁に誘ひこんでくれた」

少年期の体験は、川端の言語観・文章観とも密接にかかわっていた。そのことは、『新文章読本』（あかね書房、一九五〇年）の「まへがき」で、少年時代の文章体験について次のように述べていることからもうかがえる。

少年時代、私は「源氏物語」や「枕草子」を読んだことがある。手あたり次第に、なんでも読んだのである。勿論、意味は分りはしなかつた。ただ、言葉の響や文章の調を読んでゐたのである。

それらの音読が私を少年の甘い哀愁に誘ひこんでくれたのだつた。つまり意味のない歌を歌つてゐたやうなものだつた。

しかし今思つてみると、そのことは私の文章に最も多く影響してゐるらしい。その少年の日の歌の調は、今も尚、ものを書く時の私の心に聞えて来る。私はその歌声にそむくことは出来ない……。

この「まへがき」の冒頭で、川端は「音読」の体験が、自身の文章の秘密であると述べていた。

意味もわからないまま、少年時代に源氏物語や枕草子の「言葉の響や文章の調を読んでゐた」と述べ、その体験が「文章に最も多く影響してゐるらしい」と記していたのである。

川端は、耳で聞いてわかる日本語を使って小説を書くということを、エッセイや評論の中で繰り返し主張していた。たとえば、「日本語――文藝寸言」(『時事新報』一九二四年一二月三〇日)の中で、自身の文章観を次のように述べている。

> 私は、耳で聞いただけでは意味が分らない言葉を多く使つた文章、眼で文字を見ないと分らない熟語を多く用《つか》つた文章には反対である。リツン・ランゲイジはもつともつとスポオクン・ランゲイジに近づいて然るべきである。

この一節は、川端の文章観を的確に表している。「文藝張雑」(『帝国大学新聞』一九二九年一〇月二八日)という文章の中では、「少くとも小説の文章は、音読するのを耳で聞いただけで、すつかり意味が通じるのを、理想としなければならない」と書いていた。また、「走馬燈的文章論」(『改造』一九三〇年一月)という文章においても、「僕は近代の文章の一つの流れを、リツン・ランゲイヂからスポオクン・ランゲイヂだと思つてゐる」、「一言で云へば、音読して意味の通じる文章を、僕は理想としてゐるのだ」と、自らの文章の理想について繰り返し述べていたのである。

川端は文章に対して、耳で聞いただけでわかる文章こそが最善であるという考え方を持っていた。それは大きく変わることなく、ほぼ一貫していた。引用に見られるように、日常使用される言葉はもとより、小説の言葉においても、「リツン・ランゲイヂ」から「スポオクン・ランゲイヂ」へ、すなわち「書き言葉」から「話し言葉」へと推移していくことが望ましいと、主張していた。

こうした川端の日本語に対する考え方は、その後の「国語」改革の動向とも少なからずかかわっている。川端の少年期は「標準語」政策が実施される時期に重なり、上京後、習作期を経て作家として活動していく時期は、「書き言葉」を「話し言葉」に近づけていこうとする日本語の急進的な改革運動の時期に対応していたからである。

大正時代の「国語」改革をめぐって――「耳で聞いただけで意味の分る文章」の礼讃

「書き言葉」から「話し言葉」へという川端の主張は、一九二〇年代、大正時代から昭和時代初期の、日本の「国語」改革と深く関連していた。

一九一八(大正七)年に原敬が内閣総理大臣に就任し、一九二一年に発足した臨時国語調査会が「国語」改革を実現化させていく。漢字節減論、仮名遣いを発音式に改変するなど、調査会の国語・国字改革について、作家としての活動を始めて間もない川端は、継続的に発言を行っていた。

臨時国語調査会発足の翌年の一九二二年に発表された「現代作家の文章」(『文藝講座』一九二五年一〇、一一月)の中で、自分の日本語観を次のように述べている。

文語と口語との差別を絶対に撤廃すると云ふことは、理論的にも実際的にも不可能なことであらうが、現代語に於けるその二者の間の距離をもつともつと短くしなければならないと、私は考へてゐる。目で文字を読まないでも耳で聞いただけで意味の分る文章、または一音も柔らげずにロオマ字にそのまま書き移すことの出来る文章、さうした文章こそ望ましいものだと思つてゐる。

だから、同音異義の多い漢字、漢語の使用は出来るだけ制限すべきだとする。この漢字と漢語とがあるために、我々は日々の新聞に現れる時事の言葉や、諸学の学術語やに、難解で日常語と縁遠い新語が続々と誕生するのを見るではないか。

「耳で聞いただけで意味の分る文章」の必要性を説くこの文章から、川端が「国語」改革運動に肯定的であることは容易に予想できる。この文章の前年に発表した前掲「日本語――文藝寸言」では、「国語調査委員会が「字音仮名遣改定案」を決定し発表した。寧ろ遅きに失するとは雖も、感謝すべきだ」と、調査会に対する見解を述べていた。その後も、臨時国語調査会の動向に注目し、継続的に発言を行っている。

たとえば、新感覚派の作家として出発した大正時代後期には、「番外波動調」(『文藝時代』一九二五年三月)で「文壇の人々に対する希望が一つある。/臨時国語調査会が発表した「新仮名づかひ」を直ぐ採用し実行することである」と記していた。その五年後、「浅草紅団」を連載していた時期にも、前掲「走馬燈的文章論」の中で、「進歩を愛する僕は、国語調査会の新仮名遣ひも、漢字制限も、実行して差支へないと思ふ」と国語調査会の動向を肯定している。当時の国語調査会が推進しようとした、「書き言葉」の簡略化、日本語をなるべく平易なものにしていく方針は、川端の言う「耳で聞いただけで意味の分る文章」という主張と方向性を同じくしていることがわかるのである。

「標準語」の第一世代――「方言」と「標準語」のゆらぎ

「国語」改革に関する川端の主張は、日本の近代国民・国家がつくりだした「標準語」を前提としており、彼がその政策の第一世代であったことと深く結びついていた。

「国語」(標準語)は、近代国民・国家の形成と密接にかかわっている。地域によって個別性をもち、均一であるはずのない言語を、国家の名のもとに整備し、日本全国で流通する「国語」をつくり出そうとする動きが、一九世紀から二〇世紀の転換期、明治三〇年代に出てくる。この「標準語」政策を推進した人物は、国語学者の上田万年《うえだかずとし》、保科孝一《ほしなこういち》らであった。上田は『国語のため』(冨山房、一八九五年)を著し、日本の「標準語」をつくることを説いている。上田を師とする保科の著した『言語学大意』(国語伝習所、一九〇〇年)に「標準語を創定して、方言を撲滅する」とあるように、各地域特有の方言は悪しき言葉として排除され、日本全国で共通して用いられる「標準語」がつくられることになるのである。

一九〇三(明治三六)年、国定教科書制が公布され、翌年に「尋常小学読本」が施行された。こうした教育を通じての「標準語」政策は全国に普及していく(図1)。「尋常小学読本編纂趣意書」には、「標準語」について次のように書かれている。

文章ハ口語ヲ多クシ用語ハ主トシテ東京ノ中流社会ニ行ハルルモノヲ取リカクテ国語ノ標準ヲ知ラシメ其統一ヲ図ルヲ務ムル

文章には口語を多くすること、その際に「東京ノ中流社会」の「用語」をもとに、「国語ノ標準」としていくことが明言されている。「国語ノ標準」とは、「東京ノ中流社会」の、いわゆる東京の山の手の言葉を基準とするものであった。こうした「国語」の成り立ちについては、イ・ヨンスク、安田敏朗の研究が参考となる[イ、一九九六][安田、一九九七、一九九九]。

一八九九(明治三二)年生まれの川端は、「尋常小学読本」施行後まもなくの小学校に入学しており、こうした「国語」政策のもとで教育を受けた第一世代にあたる。川端の日本語観、文章観を考えるにあたって、このことは重視してよいだろう。生育地で家族や地域社会から習得する地域言語に加えて、国家が制定した「国語」を初等教育から学習するという環境に川端は置かれていた。川端と同じような、「標準語」教育の第一世代には、一年年長の横光利一(一八九八年生)をはじめ、後に昭和文学を担っていくことになる作家たちがいた。江戸川乱歩(一八九四年生)、尾崎翠《おざきみどり》(一八九六年生)、宮澤賢治(一八九六年生)、宇野千代(一八九七年生)、井伏鱒二(一八九八年生)ら、新しい日本語の書き手が想起されてくるのである。

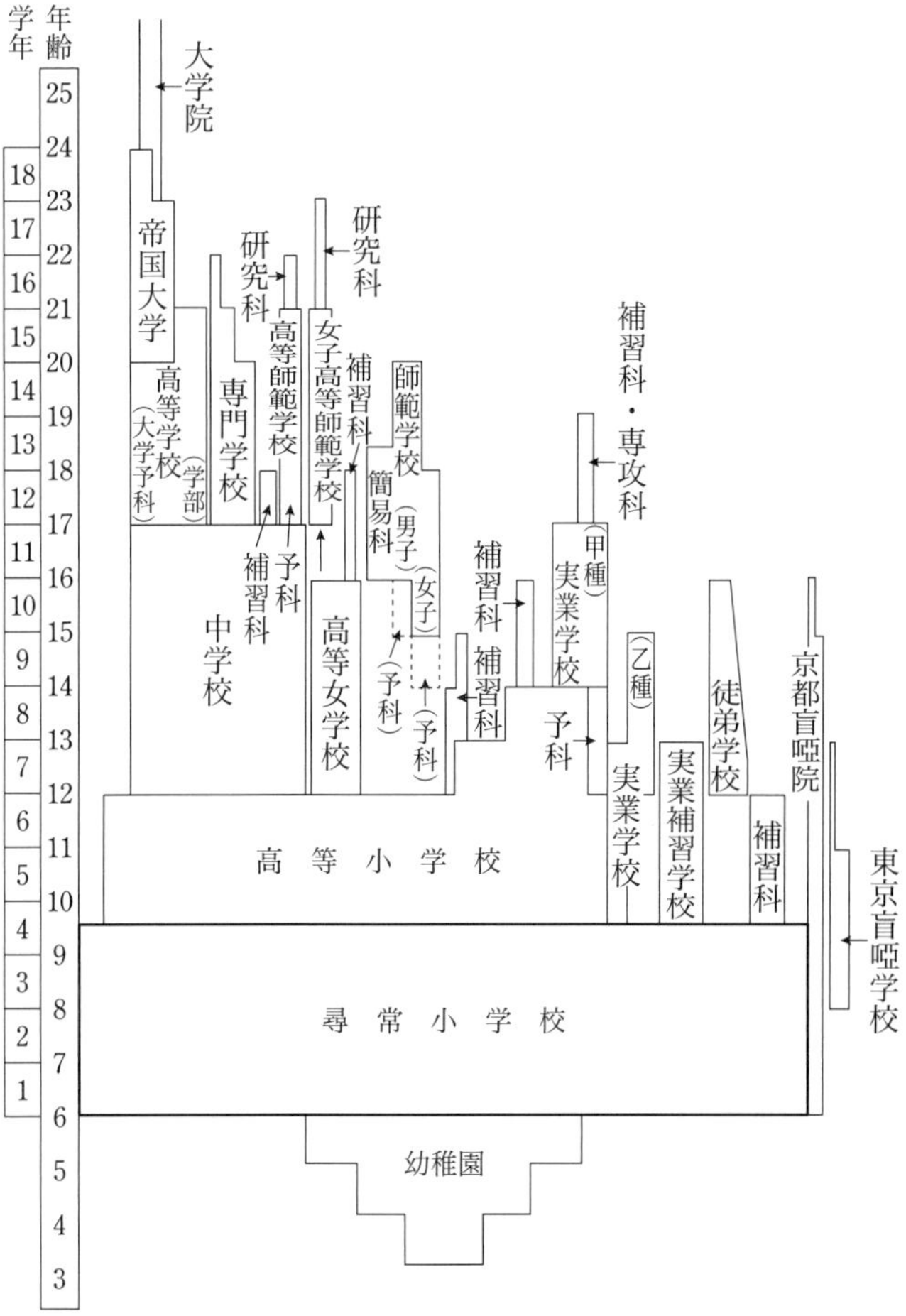

図 1　1900（明治 33）年時の学校系統図（文部科学省）

ここに挙げた作家たちは、いずれも一九世紀末の生まれであった。「標準語」政策の施行時に初等教育の段階であった点で、また、東京に出てきた地方出身者、いわゆる上京者であったという点で共通している。それぞれのあり方は異なるものの、「標準語」教育の第一世代の作家たちは、生育地の言葉である方言と「標準語」のあいだで、ゆらぎ、引き裂かれ、格闘しながら、自らの言葉を生み出していこうと試行錯誤をしていたのである。

志賀直哉を文章の模範として――「最高峰に達してゐる尊いもの」

『川端康成全集』第三五巻「年譜」の一九一五(大正四)年には、「中学時代の読書範囲は白樺派から谷崎潤一郎、上司小剣、徳田秋聲、源氏物語、枕草子などにおよび、外国作家もドストエフスキイ、チエーホフ、ストリンドベリイ、アルツィバーシェフなどを読んだ」とあり、中学校時代の川端が日本の現代文学、古典文学、外国文学に親炙していたことがうかがえる。

そうした川端が、小説家としての文章を練磨するにあたって、もっとも意識しなければならなかった作家の一人は、おそらく、東京の教養層の家庭に育ち、「標準語」の使い手であった志賀直哉である。志賀は石巻で出生するが、二歳のときに東京市麴町区内幸町に移り、以後、言語形成期を東京で過ごしている。川端は、「大正七年　当用日記」の「二月十八日(月)」に、「当分の間日本の作家では」、志賀直哉、谷崎潤一郎、芥川龍之介の「三氏の外読まない」と友人に述べたと記している。この三人の作家はいずれも東京人であるという共通性がある。

若き日の川端は、熱心に読んでいた作家の筆頭に志賀の名前を挙げていた。この日記の記述を裏づけるように、川端は志賀についてしばしば言及している。たとえば、「現代作家の文章を論ず」（『文藝倶楽部』一九二二年一一月）の中で、「今日の小説壇に信奉されてゐる意味でのリアリズムでは、志賀直哉氏の表現は、その最高峰に達してゐる尊いもの」と、その表現を絶賛していた。また、「文章に聴覚を喜ばせるものと視覚に媚びるものがあるとすると、志賀氏のは寧ろ心覚（と云ふ言葉があるなら）に迫る文章」であると、その文章の特色についても述べている。このように、作家として自己形成をしていく時期に、志賀の文学を目標にしていたことがうかがえる。

おそらくそれは、単に文章に留まる問題ではなく、「標準語」としての「国語」の書き手として、志賀を意識していたことも深くかかわる。川端だけでなく、親友の横光利一もまた、志賀直哉を先行する文学者として意識し、これを乗り越えようとしていた。新感覚派として、新しい文学を創造しようとしていた二人の文学者たちは、ともに志賀を模範としていた。川端とともに新感覚派文学運動の中心人物であった横光は、自身の日本語との格闘の時期を「国語との不逞極る血戦の時代」（『書方草紙』白水社、一九三一年）と評した。このような日本語との格闘が、一九二〇年代、大正時代から昭和時代初期の「国語」改革を背景に繰り広げられていたのである。

なお、川端の遺作となったのは、一九七一（昭和四六）年一二月から翌一九七二年三月にかけて

『新潮』に連載された「志賀直哉」であった。これは、一九七一年一〇月二一日の志賀の死去を受けて書かれた文章であった。

聴覚的な言葉へのこだわり――「掌の小説」から代表作まで

「国語」の創造とその改革に対応するようにして、川端康成の創作の言葉がかたちづくられていったことは、彼の文学を考えるうえで重要な視点となる。耳で聞いてわかる日本語や文章に対する考え方は、彼の小説の多くが、理解しやすい平易な日本語で書かれていることと強い結びつきを持つ。その特色は、「伊豆の踊子」や「掌の小説」あるいは「掌篇小説」と称される短篇小説にうかがうことができる。たとえば、「雨傘」(『婦人画報』一九三二年三月)にその特徴がよく表れている。「雨傘」は、父親の転勤で離ればなれになる少年と彼が心を寄せる少女との淡い初恋を描いた短篇小説である。別れの記念写真を撮影するために、二人が雨の中を写真館に向かう小説の冒頭は、次の通りである。


濡れはしないが、なんとはなしに肌の湿る、霧のやうな春雨だつた。表に駈け出した少女は、少年の傘を見てはじめて、

「あら。雨なのね?」

少年は雨のためよりも、少女が坐つてゐる店先きを通る恥かしさを隠すために、開いた雨傘

だつた。

しかし、少年は黙つて少女の体に傘をさしかけてやつた。少女は片一方の肩だけを傘に入れた。少年は濡れながらおはいりと、少女に身を寄せることが出来なかつた。少女は自分も片手を傘の柄に持ち添へたいと思ひながら、しかも傘のなかから逃げ出しさうにばかりしてゐた。

二人は写真屋へ入つた。少年の父の官吏が遠く転任する。別れの写真だつた。


耳で聞いてもわかる、平易な文章によって「雨傘」は書かれている。「雨傘」などのような「掌の小説」だけでなく、その後の代表作に至るまで、一部の例外を除いて、川端の小説はおおむね平易な、耳で聞いてわかる日本語を用いて創作されることが多かった。

川端の聴覚的な言葉へのこだわりは、数々の小説に見られる「音」や「声」の表現とも深くかかわっている。たとえば、「浅草紅団」では街の様々な音を再現しようとし、それが浅草という都市の活気を見事に表現していた。また、「雪国」の「駅長さあん、駅長さあん」という夜の駅舎に響く葉子の声や、「山の音」の「信吾さあん、信吾さあん」という信吾の幻聴に現われた義理の姉の声など、他者に呼びかける「声」は、川端の主要作の中で重要な役割を果たしていたのである。

《コラム1》臨時国語調査会と川端康成

川端康成の日本語に対する主張は、一九二〇年代の「国語」改革に関連して発言されたものも少なくなかった。一九二一(大正一〇)年の臨時国語調査会発足のきっかけの一つは、漢字節減論や、仮名遣いを発音式に改変することを大阪毎日新聞社社長時代から積極的に主張していた原敬の内閣総理大臣就任による。武部良明は、その経緯について、次のように要約していた[武部、一九八一]。

大正七年九月に原敬内閣が成立したことは、国語・国字問題の歴史に一時期を画することとなった。国語審議会の前身ともいうべき臨時国語調査会が、このときに設置されたからである。原は、国語・国字問題の解決に一見識を持っていたが、そのことは、大阪毎日新聞社長時代に同紙に載せた幾つかの論説にも見ることができる。それらのうち、「教育方針と漢字減少」「漢字減少論」などは漢字節減の必要性を説いたものであり、「振仮名改革論」は振り仮名の仮名遣いを発音式に改める利点について説いたものである。原は、文部大臣に中橋徳五郎、文部次官に南弘を迎えたが、両氏は、文部省の訓令に口語体を用い、口語文用例集をまとめるなど、原の理想実現に進んだ。国有鉄道や郵便局など、一般社会と接する部門の掲示が口語体に改められたのもこのころである。そうして、大正十年六月に臨時国語調査会が設置されたのも、この面で実行力のある機関が必要だという、原・中橋の考えに基づくものである。

この調査会は、漢字節減、振り仮名の仮名遣いを発音式に改めるなど、「書き言葉」を簡略化し、平易な日本語に変えていこうとした。すでに鉄道や郵便にかかわる表記は文語から口語へと転換していたが、臨時国語調査会が発足したことで、日本語全般をさらに口語体へ変革することを志向していたのである。

　この一連の「国語」改革は、大正末期から顕著になってきたジャーナリズムの拡大といった現象と深くかかわっていた。漢字の字種を無制限に使用していくことが新聞製作上の時間と費用の多大な浪費となること、難解な漢字使用が一般読者の理解に支障を及ぼすことなどの理由から、新聞社では漢字節減が歓迎された。また、一九二五(大正一四)年三月のラジオ放送の開始、電話普及台数の大幅な増加といった社会現象とも深くかかわっていた。話し言葉を媒介とするラジオや電話といった、新しいメディアの急速な普及が、「国語」の改革を後押しすることになったのである。

　しかし、急進的な改革であったため、この「国語」改革は激しい批判を浴び、一九三一(昭和六)年五月には「常用漢字表」と「仮名遣改定案」の修正を余儀なくされることになったのである。

3　文学者を志して上京する——最初の文学の師との出会い

帝都改造前夜の上京——「大阪言葉を聞きに、浅草の喜劇へ」

川端康成は、一九一七(大正六)年三月に茨木中学校を卒業し(図2)、第一高等学校進学を希望して上京する(図3)。第一次世界大戦後、世界的同時性がさらに進む日本の首都には多くの人々が集

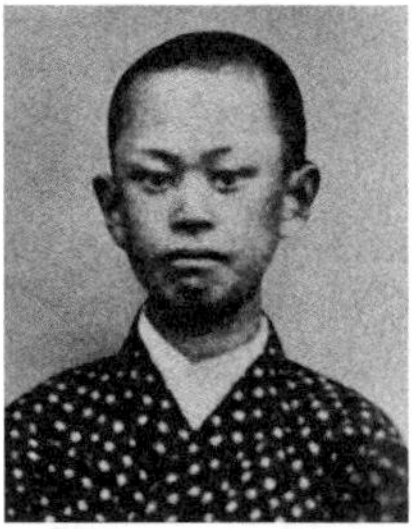

図2　茨木中学校入学当時

図3　第一高等学校受験のための写真

まっており、川端もそうした上京者の一人であった（図4・5）。上京してから二年後の一九一九（大正八）年には都市計画法・市街地建築物法が公布、翌年に施行となり、内務省が所管省庁となって首都のインフラが整備され、都市改造、市街地形成が計画された。都市計画法公布の四年後の関東大震災によって一時停滞するものの、帝都復興計画により都市の整備は推進されていくことになる。川端は、大きく東京が変貌を遂げていく時期に上京し、この都市を舞台に多数の小説を創作していくことになる。敗戦後、『川のある下町の話』（新潮社、一九五四年）、『東京の人』『続東京の人』（新潮社、一九五五年）に至るまで、その傾向は続いていく。エッセイを含めるとかなりの数にのぼるだろう。川端の小説や随筆には、上京者の眼がとらえた首都の特色が映し出されている。

川端のエッセイや書簡からは、彼が東京の市街をとてもよく歩いていたことが浮かび上がってくる（図6）。東京歩きは日中だけに留まることなく、夜にまで及んでいた。「のんきな空想」（『文藝時代』一九二五年二月）というエッセイの中で、「東京にゐさへすれば、殆ど毎夜活動写真を見物に行く」と書いていることからもそのことがうかがえる。しかも、ほぼ同じ時に発表されたエッセイ「ほかの芝居は見ない」（『築地小劇場』一九二五年一月）の中でも「……活動写真は暇さへあれば見てゐる」と記しており、頻繁に映画を観ていたことがわかる。川端は夜の散歩者として東京の街を頻繁に歩き、映画館に足を運んでいたのである。

浅草に頻繁に通った理由の一つは、自身の故郷の「大阪言葉」「大阪弁」を聞きに行くことであった。「浅草は東京の大阪」（『大阪毎日新聞』一九三〇年二月二五日朝刊）の中で次のように記していた。

> しかし、大阪言葉がいつでも聞けるところは、やはり浅草よりは外にない。例へば、吉本興行部の万才――彼等のなかには東京弁で押し通さうとする者もゐるが、うつかり大阪弁を出してしまつて、僕を微笑ませる。僕は東京へ出たそのころ、大阪言葉を聞きに、

図4　第一高等学校一年時の級友たちと（後列右端）

図5　東京帝国大学時代

図6　浅草を歩く川端康成

浅草の喜劇へ通ったものだつた。

大阪から東京に進出した吉本興業の漫才を、川端が聞きに行っていたことは興味深い。石川啄木は明治時代後期に、歌集『一握の砂』(東雲堂書店、一九一〇年)の中で「ふるさとの訛なつかし／停車場の人ごみの中に／そを聴きにゆく」と詠んだが、川端は大正時代に「大阪言葉」を聴きに浅草の吉本興業に通っていたのである。

南部修太郎との出会いと交流――「私の最初の原稿料」

作家を志した者にとって、はじめて知遇を得た影響力のある作家の面影が、その後の作風に反映されることは少なくない。親交を深めた場合には、その傾向はより強くなるのかもしれない。川端康成にとっての南部修太郎は、まさしくそうした作家であった。

南部は、自身の残した緊密な文章による小説や評論、そして後進作家への影響など、大正時代か

ら昭和時代初期にかけて重要な役割を果たした文学者の一人である。「修道院の秋」(『三田文学』一九一六年一一月)が、彼のデビュー作であると同時に代表作である。この小説は、新進作家叢書第二二篇として刊行された第一創作集『修道院の秋』(新潮社、一九二〇年)の書名に採用され、巻頭に置かれている。また、『三田文学』編集主任として活躍した。一九一七(大正六)年に慶應義塾大学を卒業してすぐに同誌の編集主任となり、執筆多忙のために職を辞す一九二〇年まで編集を担当している。さらに、一九二六年四月、『三田文学』が復刊となり、水上瀧太郎・久保田万太郎・小島政二郎らとともに編集委員として参加、亡くなる一九三六(昭和一一)年六月まで編集に携わることになった。南部の活動期間は短かったが、編集者・小説家・文芸評論家として、この時代における重要な仕事を確実に残した文学者の一人であることは間違いない。文学者を志す川端が最初に師と仰いだのが南部であった(図7)。

図7 南部修太郎との集合写真(前列に座っているのが川端康成，後列右より鈴木彦次郎・南部修太郎・石浜金作)

まだ旧制中学の学生であった川端は、南部を親戚から紹介してもらい、しばしば手紙を書くようになる。川端が上京して最初に会った作家も南部であった。しかも、『新潮』(一九二一年一二月)に、南部の『湖水の上』(新潮社、一九二一年)の新刊批評として「南部氏の作風」を書いて、最初の原稿料を得たのである。

川端にとって南部は、「最初」に世話になった文壇人であると同時に、その著作を批評したことで「最初」に原稿料を得た作家である。すなわち、二重の意味において「最初の人」であった。南部は、川端が文壇に出ていくうえでも、また、原稿料を得て職業作家となっていくうえでも、大きなきっかけとなった人物であった。後年、川端の全集は新潮社から刊行されたが、新潮社と川端の関係は、最初の原稿料を得てから半世紀に及ぶことになるのである。

最初の人――「ただ一人の文学者の魅力」

川端は、南部がまだ若くして突然に亡くなったときに、「故南部修太郎追悼号」(『三田文学』一九三六年八月)に「最初の人」と題し、次のような追悼文を寄せていた。

「修道院の秋」に次ぐ、南部修太郎氏の第二創作集「湖水の上」の批評を「新潮」に書いたのが、私の最初の原稿料となつた。また、私が最初に会つた文学者も、やはり南部修太郎氏であつた。当時まだ田舎の中学生であつた私が、文学を志してよいかどうか、手紙で教へを乞うた、ただ一人の先輩は南部氏だつたからである。私の従兄が紹介してくれたのだつた。(中略)従兄の友人といふだけのことながら、私にとつてなにかのつながりのあるただ一人の文学者の魅力は、田舎少年の私にそれほど強かつたのである。(中略)処女作の頃の南部氏を私は貪り読んだ。

川端は、東京帝国大学、早稲田大学以外にも、南部の出身大学の慶應義塾大学への進学を希望していたこともあった。第一高等学校入学後も、友人の石浜金作、鈴木彦次郎ら友人を誘って南部家に出入りしていた。それが五、六年続いたという。そのような経緯もあり、南部が当時住んでいた麻布龍土町を「文壇生活の発足地のやうになつかしい」と「最初の人」に記している。また、「貪り読んだ」という表現に表れているように、作家として出発する時期に、南部の小説を熱心に読んでいた。それは、「南部氏の作風」や「当用日記」の記述から明らかとなる。川端は、南部の小説をモデルとして自己形成をしていたことがうかがえる。

南部と川端の小説を対比してみると、それがより明確となってくる。たとえば、川端の代表作「伊豆の踊子」には、南部の「修道院の秋」が影響しているように見える。両者は、卒業を目前にした東京の学生が旅に出て、自然に囲まれた秋の旅先で遭遇する人や出来事を通じて、人生について思索をめぐらすという点において共通する。加えて、函館と伊豆という異なる土地でありながら、港と温泉地のある空間を舞台にしている点、そして、日常から非日常へ、そして再び日常へと戻ってくる明確な構造をもっている点でも類似性が見られるのである。

「貪り読んだ」という追悼文の言葉を裏付けるように、小説の作風の類似性は他にも多く認められる。しかし、川端と南部の類似点は小説の作風においてだけではない。読み巧者である両者はともに、多くの文芸批評に力を注いでいた時期があった。また、少女小説に関心を示していく点でも共通しており、文学者のスタイルにおいても類似性が認められる。川端康成の文学の源流を探るうえで、南部修太郎は重要な文学者であったのである。

日記の中の作家たち ——芥川龍之介への傾倒

南部修太郎は、『三田文学』の編集主任に就任した一九一七(大正六)年の秋、小島政二郎を介して芥川龍之介と知り合い、交友関係を深めていく。芥川の代表作「奉教人の死」が『三田文学』(一九一八年九月)に掲載されたのは南部の依頼による。川端康成は、南部とも親交のあった芥川に傾倒していたことを日記の中に記している。多くの文学者、作品の名前が記されている川端の日記の中で、しばしば名前の出てくる作家の一人が芥川であった。大正期の川端のノートには、注目する作家として芥川の名前がたびたび書き込まれ、読んだ作品の名前が多数記録されていたのである。

全集に収録されている日記・ノートのほとんどが大正時代のものである。その中の一九一七(大正六)年から一九二二年までの日記・読書ノートをたどっていくと、芥川の様々な小説の題名が記されていることがわかる。たとえば、「大正九年・大正十年読書ノート」には、「羅生門」(『帝国文学』一九一五年一一月)、「偸盗」(『中央公論』一九一七年四、七月)など芥川の小説の記録がある。複数回題名の掲げられているものもあり、芥川の小説を再読している様子がうかがえる。また、川端が、芥川の「秋」(『中央公論』一九二〇年四月)を一九二〇年五月と七月に読んでいたことも日記からわかる。記録されている芥川の作品をたどっていくと、「秋」を含めて、発表とほぼ同時に読んでいた芥川の小説が少なくないことが明らかとなるのである。

このように、書物を通じて芥川の文学に接していた川端であるが、一九二一年には、菊池寛を介して本人と知り合う。そして、一九六八(昭和四三)年のノーベル文学賞受賞時のスピーチで、芥川の遺書「或旧友へ送る手記」(『東京日日新聞』『東京朝日新聞』など、一九二七年七月二五日)を引用しており、晩年に至るまで芥川を強く意識し続けることになるのである。

《コラム2》はじまりとしての「招魂祭一景」

川端康成は一九一七(大正六)年に上京し、一九三五(昭和一〇)年に神奈川県鎌倉町に移るまで、浅草・千駄木・杉並町馬橋・大森・馬込・上野桜木町・谷中坂町と東京の各所を転々とした。この時期に書かれた川端の小説や随筆には、上京者の眼がとらえた首都の様相が活写されているものが少なくない。アジア・太平洋戦争の前から、東京を舞台とする小説を数多く創作していた。

川端が作家として出発して間もない時期に創作された「招魂祭一景」(第六次『新思潮』一九二一年四月)

もその一つである。東京の九段にある招魂社(現在の靖国神社)の祭礼で、曲馬団の少女が落馬するまでの動きを視覚的に描いた短篇小説である。聖と俗の空間を合わせ持つ招魂社を舞台とするこの小説は、文壇に登場するきっかけとなった。川端は、この小説を『文藝時代』(一九二七年二月)に再掲する際に、「「招魂祭一景」に就て」を寄稿している。この文章の中で、「この作品が評判になつたために、私は知己を得、原稿が売れる糸口になつた」と述べていた。「招魂祭一景」以降も、川端は好んで東京を舞台に小説を創作している。

関東大震災後の東京の競馬場を舞台に、映画シナリオを意識して創作した「驢馬に乗る妻」(『文藝時代』一九二五年三月)もまた、そうした小説の一つである。

　東京の郊外の佐藤の馬場。馬場の女王。騎馬旅行。武蔵野の雑木林の秋。落葉。そして彼は豊子と親しくなつた。

　目黒の競馬場。彼に誘はれた豊子。群集。感情の弾丸のやうに飛ぶ競馬馬。賭博者の嵐。賭博。賭博。賭博。勝つて帰る彼と豊子とをつつんだ夕闇。夜。そして彼は豊子と結びついた。

固有名詞、短文を多用し、文末に体言止めを用いたこの場面は、次から次へと速いテンポで転換し、男女が結ばれるまでの過程が視覚的に表現されている。川端が「狂つた一頁」の映画製作にかかわり、そのシナリオを『映画時代』創刊号(一九二六年七月)に発表するのは翌年のことである。

第二章　モダン都市とメディアを舞台に

――「伊豆の踊子」と「浅草紅団」

4　新感覚派の旗手として
——横光利一との出会いと関東大震災

無二の師友——横光利一と三島由紀夫

川端康成の文学者としての軌跡を考えていくうえで、欠かすことのできない作家に横光利一がいる(図8)。特に、大正時代後期から昭和時代前期にかけて、横光は、川端の文学の特色を照らし出すうえで逸することのできない存在であった。

横光利一は、一九二三(大正一二)年、菊池寛主宰の『文藝春秋』に川端康成とともに参加、この年発表の「日輪」「蠅」などで文壇に認められた。翌一九二四年には文芸同人誌『文藝時代』の創刊に参加、新感覚派の作家として活躍する。その後、「機械」(一九三〇年)、「上海」(一九二八―三一年)、「純粋小説論」(一九三五年)、「旅愁」(一九三七―四六年)など多数の小説・評論を著し、日本の昭和前期を代表する作家となった。横光はこの時代に現れた様々な文化的・社会的・政治的問題と真摯な格闘を展開した。それゆえに、この時代の特色を鏡のように映し出す存在でもあったのである。

親友であると同時にライバルでもあった横光について、川端は「三島由紀夫」(『新潮』一九七一年一月)の中で次のように述べていた。

自分が親愛し敬尊する作家ほどかへつて自分に理解がおよばぬと思ふふしはある。私にとつて横光利一君の文学がさうであつた。三島君の死から私は横光君が思ひ出されてならない。二人の天才作家の悲劇や思想が似てゐるとするのではない。横光君が私と同年の無二の師友であり、三島君が私とは年少の無二の師友だつたからである。私はこの二人の後にまた生きた師友にめぐりあへるであらうか。

図8　横光利一(右から2人目)と川端康成(左から2人目)

この文章は、一九七〇(昭和四五)年一一月二五日、陸上自衛隊市谷駐屯地で割腹自殺を遂げた、三島由紀夫を追悼するために書かれたものである。その中で横光の名前が出ていることの意味は大きい。

川端は横光とどのように出会ったのであろうか。菊池寛を介して出会ってまもなく、雑誌の同人として活躍した時期、映画製作に乗り出していった時期、昭和初年代の代表作を競うように発表していた時期にしぼりながら、川端と横光との関係に照明を当てることにしたい。横光と対照することで、川端の特色はより鮮やかに浮かび上がるだろう。

「恩人」の最初の印象――「激しく強い、純潔な凄気」

三島由紀夫を追悼する文章の中で、川端は横光のことを「無二の師友」とするだけでなく、「恩人」とも述べていた。すなわち、川端は「文学的自叙伝」(『新潮』一九三四年五月)の中で、「とりわけ菊池寛氏と横光利一氏とは、私の恩人である」とし、横光と出会ったときの印象を次のように記していた。

横光氏に初めて紹介されたのも、菊池氏の中富坂の家であつた。夕方三人で家を出て、本郷弓町の江知勝で牛鍋の御馳走になつたのを覚えてゐる。横光氏はどういふわけか殆ど箸を持たなかつた。また小説の構想を話しながら声高に熱して来て、つかつかと道端のシヨウ・ウインドオに歩み寄ると、そのガラスが病院の部屋の壁であるかのやうに、病院が壁添ひに倒れ落ちる身真似をした。この二つは第一印象である。さういふ横光氏の話し振りには、激しく強い、純潔な凄気があつた。横光氏が先きへ帰ると、あれはえらい男だから友達になれと、菊池氏が言つた。

牛鍋の名店で箸をつけることなく、「小説の構想」について熱心に語る横光の姿を、川端はこのように書き留めている。川端が綴った印象的な「身真似」は、横光の習作期の小説「愛人の部屋」の一場面を再現している。この出会いは、一九二一(大正一〇)年一一月のことであり、その後、二人の交友は横光の死去する一九四七(昭和二二)年までおよそ四半世紀にわたって続くことになる。

横光と川端を引合わせた菊池寛は、この四年後に、「文壇交友録」(『中央公論』一九二五年二月)の中で、両者について次のように評していた。

横光利一。交友四五年。硬骨、信頼すべし。

川端康成。交友四五年。敏感明解、性格的に一条の新味を有す。

川端にとって「恩人」の一人である菊池の目には、この二人は並び称されると同時に、対照が際だつ作家に映じていたのである。

『文藝時代』の創刊——「新しい時代の精神に贈る花束」

最初の出会いから一年余を経て、菊池寛は横光と川端を誘い、雑誌『文藝春秋』を一九二三(大正一二)年一月に創刊する(図9)。創刊号の発行部数は三〇〇〇部であった。一九二六年に政府に保証金を納入することで政論掲載も可能な総合雑誌となるが、最初は文芸雑誌としての出発であった。『文藝春秋』創刊の翌年、一九二四年一〇月には、この雑誌に集まった仲間たちによって『文藝時代』が金星堂から創刊される(図10)。川端と横光をはじめ、石浜金作・今東光・酒井真人・佐々木味津三・鈴木彦次郎・中河与一・南幸夫が両誌にかかわっており、多くのメンバーが重複していた。川端は、雑誌を創刊するにあたって主導的な役割を果たしていた。『文藝時代』創刊号では、同人が等しく雑誌の抱負を語るコーナー「新しき生活と新しき文藝——創刊の辞に代へて」が設けられ

図9　『文藝春秋』創刊号(1923年1月)

図10　『文藝時代』創刊号(1924年10月)

た。川端はその巻頭の「創刊の辞」で、「我々のこの雑誌は文藝界の機運を動かさうとする我々が新しい時代の精神に贈る花束である」と抱負を述べ、「同人一人一人をそれぞれ一個独立の存在としても見てほしい」と期待を語っている。川端は、「新進作家の新傾向解説」(『文藝時代』一九二五年一月)の中で「主客一如主義」を提唱、主体と客体が融合する表現を新感覚派時代から模索し、「青い海黒い海」(『文藝時代』一九二五年八月)などの創作で実践することになるのである。

川端は後年、「「文藝時代」のころ」(『若草』一九二九年一〇月)の中で「これだけの新進作家の大同団結は、まことに空前絶後の壮観として、世間を驚かせたにはちがひなかつた」と回想していた。『文藝時代』は同人誌であるものの、すでに活躍していた、あるいは将来を期待された作家たちが集い、原稿料が支払われる仕組みであったことが、川端の書簡や証言からわかる。佐々木味津三との当時の書簡からは、川端が、金星堂の提案した「投書雑誌」に強く反対し、あくまで「同人雑誌」にこだわり、東京帝国大学の雑誌『新思潮』、菊池寛主宰の『文藝春秋』のメンバーが徒《いたずら》に多くなることを警戒していたことがうかがえる。その一方で、新進作家を結集させる構想にも消極的であるという考えも表明していた。高見順『対談 現代文壇史』(筑摩書房、一九七六年)に収録された、川端と高見の対談「新感覚派時代」でも同様の発言が見られる。『文藝時代』を「同人雑誌の中から優秀なのを集め」た卓越した雑誌であったとする高見の証言は、川端の狙いと雑誌の特色を的確にとらえたものであった。大正時代後期の川端と横光は、『文藝春秋』と『文藝時代』を中心に、本格的な文学活動を展開していくことになるのである。

関東大震災との遭遇――「地震と大火災との暴力」

一九二三(大正一二)年九月一日午前十一時五八分、関東一円を襲った関東大震災に、川端康成はどこで遭遇し、どのように行動したのだろうか。川端は当時住んでいた千駄木の下宿で震災に遭遇したことを、「大火見物」(『文藝春秋』一九二三年一一月)の中で、「瓦の落ちる音が激しくなつたので、階下へ下りた」と記している。そして、親友の横光利一の安否を確認するために、彼の下宿のある小石川に向かう。後年の回想「思ひ出二三」(『日本文学全集 第二九巻 横光利一集』月報、新潮社、一九六一年)によれば、「私が見にゆくと、古びて粗末な下宿は、一階が傾き、二階は真直ぐに立つてゐた」が、二度目に見に行くと倒壊し、どのあたりにあったかもわからなくなったと述べている。

川端は「文科生の頃」(『若草』一九三一年九月)の中で、大震災に遭遇した時のことを次のように回想している。

大正の大震災の後の数日間ほど、生き生きしい思ひで暮したことはない。おそらく一生に二度とあるまい。それは私が下宿住ひの学生で、体一つ逃げてさへゐればいいからではあつたが、あの地震と大火災との暴力は、人間の生活力にも火をつけて、悲劇に遭つた人々も寧ろ明るい興奮を見せてゐた。くよくよしてゐるには、刺戟が大き過ぎた。私の下宿の危篤の病人なぞも、地震のために反つて持ち直したほどであつた。

未曾有の大地震と大火災という「暴力」に遭遇し、死と対峙することで川端の中で生が強く意識されたことがうかがえる。「一生に二度とあるまい」と書いた川端は、その後、戦争という「暴力」にも向き合うことになる。

川端は大きな被害に遭うこともなく無事であったために、芥川龍之介、今東光とともに、大震災直後の東京を見て回っている。川端にとって大震災の記憶は、芥川と切り離すことのできない出来事でもあった。川端は、「「文藝春秋」ゆかりの人たち」(『文藝春秋』一九六八年六月)の中で、関東大震災直後、「芥川さんと吉原遊廓の酸鼻な死人を見に行つた」ことに言及している。この時の様子は、芥川が亡くなって一年半たって発表された「芥川龍之介氏と吉原」(『サンデー毎日』一九二九年一月)の中で、次のようにより詳しく回想されている。

芥川氏と今君と私とは、多分芥川氏が云ひ出されたやうに思ふが、吉原の池へ死骸を見に行つた。(中略)しかしそれから二三年の後いよいよ自殺の決意を固められた時に、死の姿の一つとして、あの吉原の池に累々と重なった醜い死骸は必ず故人の頭に甦つて来たにちがひないと思ふ。死骸を美しくするために、芥川氏はいろんな死の方法を考へてみられたやうだ。その気持ちの奥には美しい死の正反対として吉原の池の死骸も潜んでゐたことだらう。

川端は、震災直後、芥川に誘われて今東光とともに吉原遊廓近くの池に死骸を見に行った。興味深いのは、芥川が「自殺の決意を固められた時」、吉原の池に浮かぶ死骸が「必ず故人の頭に甦つて来たにちがひない」と、この時の出来事と芥川の死との関連を川端が確信的に語っている点である。芥川とともに「醜い死骸」を目の当たりにしたことで、芥川の「死の美しさ」を特権的に感じ得る一人に自身を数えていることも看過できない。この時、あるべきはずの芥川との距離は消失し、芥川のことを述べつつも、川端自身のことを語っているのに気づくだろう。川端が、芥川の「美しい死」の意味をその後も問い続けていたであろうことは、「末期の眼」(『文藝』一九三三年一二月)、ノーベル文学賞受賞のスピーチ「美しい日本の私」(『朝日新聞』『毎日新聞』『読売新聞』一九六八年一二月一六日など)の中でこの作家について言及していたことからも想像される。

川端は、大震災の翌年、「空に動く灯」(『我観』一九二四年五月)の中で、関東大震災で罹災した庶民たちが逞しく生きようとする姿を描いている。関東大震災を体験したことで深く心に刻まれた生と死は、震災前後の浅草を舞台とする小説「浅草紅団」においても重要なモチーフとなるのである。

《コラム3》『文藝時代』同人たちの去就

川端康成が沖本常吉に宛てた書簡には、積極的に執筆の機会を得ようとする姿が表れていると同時に、原稿執筆あるいは原稿料に関する言及が見られる。沖本は、文藝春秋社(現在の株式会社文藝春秋)から東京日日新聞社学芸部に転じた編集者であった。

川端が沖本に宛てた書簡には「お一読の上お買取り下さらば幸甚に存じます」(一九二八年一月一一日付)、「もし御都合よろしければあと一二回書かせていただければ幸甚です」(一九二八年九月二六日付)など、文壇に登場して間もない若い作家が、積極的に執筆の機会を得ようとする姿がうかがえる。また、原稿料を請求する記述も頻繁に見られるのである。

このような記述のある書簡の多くは、大正時代後期から昭和時代初期のものであり、出版ビジネスが拡大していく時期に呼応している。川端ら『文藝時代』(金星堂、一九二四年一〇月—二七年五月)の同人たちの去就は、書物の大量生産・大量消費の加速化、経済的指標に基づく文壇の序列化の進行と密接にかかわっている。

それは、一九二六(大正一五)年から配本開始となった『現代日本文学全集』(改造社)の大成功を端緒とする「円本」ブームに象徴される。「円本」に収録されれば、文壇やマス・メディアにおける評価が高くなるとともに、多額の印税を得ることで経済的保証も確保されるようになる。これにより、一部の作家は経済的に豊かになり、安定した生活を送ることが可能となった。

しかし、原稿料を出してくれる稀有な文芸同人誌『文藝時代』は一九二七年五月に廃刊となり、同誌の同人たちの多くは厳しい状況に晒されることになった。

たとえば、『中央公論』の編集者であった木佐木勝が『木佐木日記』第二巻(現代史出版会、一九七五年)の一九二七(昭和二)年六月二日に、『文藝時代』同人たちの受けた「心理的打撃」について、同人の諏訪三郎に焦点を当てて次のように記している。

諏訪君たち、新進作家の拠点だった『文藝時代』がこんど廃刊になったので、仕事の目標を失ったと言っていたが、諏訪君としては心理的打撃が大きかったのではないかと思った。

山本芳明は、『文藝時代』廃刊によって、諏訪三郎・中河与一ら同人たちが経済的な苦境に陥ったと指摘している[山本芳明、二〇〇〇]。川端も、『文藝時代』廃刊後、糊口の道を探るべく、原稿執筆の機会を積極的に求めていった。二〇歳代後半の川端もまた、経済的に安定した状況にあったわけではなく、執筆の機会を得る必要に迫られていたのである。

川端の沖本宛書簡は、日本近代文学館編『文学者の手紙４　昭和の文学者たち　片岡鉄兵・深尾須磨子・伊藤整・野間宏』(博文館新社、二〇〇七年)に収録されている。

5　一九二六年、映画との遭遇——前衛映画「狂った一頁」

新感覚派映画聯盟の結成——「映画的な映画」を志向して

川端康成は、実に多くの芸術に関心をもっていた。日本の内外の文学はもちろんのこと、美術・演劇・映画など、芸術全般にわたる広範な知性を有する文学者であった。生涯にわたって、芸術全般への造詣が深かったように見える。新感覚派の作家として活躍していた一九二〇年代には、新しい芸術の動向に積極的にかかわっていた。そして、その創作に深く影響を及ぼしたものも少なくない。そのような様々な芸術の中で、ここで特に注目したいのは映画である。映画がまだ音声をもたない、いわゆるサイレントの時代に、川端は新感覚派の友人の文学者とともに、新進気鋭の映画監督と協力して、新しい映画の製作に乗り出していったのである。

一九二六(大正一五)年四月、川端康成・横光利一・片岡鉄兵・岸田國士《きしだくにお》ら新感覚派の文学者たちと、女形から映画監督に転身し、マキノ映画を経て独立した映画監督の衣笠貞之助が手を結び、新感覚派映画聯盟が結成された。『文藝時代』同人である川端・横光ら新しい文学の旗手たちと、芸術的映画を製作すべく独立プロダクションを設立した衣笠が集結、新しい芸術運動を企図する模様がいくつかの新聞で報じられた。しかし、彼らが自ら名乗りをあげ、新感覚派映画聯盟を標榜したわけではなく、報道による事後的な命名であった。このあたりの事情は、川端康成「新感覚派映画聯盟に就て」（『読売新聞』一九二六年四月二七、二八、三〇日）に詳しく述べられている。川端はここで、新感覚派映画聯盟は「文芸的な映画」でなく、「映画的な映画」を重視する芸術的立場を表明していた。

川端は、新感覚派映画聯盟について多くのことを書き残し、その重要な証言者でもあった。彼は、「入京日記」（『文藝時代』一九二六年五月）の中で、この芸術運動の端緒を記録している。川端によれば、横光から「映画のことにて是非話したし直ぐ来い」という電報が東京の彼のもとに届いたのが四月二日であった。翌三日、早速、葉山の横光のもとを訪ねたところ、二、三日前から滞在していた衣笠から、「営利を度外視してよき芸術映画を製作せんとする企て」を聞かされた。川端の他に、片岡鉄兵・岸田國士・池谷信三郎ら『文藝時代』同人に声がかけられ、この新しい運動は始動したのである。そして製作されたのが、映画「狂つた一頁」であった。

「狂つた一頁」とは、どのような映画だったのであろうか。川端は、この映画から何を獲得したのであろうか。

「狂つた一頁」の特色――無字幕・無声の前衛映画

映画「狂つた一頁」は、全編七〇分強のサイレント映画で、病院を舞台にしてそこで働く男の視点を主にしながら展開していく。男が働く病院には、混濁した精神状態の妻が入院しており、その病院内の様子や他の患者たち、あるいは彼の娘たちなどの姿が描かれている。川端康成は、撮影現場に足を運び、撮影台本、映画シナリオの執筆をするなど、現場的なかかわり方をしていた。

　人間の内面的な世界を映像化したこの映画の表現上の特徴は、全く字幕を入れず、光と影のコントラストを強調し（図11）、極端に短いカットを連続させ、フラッシュバック、クロース・アップ、多重露光（図12）など、様々な映画の技法を駆使しながら、独特の映像のリズムをつくりだしているところにある。ドイツ表現派風のこの映画は、新しい芸術を生み出そうとする日本の文学者と映画人とが協力し、一九二〇年代の日本に現れた、前衛映画の代表作の一つであった。

「狂つた一頁」と海外の映画との関連については、ロベルト・ヴィーネ監督「カリガリ博士」（一九一九年、図13）からの影響が指摘されることが少なくない。そして、このドイツ表現主義映画の傑

図 11（上）、**図 12**（下）　衣笠貞之助監督作品「狂つた一頁」

作に加えて、衣笠貞之助が「狂つた一頁」製作直前に何度も観たと述べている、フリードリッヒ・ヴィルヘルム・ムルナウ監督の「最後の人」（一九二四年、図14）の存在が重要である。実際に、「狂つた一頁」の映像の中に、「最後の人」の影響を確認することができる。たとえば、「最後の人」の冒頭の激しい雨の降る暗い画面と雨合羽をまとったホテルのドアーマンは、映画「狂つた一頁」冒頭の雷雨の明滅する画面と雨合羽を着て病院の前に佇む老人を想起させる。二つの映画の冒頭のイメージが見事に重なり合うように見える。一九二〇年代に日本で紹介されたヨーロッパの前衛映画の実験を吸収しながら、「狂つた一頁」は製作されていたのである。

図13　ロベルト・ヴィーネ監督作品「カリガリ博士」

図14　フリードリッヒ・ヴィルヘルム・ムルナウ監督作品「最後の人」

新感覚派映画聯盟は、経済的理由からわずか一作だけで解散を余儀なくされたが、「狂つた一頁」は、後年、ヨーロッパ諸国でも上映され、国際的に高い評価を得て、映画史にその名をとどめることになった。一方、横光と川端は、日本映画史における歴史的出来事に立ち会ったことを契機に、それぞれ代表作を創作し、作家として大きく展開していくことになるのである。

それでは、新感覚派映画聯盟の結成と「狂つた一頁」の製作に、川端はどのようにかかわったのであろうか。また、この映画体験はその後の川端の創作に、いかなる影響を及ぼしたのだろうか。こうした点について、次に考えていくことにしたい。

撮影所通いと映画シナリオの創作――共同製作の体験

「狂つた一頁」の製作された一九二六(大正一五)年の川端は、「伊豆の踊子」を雑誌『文藝時代』(一、二月)に発表するなど、精力的な創作活動を展開していた。まだ文壇における安定した地位を確立していたわけではなく、様々なタイプの文章を執筆しながら、作家としての可能性を模索していた時期にあたる。作家としての方向を手探りしているそのような時期に、親友の横光を通じて、新感覚派映画聯盟に加わることになった。

当時、比較的時間に余裕のあった川端は、京都下賀茂の撮影所に赴き、映画人と協力し撮影台本を作成している。これをもとに、雑誌『映画時代』創刊号(一九二六年七月)にシナリオを発表するなど、「狂つた一頁」の製作に密接にかかわることになる。

映画シナリオの執筆は、川端にとってはじめての経験であったためか、必ずしも順調に進んだわけではなかった。「『狂つた一頁』撮影余談」(『劇と映画』一九二六年八月)で、撮影に際して「シナリオの出来てゐなかつたところがある」と述べている。また、「『狂つた一頁』撮影日記」(『週刊朝日』一九二六年五月三〇日)の中では、シナリオ執筆の過程が明らかにされている。東京で「尻切れ蜻蛉のシナリオ」を監督の衣笠貞之助に渡してから、京都の撮影所に遅れてやってきて、スタッフの衣笠、澤田晩紅、犬塚稔と撮影で使う撮影台本(コンテ)の打ち合わせをしていた。川端の名前で発表されたシナリオ「狂つた一頁」の末尾には、これら執筆協力者への謝辞が記されている。「映画程協力的な芸術製作は外にない」と、共同製作の喜びを「映画入門」(『芝居とキネマ』一九二六年八月一日)に記していた(図15)。

図15 「狂つた一頁」撮影所集合写真(左端が川端)

川端は、映画製作の現場での知見を生かして、「狂つた一頁」の映像のイメージや、撮影時のエピソードを活用した短篇小説を執筆し、この映画について多くの証言を残している。たとえば、短篇小説「婚礼と葬礼」(『新小説』一九二六年七月)は、映画「狂つた一頁」の後半に登場する、「婚礼の自動車」と「霊柩車」の二重写しによる印象的な場面をモチーフにして創作されたものである。

シナリオの表現の特色――映像の連続性の翻訳

他の映画スタッフの協力を仰ぎながらまとめたシナリオには、川端が映像のイメージをどのように言語に翻訳しようとしていたかが表れている。映画のイメージを再現しようとしたように見えるシナリオの表現の特色については、次の冒頭からうかがえる。

- 夜。脳病院の屋根。避雷針。豪雨。稲妻。

- 花やかな舞台で花やかな踊子が踊つてゐる。
舞台の前に鉄の立格子が現れる。牢格子。
花やかな舞台が次第に脳病院の病室に変つて行く。
踊子の花やかな衣裳も次第に狂人の着物に変つて行く。
狂つた踊子が踊り狂つてゐる。

ここで注目したいのは、名詞止めが多用されている点である。「夜」「脳病院の屋根」「避雷針」「豪雨」「稲妻」と単語の羅列によって構成される一語文の連なりは、極端に短いカットを連続させ、独特の映像のリズムをつくりだす映画の冒頭シーンを巧みに表現している。名詞・名詞句のみで構成される一語文を羅列することで、「脳病院」の外観が客観的・写実的に提示されている。また、画面の転換・推移も速度感を持つ。一文をつとめて短くしているのは、おそらく、短いカットの連続が生み出す効果を演出しようとしたからである。冒頭シーンの「夜」「脳病院の屋根」「避雷針」「豪雨」「稲妻」に対応するカットは、全く同じではないが反復されており、冒頭シーンの印象をこの五つの語彙によって表現しようとしていたことがうかがえる。冒頭シーンを印象的に表現するうえで、これらの語彙の選択は実際の映像と概ね合致している。

「花やかな舞台で」からはじまる第二の場面では、文末の時制に現在形が多用されている。「牢格子」という一文を除く文章のすべてが、「踊つてゐる」「現れる」「変つて行く」「変つて行く」「踊り狂つてゐる」と文末が現在の時制になっている。すなわち、「〜てい(ゐ)る」「〜ていく」といった、進行の現在形の多用が文末表現の特徴であった。しかも、「花やかな」という形容動詞を何度も用い、「変つて行く」という表現が繰り返されることで、反復と変化をともないながら、映像の連続性、運動性を表現していたのである。

映画タイトルの変更——「狂へる一頁」から「狂つた一頁」へ

動詞の現在形の多用は、映画の表題の変更とも少なからずかかわっている。「狂へる一頁」から「狂つた一頁」への表題の変更は、横光利一のアドバイスによるものである。この変更は、以下に述べるような、映画の物語内容と少なからず対応していた。

ある病院に用務員として勤務する老人は、かつては船員であった。彼は家庭をかえりみることなく、そのため、妻は孤独にさいなまれ、子供とともに入水心中をはかる。しかし、子供だけを死なせてしまい、助かった妻は精神を病み、病院に入院している。長い航海から帰った夫は、妻の心中未遂と入院を知り、自分の罪を償うべく、その病院の用務員となって病んだ妻を見守る日々を送っているのであった。

このように、「狂へる」という表現から「狂つた」という過去の時制へのタイトルの変更は、過去の過ちが主人公とその家族の人生の歯車を狂わせてしまったことを暗示している。それと同時に、フラッシュバックによって甦り、主人公の意識を苛む過去の記憶が物語の起点となっていたことを強調することにもなるのである。

これまで見てきた「狂つた一頁」のシナリオ表現の特色を確認してみると、名詞・名詞句による極端な短文からなる第一の場面に続く第二の場面では、踊り狂う踊子の動きを表現するために、文末で動詞の現在形を連続させている。それによって踊子の動きを印象づけ、映画における場面の転換を巧みに表現していた。引用の二つの場面を比べてみると、カットの長短を文のそれに対応させていることが、対比的に浮かび上がってくる。

このような実験的な映画にかかわったことで、川端は映像と言語の表現の特色に改めて関心をもつことになったに違いない。後に触れるように、「浅草紅団」や「水晶幻想」、あるいは「雪国」などに、その陰翳が映し出されることになるのである。

「狂つた一頁」をめぐる新聞報道——別の映画タイトルの可能性

横光利一の提案による「狂へる一頁」から「狂つた一頁」への標題の変更は、掲載誌の『映画時代』創刊号の目次に「狂へる一頁」とあることから、雑誌の発表直後に行われたと考えられる。一方、映画撮影が開始される以前には、別の標題が検討されていたことが当時の新聞報道を調査すると明らかとなる。川端康成の「新感覚派映画聯盟に就て」の掲載紙『読売新聞』は、新感覚派映画聯盟の結成、「狂つた一頁」の製作の着手から完成までを継続的に報道していた。新聞報道では、当初の映画の標題は「狂つた一頁」ではなく、「狂へる聖」ないし「狂へる聖地」であることが伝えられていたのである。

一九二六(大正一五)年五月一二日の同紙朝刊には、「新感覚派映画第一回作品川端氏作「狂へる聖」に着手」という見出しの記事が掲載されている。そこには、「川端康成氏の修道院を題材にした新作「狂へる聖地」を撮影する事に決定」したとあり、実際の完成作とは異なる題材、標題であったことがうかがえる。この報道の真偽については詳らかではないが、川端が当初、「修道院」を舞台とする「狂へる聖」ないし「狂へる聖地」というストーリーを構想していた可能性は十分にあり得る。「狂へる聖」と「狂つた一頁」との関連については、川勝麻里が詳述していて参考になる

[川勝、二〇一二]。また、「狂つた一頁」とこの映画が生み出された時代の前衛映画と文化状況については、アーロン・ジェロー、四方田犬彦が詳しく論じている[Gerow, 2008][四方田、二〇一六]。

《コラム4》共同製作に携わった歓び

川端康成は、新感覚派映画聯盟とその第一回作品「狂つた一頁」の製作にかかわった歓びを、「映画入門」(『芝居とキネマ』一九二六年八月一日)の中で、以下の二点に整理して述べている。

映画の仕事の仲間に入れて貰つて、第一に愉快なことは、この仕事にたづさはつてゐる人々が、皆非常に若いといふことである。(中略)いや、日本の映画界そのものがまだ若々しいのである。文壇のやうに老大家といふものがない。芝居のやうに伝統といふものがない。権威といふものがほとんどどこにもない。悪くいへば、雑然とした混沌状態である。羅針盤のない船である。(中略)

第二に愉快なことは、映画程協力的な芸術製作は外にないといふことである。

芝居は昔から、総合芸術といはれてゐるだけあつて、文学、美術、音楽の要素が、ことごとく含まれてゐるばかりでなく、実際舞台上の仕事にしても、戯曲家、舞台監督、舞台装置家、大道具、小道具、俳優等の協力であるが、芝居の初日の幕が明くまでの稽古場と、映画のフイルムが出来上るまでの撮影所とを比較すると、撮影所の方が一層共に働いてゐるといふ感じがあり、皆が一層楽く働けるのではなからうか。

引用文からは、当時まだ「若い」芸術であった映画の製作に、川端が仲間とともに携わったことによる歓喜と躍動感が伝わってくる。この文章の終わりには、「装置は築地小劇場の吉田謙吉氏が手伝つてくれることになつてゐるから、益々いゝ映画が出来るだらう」と次回作への期待が書き記されていた。ここに名前のあがっている吉田謙吉は、川端の第一創作集『感情装飾』(一九二六年)と続く『伊豆の踊子』(一九二七年)の装幀を手掛けている。いずれも、『文藝時代』の版元の金星堂から上梓された。新感覚派映画聯盟は、第一作の「狂つた一頁」をもって解散となるが、この時の経験はその後の川端の文学活動に少なからぬ影響を与えることになるのである。

なお、全集未収録の「映画入門」は、石川偉子らによって紹介された[十重田、二〇〇七][石川偉子、二〇一三]。

6 「名作」はつくられる──「伊豆の踊子」のゆくえ

単行本『伊豆の踊子』の出版──変化に富む短篇小説集

川端康成は、「伊豆の踊子」を発表した翌年の一九二七（昭和二）年三月に、『文藝時代』の版元の金星堂から単行本『伊豆の踊子』（図16）を出版する。前年の一九二六（大正一五）年六月に、同じ金星堂から上梓した、「掌の小説」三五篇を収録する第一創作集『感情装飾』（図17）に続く、二作目の創作集であった。『感情装飾』『伊豆の踊子』の装幀はいずれも、舞台装置家で映画の美術監督もつとめた吉田謙吉が担当していた。『伊豆の踊子』には、表題作を含む小説が以下のような配列で収録されている。

「白い満月」（『新小説』一九二五年一二月）
「招魂祭一景」（第六次『新思潮』一九二一年四月）
「孤児の感情」（『新潮』一九二五年二月、原題は「落葉と父母」）
「驢馬に乗る妻」（『文藝時代』一九二五年三月）
「葬式の名人」（『文藝春秋』一九二三年五月）
「犠牲の花嫁」（『若草』一九二六年一〇月）

「十六歳の日記」（『文藝春秋』一九二五年八、九月、原題は「十七歳の日記」）
「青い海黒い海」（『文藝時代』一九二五年八月）
「五月の幻」（『近代風景』一九二六年一二月）
「伊豆の踊子」（『文藝時代』一九二六年一、二月）

「招魂祭一景」がもっとも早くに発表された小説で、自身の私生活に基づく小説と新感覚派としての表現の実験を試みた小説がバランス良く配置されている。

『伊豆の踊子』収録の一〇作は、血縁・孤児・介護・生と死・恋愛、あるいは心霊学・万物一如・輪廻転生・幻想・狂気など、川端が強い関心を持つテーマの作品である。このように変化に富む作品が収録され、掲載誌についても、『文藝時代』『文藝春秋』を中心としながらも、多様なメディアに掲載されたものから構成されていることがうかがえる。

図 16　『伊豆の踊子』
（金星堂，1927 年）

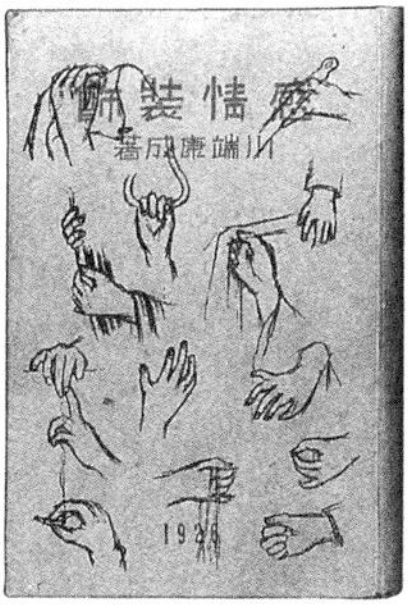

図 17　『感情装飾』
（金星堂，1926 年）

こうした『伊豆の踊子』の魅力には、作家の梶井基次郎の協力が少なからず影響を与えていた。『伊豆の踊子』を出版するにあたって、梶井が大きく貢献したことについて、川端が「『伊豆の踊子』の装幀その他」(『文藝時代』一九二七年五月)の中で以下のように記していることからも明らかとなる。

梶井君は大晦日の日から湯ケ島に来てゐる。「伊豆の踊子」の校正ではずゐぶん厄介を掛けた。「十六歳の日記」を入れることが出来たのは梶井君のお蔭である。私自身が忘れてゐた作を梶井君が思ひ出させてくれた。

梶井の勧めもあって、「十六歳の日記」が収録されることになった。単行本『伊豆の踊子』は川端にとって、幼少期から青春期にかけての重要な記憶に基づく創作を集めて出版した、記念碑的な創作集になった。

川端は梶井のことを、「『伊豆の踊子』の装幀その他」の中で「底知れない程人のいい親切さと、懐しく深い人柄を持つてゐる」と評していた。一方、梶井も、代表作「闇の絵巻」(『詩・現実』一九三〇年九月)の着想を湯ヶ島滞在中に得たとされている。川端の滞在する伊豆の湯ヶ島には、宇野千代や尾崎士郎たちが滞在するだけでなく、一九二六(大正一五)年から翌一九二七(昭和二)年にかけては、池谷信三郎・藤澤桓夫・保田與重郎・大塚金之助・日夏耿之介・岸田國士・林房雄・若山牧水・淀野隆三・外村繁・三好達治・十一谷義三郎ら多数の文学者たちが、川端を訪ねたり、湯本館に宿泊したりした。後年活躍する多くの文学者たちが湯ヶ島を訪れ、お互いに感化し合う場となったのである(図18)。

川端はこの時期、初めての新聞連載小説「美しい!」を『福岡日日新聞』月曜附録(一九二七年四—五月)に四回にわたって掲載している。二〇一三年二月に発見が報じられたこの小説の特色と発見の経緯については、石川巧が詳細に論じている[石川巧、二〇一三]。

「伊豆の踊子」の評価——「四十年間以上愛読者は絶えない」

川端が創作した多くの小説の中で、世代をこえてもっとも読み継がれてきたのは「伊豆の踊子」であると言えるだろう。川端は、一九一八(大正七)年の伊豆での体験を翌年、「ちよ」(第一高等学校『交友会雑誌』一九一九年六月)として発表した。その後、「湯ケ島での思ひ出」(一九二二年夏)を執筆、そして、「伊豆の踊子」「続伊豆の踊子」(『文藝時代』一九二六年一、二月)を創作する。

図18 伊豆湯ヶ島・湯本館の人々と(中央が川端, 1924年頃)

後に川端の代表作として日本国内外で有名となるこの小説は、雑誌掲載時、あるいは単行本刊行時にはまだ多数の読者を獲得していなかった。また、文壇で高い評価を得ていたわけでもなかった。

林武志は、川端の主たる小説の同時代評を丹念に収集し、「雪国」が発表時に多くの作家・批評家から高く評価されていたのに対し、「伊豆の踊子」については、わずかな言及がある程度にすぎないことを明らかにしている[林、一九八四]。作者である川端自身もまた、「伊豆の踊子」がそれほど評価されなかったという事実を認識していた。それは、「「古都」を書き終へて」(『朝日新聞』一九六二年一月二九―三一日)の次の文章からもわかる。

「伊豆の踊子」は決して名作ではないけれども、四十年間以上愛読者は絶えない。それも「文藝時代」に発表の当時、ほとんどなんの批評もなく、本になつた時に、佐佐木茂索さんが「あれはどこに出したの。」と、ひとこと言つてくれたのをおぼえてゐるくらゐのものである。

川端はほぼ同様のことを、「「伊豆の踊子」の作者」(『風景』一九六七年五月―六八年一一月)の中でも述べている。発表当時にはほとんど批評がなかった「伊豆の踊子」が、四〇年という時間を経過することで、愛読者を継続的に獲得できたことを川端が感じていたことがわかる。

「伊豆の踊子」は世間的な「出世作」とされている。しかし、自作で話題となった小説はむしろ、その四年後に『東京朝日新聞』に連載された「浅草紅団」であることを川端は繰り返し回想していた。たとえば、「「浅草紅団」について」(『文学界』一九五一年五月)の中で、「伊豆の踊子」を「出世作」とする見方は、発表当時にはなく、後年になってつくられたものであったことを著者自身が次のように述べている。

> 「伊豆の踊子」を私の「出世作」のやうに言つてくれる人もあるが、それは後からの見方で、「伊豆の踊子」(大正十五年)とか「十六歳の日記」(大正十四年)とかは、発表の時に文芸時評の題目に選ばれるやうな短篇ではなく、長い年月読み続けられるといふやうな短篇である。発表と同時に注目された作品は、やはり「浅草紅団」が初めであつたかもしれない。

川端が正確に言い当てているように、「伊豆の踊子」は、発表当時には必ずしも高い評価が与えられていたわけではなかったのである。

しかし、川端が「『伊豆の踊子』の作者」を連載し、一九六八(昭和四三)年にノーベル文学賞を受賞する頃には、「伊豆の踊子」は多くの読者を獲得し、その評価は発表当初とは比較できないほど高くなっていた。「伊豆の踊子」はどのように「名作」になっていったのであろうか。川端が次第に著名となり、時間の経過とともに多くの人々に読まれることで小説の魅力が再発見されると同時に、映像を含む様々なメディアを介して人口に膾炙していったことがその理由に挙げられる。

次項からは、「伊豆の踊子」の表現に触れ、川端の自作解説などをとりあげつつ、「伊豆の踊子」が「名作」となっていく過程について考えていきたい。

「道がつづら折になつて」——風景に織り込まれる息遣いと胸の高鳴り

「伊豆の踊子」は、旧制第一高等学校の学生である二〇歳の「私」が伊豆の旅に出て、踊子たち一行に出会うところからはじまる。天城峠から下田に至る道中を踊子たち一行に同行したことで、「私」は旅芸人たちとうちとけ、踊子とのあいだにほのかな恋心が芽生えていく。しかし、「私」と踊子はお互い好意を持ちながらも、結ばれることなく、下田の港で別れることになる。

「伊豆の踊子」は次のように始まる。

　道がつづら折になつて、いよいよ天城峠に近づいたと思ふ頃、雨脚が杉の密林を白く染めながら、すさまじい早さで麓から私を追つて来た。

この冒頭の一文からは、主人公の息遣いや胸の高鳴りが伊豆の風景に重なり合いながら、躍動的に伝わってくる。それは、第一節の幾重にも折れ曲がる山道の坂が主人公の屈折する感情と重なるからだけではない。これに続く、「いよいよ」という副詞が、主人公の期待を表す言葉だったからでもある。「いよいよ天城峠に近づいたと思ふ頃」という冒頭文の第二節は、天城峠の風景の推移を表現するだけでなく、踊子一行に追いつくことを期待して先を急ぐ主人公の感情をも同時に表現していた。そして、第三、四節では、「雨脚」が主語、「私」が目的語となった主客転倒の構文と擬人法によって表現される。ここでも、「すさまじい早さ」で「私」を追う「雨脚」は、先を急ぐ「私」の思いをも表現していた。しかも、その前半から後半へと至る中で、この一文は緩急をもって表現されていた。ここには、新しい文学の創造を目指した新感覚派時代の川端の特色の一端をうかがうことができるのである。

冒頭の一文に続く第二段落では、主人公の属性やいでたちが示される。そして、修善寺温泉で一泊、湯ヶ島温泉に二泊し、旅に出て四日目に天城峠で踊子一行と再会したことが明らかにされる。

私は二十歳、高等学校の制帽をかぶり、紺飛白の着物に袴をはき、学生カバンを肩にかけてゐた。一人伊豆の旅に出てから四日目のことだつた。修善寺温泉に一夜泊り、湯ケ島温泉に二夜泊り、そして朴歯の高下駄で天城を登つて来たのだつた。重なり合つた山々や原生林や深い渓谷の秋に見惚れながらも、私は一つの期待に胸をときめかして道を急いでゐるのだつた。そのうちに大粒の雨が私を打ち始めた。折れ曲つた急な坂道を駆け登つた。やうやく峠の北口の茶屋に辿りついてほつとすると同時に、私はその入口で立ちすくんでしまつた。余りに期待がみごとに的中したからである。そこで旅芸人の一行が休んでゐたのだ。

この引用箇所にも、先に見た冒頭部と共通する特徴――つまり、風景と主人公の感情が重なりあうかのような表現が見られる。「高下駄」で天城峠を登る「私」は、旅芸人の一行に追いつけるのではないかという「期待」に胸をときめかせながら先を急いでいる。そこで目にする「重なり合つた山々」「深い渓谷の秋」の情景は「見惚れ」るほどの美しさであることが示されている。ここでの「私」の胸のときめきは、天城の風景とも共鳴しているかのようである。

「孤児根性」からの解放——「いい人はいいね」

さらには、先を急ぐ「私」の前に、「大粒の雨」が降ってくる。旅芸人一行の行方が気になる「私」は、大雨に出合うことで、それまで以上に、先を急がなければならない理由を手にすることになる。大雨を避けるため、そして意中の旅芸人一行の後を追うため、主人公の「私」はさらに先を急ぐのであった。ここにも情景と主人公の感情の呼応を読み取ることができるだろう。

この茶店で会って以降、主人公の「私」は芸人たちと道連れになり、次第に踊子とうちとけていく。自身の「孤児根性」や「息苦しい憂鬱」から、解き放たれ、心を開く様子が表れているのが、次のような場面である。

「いい人ね。」

「それはさう、いい人らしい。」

「ほんとにいい人ね。いい人はいいね。」

この物言ひは単純で明けつ放しな響きを持つてゐた。感情の傾きをぽいと幼く投げ出して見せた声だつた。私自身にも自分をいい人だと素直に感じることが出来た。晴れ晴れと眼を上げて明るい山々を眺めた。瞼の裏が微かに痛んだ。二十歳の私は自分の性質が孤児根性で歪んでゐると厳しい反省を重ね、その息苦しい憂鬱に堪へ切れないで伊豆の旅に出て来てゐるのだつた。だから、世間尋常の意味で自分がいい人に見えることは、言ひやうなく有難いのだつた。

「いい人ね」。この言葉が不意に発せられたことで、「自分をいい人だと素直に感じ」、「いい人に見えることは、言ひやうなく有難い」と思い、自身の中にあった「孤児根性」や「息苦しい憂鬱」から解放されることになる。そしてこの後、伊豆下田で、「私」と踊子はお互い好意を持ちながらも、別れの時をむかえるのである。

このように、「伊豆の踊子」は、日常から非日常へ、そして再び日常へという明確な構造を持つ小説であった。それとともに、ひとりの青年の通過儀礼を、そして少女への淡い恋愛感情を描いた物語内容を持つ小説として多くの人々に知られるところとなったのである。

「伊豆の踊子」は、今でこそとても有名な小説であるが、一〇〇年ほど前に発表されたときには、あまり知られていなかったことはすでに述べた。川端自身がその分析をしている。小説家としてだけでなく、文芸評論家としても活躍した川端の自作評は、「伊豆の踊子」がどのように「名作」となっていったかを知るうえで、興味深い視点を提示してくれる。次にそれを見ていくことにしたい。

「伊豆の踊子」の作者として——反撥・嫌悪・羞恥

発表時に高い評価を得たわけではない「伊豆の踊子」は、川端がノーベル文学賞を受賞する頃には、作者自身が戸惑うほどその名が知られるようになっていた。偶然乗り合わせたタクシー運転手から「伊豆の踊子」の作者であることを見抜かれた戸惑いについて、一九六七(昭和四二)年からノーベル文学賞受賞の一九六八年まで連載された「「伊豆の踊子」の作者」の中で次のように記している。

もし私がこの後、「伊豆の踊子」よりも「愛される作品」を書けたにしても、それが「一番有名ですね。」といふことになるのはむづかしく、むしろその作品自体の運によるやうなもので、私はやはり「伊豆の踊子」の作者として終るのであらうか。さう思ふと、「伊豆の踊子」の作者といふことに、むらむらと反撥、嫌悪を感じる。

私は見知らぬ人、行きずりの人からも、思ひがけぬ時に思ひがけぬ場所で、「伊豆の踊子」の作者として声をかけられることがあまりにしばしばで、これほど度重なれば馴れこになつてよささうなのに、やはりそのつどきまり悪く、目のやり場に困つてしまふ。もつとも、「伊豆の踊子」に限つたわけではなく、自分の作品について面と向つて言はれるときまりが悪いのだけれども、「伊豆の踊子」は意外な時に意外な人が不意に言ふことが多いので、またかと思はせられて、とつさに軽い反撥を感じるのである。羞恥もある。

また、川端はこの文章の冒頭で、次のようにも述べていた。

「伊豆の踊子」の作者であることを、幸運と思ふのが素直であるとは、よくわかつてゐる。それになにか言ふのはひがごころであらう。

「伊豆の踊子」のやうに「愛される作品」は、作家の生涯に望んでも得られるとはかぎらない。川端は「『伊豆の踊子』の作者」であることを、素直に「幸運」と思うと同時に、その一方で、「反撥」と「嫌悪」、そして「羞恥」をも感じていた。そして、戸惑いのもう一つの理由はおそらく、「伊豆の踊子」以降にも、「浅草紅団」「雪国」「山の音」などの「名作」と評価される作品を発表しながらも、いまだに「伊豆の踊子」の作者と見なされていることによるものであった。

「『伊豆の踊子』の作者ですね」という、タクシーの運転手の問い掛けに対する反応は、「川端康成」であることを見抜かれた戸惑いを意味するだけではない。この文章を発表した時期にはすでに著名な作家となっており、川端と「伊豆の踊子」は新聞、雑誌、テレビなどのメディアを通じて、日本国内において広く知れわたっていたことを含んだ表現でもあった。

「伊豆の踊子」が伝播したことがメディアと深く関連することを川端自身も意識していたことは、『落花流水』(新潮社、一九六六年)に収録されたエッセイ「伊豆行」(『風景』一九六三年六月)の中で次のように述べていることからもうかがえる。

映画、ラジオ、テレビジョンに度重ねて使われたことを、彼女(「伊豆の踊子」のモデル——引用者注)や旅芸人の一行の人たちは知っているのだろうか。いくつかの国語教科書にのっていることは、おそらく知らないであろう。

これは、「伊豆の踊子」のイメージがメディアを通して広範囲に流通していたことを示すエピソードである。また、ノーベル文学賞受賞という出来事が、川端の作家としての評価を上昇させることになり、「伊豆の踊子」に波及したという側面もあった。

今でこそ「名作」の筆頭に挙げられることの多い「伊豆の踊子」ではあるが、ノーベル文学賞受賞発表の際に対象となった主たる小説として名前があがったのは、「雪国」「千羽鶴」「古都」であった。ノーベル文学賞を受賞してもなお、川端は「雪国」あるいは「千羽鶴」「古都」の作者としてよりも、半世紀ほど前に創作した「伊豆の踊子」の作者として、日本国内の世間一般では認識されていた。それではなぜ、作家としての出発期に書いた「伊豆の踊子」が、日本国内において広く国民に浸透していったのであろうか。一九二〇年代の日本で書かれた短篇小説が、アジア・太平洋戦争と戦後の高度経済成長期をへて、国民的小説となっていくプロセスには、どのような要素がかかわってくるのであろうか。この点については、高度経済成長期の川端康成と関連づけながら第四章第一五節で述べることにしたい。

《コラム5》学生時代の恋愛と別れ

旧制高等学校時代の川端康成は結婚を前提とする恋愛をしている。川端の創作に大きな影響を与えた、第一高等学校の学生時代の伊藤初代との恋愛については、川端自身が「独影自命」(『川端康成全集』第一四巻、新潮社、一九七〇年一〇月)に「篝火」「非常」「霰」「南方の火」などの小説を挙げながら、記している。川端は一九二〇(大正九)年、石浜金作・鈴木彦次郎・三明永無と初代が働いていたカフェ・エランに足繁く通い、二人の恋愛は婚約に発展するが、翌一九二一年には破談となった(図A)。

二〇一四(平成二六)年七月に、川端康成と伊藤初代とのあいだに交わされた書簡一一通が発見され、新聞などのメディアで大きく報じられた。一九二一年一〇月に結婚を約束しながら、初代から川端に「ある非常」から破談を伝える手紙が送られていたことが明らかとなった。発見された書簡からは、初代が身を寄せていた岐阜で性被害に遭い、川端に真相を伝えることなく婚約を断念したことがわかる。それと同時に、両者の置かれた状況は大きく異なるものの、二人の悲恋をめぐる心の傷が伝わる書簡である。

図A　伊藤初代と川端康成(左)

水原園博が資料と関連する地域を紹介[水原、二〇一六]、森本穫がさらに、手記や日記などの新資料を駆使しながら、初代の生涯と川端との関係を詳細に分析している[森本、二〇二二]。川端の作家としての基底をなす、家系・恋愛・孤児根性については羽鳥徹哉が、官能と宗教については片山倫太郎が詳細に論じている[羽鳥、一九七九][片山、二〇一九]。また、高等学校時代に川端と盛り場やカフェにともに通った鈴木彦次郎については須藤宏明の著作が詳しい[須藤、二〇〇二]。

7　帝都復興を映し出す「浅草紅団」——新聞・挿絵・映画

新聞連載小説への再挑戦——浅草を主人公として

「浅草紅団」は、かつて東京でもっとも活気のあった浅草の街を、そこに出没する不良女の活躍とともに描いた、川端の昭和初年代の代表作である。語り手の「私」が、浅草の路地裏で遭遇した弓子をはじめ、彼女を介して知り合う不良少女たちに誘われながら繁華街を探訪し、「私」の嘱目する浅草の風俗や風物、この街の事件や逸話を読者に紹介する設定をとっている。小説は過去から現在へと時間の秩序に従った構成とはなっておらず、逸脱を繰り返しながら、浅草の空間性を際立たせて進行していく。新聞連載小説「海の火祭」(『中外商業新報』一九二七年八月一三日—一二月二四日)における失敗もあってか、川端は「浅草紅団」を執筆する際に、物語としての整合性に囚われることなく、新聞連載時における各回の魅力を優先しながら小説を書き進めていったように見える。

「浅草紅団」は、新聞に連載された前半と雑誌発表の後半から成る。『東京朝日新聞』夕刊の三七回連載(一九二九年一二月一二日—三〇年二月一六日)、『新潮』(一九三〇年九月)、『改造』(一九三〇年九月)に分けて発表されている。タイトルは『東京朝日新聞』『改造』掲載分が「浅草紅団」で、『新潮』

掲載分が「浅草赤帯会」であった。その後、これらが加筆・修正のうえ統合され、一九三〇（昭和五）年一二月に先進社から『浅草紅団』として上梓された（図19）。さらに『浅草紅団』に収録された「浅草日記」（『近代生活』一九三〇年一二月、『週刊朝日』一九三一年一月一六日、『新潮』一九三一年二月）以降、以下の文章を継続して発表しており、浅草に強い愛着の念を抱いていたことがうかがえる。

「浅草に十日ゐた女」（『サンデー毎日』一九三二年七月）
「浅草の九官鳥」（『モダン日本』一九三二年七—一二月）
「浅草の姉妹」（『サンデー毎日臨時増刊号』一九三二年一一月）
「浅草祭」（『文藝』一九三四年九—一一月・三五年一—二月、『文学界』一九三五年三月）

図 19　『浅草紅団』
（先進社，1930 年）

川端は、「浅草紅団」を創作するにあたって、浅草探訪の経験を生かす一方で、同時代のこの街に関する文献を参考にし、必要に応じて引用している。この点については、野末明が具体的な資料を提示しながら指摘している［野末、一九九七］。「浅草紅団」は、浅草に関する多くの文献を引用することで創作されていたのである。

さらに注目すべきは、川端がこうした同時代の単行本だけでなく、掲載紙の『東京朝日新聞』を中心に、新聞記事を引用しながら「浅草紅団」を創作している点である。「浅草紅団」の前半が新聞連載小説であっただけに、どのように新聞記事を引用しているのかはとても興味深い。しかし、「浅草紅団」はこれまで、単行本として刊行されたテクストをもとに論じられることが多かったため、昭和初年代の新聞連載時の歴史的状況や文脈が見えにくくなってしまう嫌いがあった。新聞小説としての「浅草紅団」の特色を検討するにあたっては、作中でしばしば言及される新聞記事や、連載時に毎回掲載された太田三郎の挿絵が重要な要素となる。太田の挿絵の重要性については、海野弘が注目している〔海野、一九八三〕。加えて、新聞連載小説の話題性を利用した映画化も見逃せない。ここでは、新聞・挿絵・映画に照明を当てることで、「浅草紅団」の特色の一端を明らかにしていきたい。

新聞記事を引用する小説方法——三面記事の摂取

『東京朝日新聞』連載時の「浅草紅団」では、作中での新聞への言及例には事欠かない。ここで注目したいのは、そうした記事の引用方法についてである。当時の新聞には、全国紙の東京版や東京の地域紙などに、浅草に関する新聞記事や写真がしばしば掲載されていた。川端は「「浅草紅団」続稿予告」(『文藝』一九三四年七月)の中で述べているように、「浅草紅団」などの「浅草もの」を創作するにあたって、収集した資料をノートにまとめていた。そして、そうした浅草の情報を小説の中に盛んに取り込んでいたのである。その中には、新聞記事もあった。

たとえば、連載開始からまもない『東京朝日新聞』一九二九(昭和四)年一二月一九日夕刊に掲載された「浅草紅団」には、次のような新聞への言及例がある。

十一月の中頃だつた。私はその日の新聞の話をした。

「ざんぎりお何とかいふ女があげられたつて、夕刊に出てたぢやないか。」

「お何？　お何ぢや分らない。私だつて、これ、ざんぎりだわ。ダンパツなんて大嫌ひ、ざんぎりお弓――あら、そんなことうそよ。」と、弓子は瞼の直ぐ下に片ゑくぼを見せて、ついと二三歩先きに出た。　(六)

新聞紙名は明示されていないが、ここで言及された事件が、『東京毎夕新聞』一九二九年一一月一八日に掲載の、「浅草公園の暗闇に／廉買の性市場／男装したザンギリおふみ／警察も手こずる妖女群」という見出しの記事に依拠していることを、佐藤秀明は指摘している〔佐藤、一九九九〕。川端が「浅草紅団」執筆に際して『東京毎夕新聞』を参照していたことが明らかとなる。オリジナルの記事の見出しからは、事実の報道というよりも、読者の好奇心をかきたてる物語であるかのような印象を受ける。「浅草紅団」の連載開始からまもない段階で参照されたこの記事からは、「ザンギリ」や「男装」という要素が抜き出されている。ここからは、川端が、掲載一ヶ月前の新聞記事をモチーフとしながら、連載小説を執筆していたことがわかる。

この記事の掲載紙『東京毎夕新聞』の特色については、山本武利の指摘がある〔山本武利、一九八八二」。山本によれば、「相場新聞との異名をもつほど、株式、米穀、商品の情報を中心としたかなり特殊な新聞」であった。そして、「同紙が大正期から昭和初期にかけて、東京下町を中心とする労働者や職人、中小商人など今まで新聞に接することの少なかった階層に読者を開拓し、新聞市場の拡大に寄与すること大であったと推測」する。川端が、東京下町の読者を主たる対象とする同紙に掲載された三面記事に目配りし、「浅草紅団」に引用していたことは興味深い。

多数刊行されていた当時の新聞の中で、「浅草紅団」と新聞記事や写真との相互作用においてもっとも効果的であったと推測されるのは、掲載紙『東京朝日新聞』からの引用である。『東京朝日新聞』の紙面上で、連載小説と関連する記事や写真とを相互に参照しながら読んだ当時の読者も少なくなかったろう。あるいは、どの記事が小説に反映されるかといった謎解き的な楽しみさえ感じた読者もいたのかもしれない。そうした同一紙面における小説と新聞記事との相互作用を意識的に活用し、「浅草紅団」を創作していたのである。

『東京朝日新聞』の記事とラジオ放送――「不景気のどん底の年の大晦日」

『東京朝日新聞』への言及は作中に多く散見されるが、次の引用もその一つである。

また「朝日新聞」の記事によると、昭和四年の大みそかの夜、十一時五十分から、ＪＯＡＫが浅草観音の境内にマイクロホンを二つするつけ、参詣人の足音、鈴の音、おさい銭の響き、柏手の音、百八の鐘、鶏の声なぞ、除夜の気分を諸君に放送するさうだ。
私も紅団員をマイクロホンの前に集めておいて「一九三〇年万歳」を叫ばせようかと思ふが――それはとにかく、不景気のどん底の年の大晦日気分も、やはり「東京の心臓」の浅草が代表するから、この放送があるのだ。　（十四）

引用中の「「朝日新聞」の記事」とは、『東京朝日新聞』一九二九（昭和四）年一二月二三日朝刊に掲載された、「観音さまの大みそかを放送　境内に機械をするゑて　除夜の鐘や賑ひの実況を」という見出しの記事である。小説の引用は、『東京朝日新聞』一九三〇年一月八日に掲載されたもので、直近の年末の新聞記事に言及していることがわかる。

ＪＯＡＫが愛宕山に開局したのは一九二五（大正一四）年三月のことであった。この記事が掲載されたのは、ラジオ放送が開始されてからまだ四年しか経っていなかった時分のことである。ここでは、浅草寺における除夜の鐘の実況中継に際して、境内から聞こえてくる様々な音に言及することで、浅草の賑わいを際立たせようとしている。一九二九年一〇月には、ニューヨーク株式市場の大暴落を端緒に世界大恐慌が起こり、一二月には、横浜の生糸市場も大暴落、年末には日本も深刻な不況に陥っていた。小津安二郎監督の映画「大学は出たけれど」（松竹蒲田）が同年秋に封切られている。大学を卒業しても就職先が容易に見つけられない不況下に追い討ちをかけるようにして、大不況の波が日本に押し寄せてきたのであった。「浅草紅団」の連載開始は一九二九年一二月であり、世界大恐慌の発端の時期に小説は構想され、不況が深刻化していく最中に連載が開始された。浅草のリアルタイムを描いた「浅草紅団」において、この大不況が必然的に描かれているゆえんである。事実、この経済的危機は小説の随所に見え隠れする。

そうした経済的危機をよそに賑わう一九二九年大晦日の浅草を、添田唖蟬坊《そえだあぜんぼう》「浅草底流記」(『改造』一九二八年五月)に記された「浅草は、東京の心臓――」「浅草は、人間の市場――」という印象的なフレーズを活用しながら、川端は表現したのである。添田の文章は、後に『浅草底流記』(近代生活社、一九三〇年)に収められた。

音の風景――「東京の心臓」の躍動感

「浅草紅団」では、関東大震災から徐々に復興する繁華街の喧騒を様々な音を書き込むことによって印象づけている。その特色は、次の部分からもうかがえる。

交通巡査の笛、新聞売子の鈴、起重機の鎖の響き、川蒸気の発動機の音、アスファルトを踏む下駄の音、自動車や電車の車輪の響き、ここの少女のハアモニカ、電車の鈴、エレヴエタアの扉の音、自動車のラツパ、遠くの雑音――それらを一つとしてその波にぼんやり耳を浮べてゐると、これも子守歌でないことはない。(三十二)

作中でたびたび登場する「新聞売子」についての描写を含むこの部分では、当時の浅草に溢れていた多種多様な音が書き込まれている。川端は、こうした音によって街を立体化させるとともに、「東京の心臓」たる浅草の躍動感をも表現しようとしていたのだろう。

『東京朝日新聞』の記事への言及については、新聞連載の最終回にあたる一九三〇(昭和五)年二月一六日の連載にも見られる。地下鉄食堂尖塔の東西の窓からの眺望が紹介された後に、北の窓からの風景が描写されるのだが、そこでは新聞の記事と写真について次のように書かれている。

その北窓は――こゝの屋上の通風筒と万国旗。仲見世。今半の金のしやちほこ。仁王門。鳩。五重の塔――一番上の屋根瓦だけが緑だ。落葉盛りの大いてふ。修繕中の観音堂は、十二月に入ると直ぐ、足場の上にトタン屋根を張り、周りをすだれで囲ひはじめたが、諸君も「朝日新聞」の写真入記事で御覧の通り、その囲ひは間口二十七間、奥行二十八間半、高さ百二十尺、五間から十間の杉丸太五千本、角材二百五十石、そして波形トタンが四千枚だ。境内の木立の冬枯。吉原。千住ガス・タンク――東京の北の果ては、低い冬曇りだ。(三十七)

ここで言及された「「朝日新聞」の写真入記事」とは、同紙一九三〇(昭和五)年二月一四日夕刊の記事「囲はれた観音様の本堂」である。これを小説本文と対照すると、川端が『東京朝日新聞』掲載の記事と写真をほぼそのまま活用していたことが明らかとなる。小説連載日と新聞記事掲載日は中一日と近接しており、連載小説進行中に、掲載紙である『東京朝日新聞』の記事を素早く取り込んで執筆していたのである。

ただし、引用の「諸君も「朝日新聞」の写真入り記事で御覧の通り」という新聞連載時の表現は、単行本では「諸君も仁王門脇の本堂修繕寄附受附所の掲示で御覧の通り」と書き換えられている。新聞掲載時は、新聞を定期的に読む読者に働きかけるように、周知の記事として「私」は語るのであるが、単行本ではこの文脈は有効ではなくなる。そのため、単行本収録にあたって、新聞掲載の写真を説明する文章に書き換えたのであった。

ここに挙げた事例からは、「浅草紅団」の掲載紙である『東京朝日新聞』の記事の活用方法がうかがえる。あえて新聞紙名を入れた記事は浅草観音についてのものであり、新聞記事の引用は、この街の風物を季節の変化とともに印象的に伝える恰好の材料となっていたのである。

挿絵と新聞小説の相互作用――太田三郎の挿絵

新聞小説としての「浅草紅団」の魅力を考えるにあたって、『東京朝日新聞』連載時に毎回掲載された太田三郎の挿絵は逸することのできない重要な要素である。

太田は一八八四(明治一七)年に生まれ、一九六九(昭和四四)年に没した洋画家・挿絵画家である。洋画を黒田清輝、日本画を寺崎広業に学び、一九二〇(大正九)年から一九二二年にかけて渡欧し、帰国後の絵には、キュビスム、フォービスムの影響が見られるようになった。女性を官能的、頽廃的に描くことを得意とする太田の画風は、浅草の女性たちを主人公とする「浅草紅団」に適合しており、エロ・グロ・ナンセンスの時代の風潮とも合致していたと言えるだろう。

また、太田は早くから小説を題材に絵を描く機会を得ていた。たとえば、川端龍子、名取春仙とともに『金色夜叉画譜』上巻（博文館、一九一一年）を編集している。そこでは、『読売新聞』に一八九七（明治三〇）年から一九〇二年まで連載された尾崎紅葉の代表作『金色夜叉』の物語内容に基づく作画をしていた。『金色夜叉画譜』においては、絵画に対応する本文が掲げられているが、物語の筋や結構に拘束されていない特色を、関肇は指摘している［関、二〇〇七］。この他にも、お伽噺や日本の古典文学の挿絵を担当するなど、太田は、物語内容に即した作画の豊富な経験を持っていた。

太田の挿絵は三七回の新聞連載時に毎回、小説とともに掲載されていた。しかし、単行本『浅草紅団』には、これとは別の五枚の絵が収録されており、新聞連載で読む場合とでは、小説の印象は大きく異なる。また、その後、新聞連載時にあった挿絵をすべて収録した日本の書籍はない。そのため、同時代の新聞小説の読者が体感したであろう文章と挿絵の相互作用は、単行本『浅草紅団』、あるいはその後に出版された文学全集や文庫本の版では追体験することはできない。ただし、『浅草紅団』の英訳版 *The Scarlet Gang of Asakusa*（University of California Press, 2005, 図20）には、新聞連載時の挿絵がすべて収録されている。この版であれば小説本文と挿絵とを対応させながら読むことが可能である。

図20『浅草紅団』英訳（翻訳：アリサ・フリードマン）

「浅草紅団」の新聞連載時の挿絵は物語内容と呼応しているように見えるが、小説と密接にかかわる彼の挿絵は、新聞連載においてどのような機能を果たしていたのだろうか。

まず注目したいのは物語内容の視覚化である。読者が登場する人物や場所を具体的にイメージするうえで、挿絵による視覚化は効果的であった。「浅草紅団」の挿絵は、登場人物と場所がともに描かれたものが多い。登場人物については、弓子をはじめとする女性を中心に、髪形や服装、顔の表情などから、各人物の性格や感情を視覚化している。女性の表象を得意とする太田の特色が存分に発揮された部分と言えるだろう。

場所については、建築・公園・橋梁など、浅草のランドマークが多く素材となっていた。描かれるのは主に関東大震災後の浅草である。「二十」などの挿絵では、過去の浅草の記憶を喚起する「十二階」と称された凌雲閣なども描かれる（図21）。こうした新旧のランドマークを描いた挿絵は、浅草に行ったことのない読者には、小説の舞台の具体的なイメージを与える。一方、浅草をよく知る読者にはこの街の現在と過去をオーバーラップさせる働きを持つのである。

挿絵が伝える物語内容――関東大震災、隅田公園、カジノ・フォーリー

続いて注目したいのは、挿絵が物語内容の要約となっている点である。「浅草紅団」は逸脱を繰り返しながら進行する小説であり、物語内容をとらえるのに困難を伴うことが少なくない。そうした錯綜する小説の内容を、太田の挿絵は読者にわかりやすく伝える機能を果たしていた。たとえば、「十九」の挿絵はその一例となる。この章では、弓子は姉の復讐のために、赤木を船におびき寄せて、過去のあらましを告白する。震災後の混乱がさめやらぬ状況下で、姉の千代はこの男に翻弄され、精神に異常をきたしたのであった。「新しく出来た飛行船が、東京の空を二十四時間ぶっ続けに飛んだ日の晩」、罹災者が居住していた鉄筋コンクリート造りの小学校の校舎で、姉と男の逢引きを目撃していたことを回想し、弓子はそれを彼に語る。このように、姉妹と男の現在と過去が交錯する物語を、太田は一枚の挿絵に集約して表現していたのである（図22）。

図21 「浅草紅団」(20)挿絵

図22 「浅草紅団」(19)挿絵

太田の挿絵は、作中の人物と場所の具体的なイメージを喚起し、物語内容を説明する補助的な役割を果たす。それと同時に、それ自体が自立的に物語の展開を表象する側面もあった。興味深いことに、小説の挿絵だけをスクラップブックにまとめた同時代の読者もい

た。この事実からは、太田の絵に魅力を感じ、一連の挿絵から物語を空想する愛好家もいたことが想像される。太田が、創作する挿絵と挿絵の紡ぎ出す物語を十分に意識していたことがうかがえる。それは映画の絵コンテや漫画のコマを想起させるだろう。

たとえば、小説の連載がはじまってまもない「三」から「五」の挿絵にその特色が顕著である。「三」の挿絵では、「断髪の美しい娘」が、ピアノの前に座って振り向く艶めかしい姿が描かれている(図23)。続く「四」では「ピアノ娘と双子としか思へない若者」が自転車で隅田公園を颯爽と走る姿がロングショットで(図24)、「五」では自転車を降りた「若者」が「昭和三年二月復興局建造の言問橋」の欄干の脇に立つ姿がフルショットで示されている(図25)。この「若者」は、男装した弓子であった。作中で仮装を繰り返す弓子の行動は、文章だけではとらえづらいところもある。し

図23 「浅草紅団」(3)挿絵

図24 「浅草紅団」(4)挿絵

図25 「浅草紅団」(5)挿絵

図26 「浅草紅団」(9)挿絵

かし、この一連の挿絵は、「ピアノ娘」の弓子が自転車に乗る「若者」に変装し、隅田公園から言問橋に至るまでの動きを、時間の流れに従って視覚化して示しているのである。

また、カジノ・フォーリーについて描かれた挿絵も、それ自体が物語を生成させていく側面が見られる。カジノ・フォーリーは一九二九(昭和四)年七月に、浅草水族館二階の余興場に設立された劇団である。しかし、同年九月には解散、その後、一〇月には、俳優・歌手・コメディアンの榎本健一を代表に第二次の発足となった。川端の「浅草紅団」に描かれているのは、この第二次カジノ・フォーリーである。「九」の挿絵では、カジノ・フォーリーの舞台のダンサーと観客席に座る弓子と男の姿が(図26)、続く「十」では、カジノ・フォーリーの興行が行われた水族館内の様子が、一階席後方の視点からそれぞれ描かれている(図27)。ここでは、舞台で踊るダンサーたちと客席の全景が示されている。「十二」では、「深川かつぽれ」を舞台で踊る二人の踊子がフルショットで描かれる。その横に、梅園竜子と花島喜代子の名前が記されることで、彼女たちがカジノ・フォーリーを代表する実在の踊子であることがわかるようになっていた(図28)。

図27　「浅草紅団」(10)挿絵

図28　「浅草紅団」(11)挿絵

カジノ・フォーリーが、「浅草紅団」でとりあげられたインパクトは大きかったようだ。当時『読売新聞』の記者であった高木健夫によれば、若い新聞記者の間でも連載開始まもない「浅草紅団」のことが話題となり、記者を含む新聞小説の読者たちがカジノ・フォーリーのレビューに集まったという〔高木、一九八二〕。川端は、「「浅草紅団」について」(『文学界』一九五一年五月)で「「伊豆の踊子」を読んで多くの若い人が天城越えの旅をしたやうに、「浅草紅団」も多くの人々を浅草に誘つた」と回想していた。新聞に連載された小説と挿絵が、浅草公園の水族館二階で催されていた興行に現実の読者を誘っていたのである。

新聞連載小説と文芸映画――映画「浅草紅団」をめぐって

カジノ・フォーリーという空間とそこで演じられるレビューは、新聞連載の「浅草紅団」の小説と挿絵のいずれにおいても重要な場面として扱われ、映画化に際しても注目されることになる。それは、映画「浅草紅団」の話題性と注目度を伝える次の宣伝文からもうかがえる。

新感覚派の川端康成原作、東京朝日新聞連載と云ふ興行価値を持つてゐる上に今人気盛りの例のカジノフオーリーを背景にしてゐると云ふので各方面から注目されてゐるものである。

この文章は、「ダークホースはどう動く――秋の帝キネ映画紹介」(『キネマ旬報』一九三〇年九月一日)という、当時の日本映画界で「ダークホース」と見なされていた、帝国キネマ演芸株式会社の新作を紹介する欄に掲載されたものである。映画「浅草紅団」を広告するにあたって、新感覚派の作家である川端康成の作者名、『東京朝日新聞』における連載小説、作中で扱われている浅草で話題のカジノ・フォーリーの三点において話題性があったことがわかる。一点目の原作者への言及は、川端が横光利一とともに新感覚派の中心人物であり、新感覚派映画聯盟の「狂つた一頁」の製作の中核を担っていたことに基づくものであった。二点目の『東京朝日新聞』については後述する。三点目のカジノ・フォーリーについては、当時大きな話題を呼んでいた、浅草の水族館でのレビューを作中に描き込んでいる点を指している。

二点目の「東京朝日新聞連載と云ふ興行価値」については、新聞連載小説の映画化が、関東大震災後の同紙発行部数の増加と密接にかかわっていることを指している。この時期には、新聞小説の話題性を利用して多くの観客を動員すべく、連載作品を映画化する動きが少なからず見られた。加えて、帝国キネマでは文芸作品の映画化に力を入れており、「浅草紅団」もその一つであった。映画「浅草紅団」は『東京朝日新聞』連載終了後の小説中断中に、帝国キネマが監督・高見定衛、脚本・前田孤泉によって製作している。『キネマ旬報別冊　日本映画作品大鑑　第五集』（キネマ旬報社、一九六一年）によれば、この映画は、一九三〇（昭和五）年九月五日に、当時帝国キネマの封切館であった浅草常盤座で上映された。「浅草紅団」を連載していた時期の『東京朝日新聞』の発行部数は、朝日新聞百年史編修委員会『朝日新聞社史資料編』（朝日新聞社、一九九五年）によれば、一九二九年で約五八万七千部、一九三〇年で約七〇万二千部を数えていた。新聞小説という「広告」の効果は映画化に際して小さくはなかったことがうかがえる。

「浅草紅団」の前に『東京朝日新聞』夕刊に連載されていた林房雄の「都会双曲線」(一九二九年一〇月八日―一二月一〇日)も、映画「浅草紅団」と同じ映画会社・監督・脚本で製作され、小説と同じタイトル「都会双曲線」で、一九三〇年五月二日に浅草常盤座で封切されている。また、「都会双曲線」以前にも、『東京朝日新聞』夕刊に一九二八年六月七日―七月二一日連載の片岡鉄兵「生ける人形」は内田吐夢《うちだとむ》監督「生ける人形」(一九二九年四月一九日上映開始)に、一九二九年六月二九日―一〇月六日、一九三〇年三月二九日―六月四日連載の十一谷義三郎「時の敗者 唐人お吉」は溝口健二監督「唐人お吉」(一九三〇年七月一日上映開始)に、それぞれ映画化された。「生ける人形」「唐人お吉」はいずれも日活太秦で製作されたものであった。

新聞の連載小説ではないが、菊池寛が一九二八年六月から翌一九二九年一〇月にかけて『キング』に連載した「東京行進曲」も、溝口健二によって映画化され、連載途中の一九二九年五月三一日から上映開始となった。「浅草紅団」連載開始の前後には、東京を舞台とする文芸映画が続けて製作されていたことがうかがえる。このように、東京を舞台とする映画が陸続と製作された背景には、一九三〇年に控えた「帝都復興祭」に向けて復興していく東京に、衆目が集まっていたことがあるだろう。

映画「浅草紅団」の同時代の評価――復讐劇とメロドラマ

映画「浅草紅団」のフィルムは現存しないとされているため、現段階では十分には確認できないが、以下の映画の紹介文「浅草紅団」（『キネマ旬報』一九三〇年六月二一日）から、概ねどのような映画であったかがわかる。

東京は人間の坩堝、そして又浅草は東京の坩堝だ。此の浅草に紅団と云ふ一団があつた。以前は此の団員の一人であつた床屋の梅吉が思ひを寄せてゐる木馬館の切符売子弓子も矢張り此の団員の一人である。弓子には彼女がまだ幼い頃男に捨てられて発狂したお千代と云ふ姉があつた。姉を発狂させた男、赤木に対して弓子は深刻な復讐心を抱いてゐた。長い〳〵七年間、遂に赤木は再び弓子の眼前に現はれた。自分が捨てた女の妹とも知らず近寄つて来る赤木、けれども弓子は何時ともなく己れが抱く固い復讐心が裏切られ、却つて赤木に惹かれて行く自らの心を意識しなければならなかつた。姉の恨みを晴らしたい心と、自分自身が「女になりたい」と云ふ心の別れ路に悩み悶えた弓子は遂に月の美しい一夜、隅田の流れに浮べた舟の中で、自ら毒を仰いでその死の接吻を赤木に許した。かくて赤木は死んだ。姉の復讐を果すと共に自らも「女になつた」喜びの裡に弓子も死んで行つた、浅草公園のベンチに床屋の梅吉は一人淋しく遂げられざりし片恋を泣いたのである。

この紹介文からは、映画「浅草紅団」が小説「浅草紅団」の物語内容を踏襲しつつ、どの部分に注目しているかがわかって興味深い。映画では、弓子の赤木への愛憎をめぐる復讐劇とメロドラマを中心としながら製作されていた。それは、「浅草紅団」のシナリオ、川端康成原作・前田孤泉脚色「シナリオ　浅草紅団」(『映画時代』一九三〇年八月)からも確認できる。このシナリオでは、映画のクライマックスにあたる弓子と赤木の「死の接吻」の場面で、弓子と死んだ姉の千代子の顔を二重写しで撮影し、その後、弓子の死によって結末を迎えていることがわかる。

しかし、同時代の映画評を見る限り、映画「浅草紅団」の芸術性についての評価は芳しくはなかった。たとえば、映画評論家の友田純一郎の「浅草紅団」評「主要日本映画批評　浅草紅団」(『キネマ旬報』一九三〇年九月二一日)にそれがうかがえる。友田は、「脚色者は小説「浅草紅団」を忠実に映画化し、監督者は殆んど台本通りの仕事しかしてゐない」と脚本と映画のいずれについても批判していた。特に、クライマックスの「死の接吻」の場面は「支離滅裂の惨状である」と酷評している。映画のラストについても、「位牌迄持出す愚かさを犯してゐる」とし、「復讐と愛慾の接吻のシーンを強調して終る可きである」と述べている。さらに、役者についてはミスキャストで、ロケーションで撮影した浅草の場面の画面が暗いことについても批判を加えていた。一方、「興行価値」については、「読書界にセンセーションを起した小説の映画化だから相当客を呼べやう」と期待されていたのである。

小説中断時に上映される映画――変えられた結末

小説が連載途中で映画化されることは、この時代では珍しいことではなかった。しかし、映画の中での登場人物の死は、原作者の川端にとっても想定外のことであったに違いなく、小説の進行にも少なからず影響を及ぼすことになる。小説「浅草紅団」と映画との関連で特に興味深いのが、小説中断時に上映された映画と、これを受けて再開された小説との関係であった。「浅草紅団」では、「私」を案内する人物が途中で交代する。弓子から春子への案内役の交代は、「浅草紅団」の連載の中断・再開とほぼ呼応している。小説が中断されているあいだに、映画「浅草紅団」が製作されたことがその大きな要因となっていた。

このように、同名の小説と映画の入り組んだ関係が発生したことで、語り手の「私」は再開した小説「浅草紅団」の中で次のようにコメントすることになる。

――ここで私は、春子に諸君を案内させよう。と言ふのは、先頃映画化された「浅草紅団」では、弓子が死んでしまつたことになつてゐるのだ。彼女が紅丸の上で口に銜んだのは、〇・〇〇〇五の亜砒酸丸六粒だつたのだが。（三十九）

引用文にある「先頃映画化された「浅草紅団」」こそが、帝国キネマの映画「浅草紅団」であり、ここでは小説の主人公の弓子が死んだことになっていた。しかし、高橋真理が指摘しているように、「〇・〇〇〇五の亜砒酸丸六粒」では致死量に達していない［高橋、一九八九］。弓子と赤木とのやりとりに関する叙述を見ても、二人が死ぬようには描かれていない。また作中でも、「もし、弓子も紅丸の中に、亜砒酸で死んでゐたとすれば、この二人の娘の気持に似てゐるといふ人もあらうが――」(二十七)という仮定法を利用した叙述によって、弓子が生きていることが示唆されていた。「浅草紅団」の映画シナリオからは、主要人物の弓子が死んだことになっていることがわかる。つまり、小説ではまだ生きていて、これからも活躍する予定の主要人物が映画では死んだことになってしまったのである。映画の広告的な影響力は大きいことから、そのままにするわけにはいかないと川端は考えたのかもしれない。映画「浅草紅団」の中で弓子が死んだことになっていたとしても、「弓子が死んでしまつたことになつてゐるのだ」という記述を通じて、小説「浅草紅団」では弓子が生きていることを、「私」はここで確認しなければならなかったのである。

このように、「浅草紅団」が連載途中で映画化されてしまったことで、川端は小説の構想を変えていかざるを得なくなった。この場面以降、弓子に替わって春子が浅草を案内していくことになる。弓子が死んでいないことを確認したとしても、映画を通じて広がってしまった、弓子の死んだイメージを拭い去ることは難しかったことが容易に想像される。弓子から春子へと交代しなければならなかったことが理解されてくる。一方、映画で死んだことになった弓子は、小説では「大島の油売りの娘」に変装して再登場する。この引用の場面では、毒が致死量でないことを読者に示すことで、映画で死んだことになっていたとしても、小説では彼女は死んでいないことをほのめかしていたのである。

「浅草紅団」映画化の際に、川端は「映画的批評眼を」（『映画往来』一九三〇年五月）を発表している。その中で、「筋も、人物も、何もかも、まるで原作とちがつたものでいい」と述べていたが、主人公が死んだことにされてしまったことについては、少なからず困惑したに違いない。しかし、川端はむしろそれを生かしながら、同名の映画を引用し、その後の物語の伏線をつくり、話の転換を試みた。だからこそ、「浅草紅団」を再開するにあたって、小説は映画とは別のものであることを、映画の封切前に読者に喚起させる必要があったのである。弓子の生存をほのめかす文章の掲載された雑誌『新潮』の発売日は、映画封切直前の九月一日であった。

現実と虚構のあいだに——虚実皮膜を志向して

以上、川端が同時代の新聞記事をどのように引用しながら「浅草紅団」を創作していたかを、これと密接にかかわる挿絵と文芸映画とを関連づけ、その特色の一端を明らかにしてきた。「事実」を伝えるメディアであると、多くの人々が考える新聞の記事や写真に言及し引用することで、「事実」と小説の境界が曖昧になり、小説にリアリティーを与える効果もあった。川端はこれを利用して、新聞記事と小説の虚実皮膜を志向していたのかもしれない。しかも、近過去の記事を素早く織り込むことで、浅草の移りゆく世相とともに小説を書き進めていた。挿絵は、小説と相互に作用し合い、人物・場所・物語内容などを視覚的に提示し、さらに、同じ紙面に配置された新聞の記事と写真とを関連づけながら読む楽しみを読者に与えていた。映画については、『東京朝日新聞』の連載小説を原作とする映画「浅草紅団」が製作され、この文芸映画が小説の後半の展開にも影響を及ぼすことになったのである。

川端は、映画「浅草紅団」の公開と呼応するように、「浅草紅団」の続稿を『新潮』『改造』に掲載している。この時、新聞記事はどのように扱われたのだろうか。

小説の再開にあたっては、「二月から七月、さうだ、ざつと五月の間、私は「紅団物語」を休んでゐたのだ」(三十八)と、語り手の「私」が連載の間隙を埋めるように説明し、新聞連載分からの連続性を読者に喚起していた。「浅草紅団」の、新聞連載時の記事を引用する特色は、約半年ぶりに小説を再開した雑誌掲載分にもうかがえ、同時代の浅草の様々な現象をリアルタイムに再現する。たとえば、信州の製糸工場の休業を伝える新聞記事に言及した、次の場面もその一つである。

「糸の信州遂に滅びるか。」

七月の十三四日頃の新聞で、このやうな大見出しの記事を、諸君は読んだにちがひない。

下諏訪、岡谷、湊、川岸、湖南、上諏訪、宮川、玉川、永明など、諏訪郡の三百余りの製糸工場が、糸価暴落のためいつせいに休業した。その休業は、やがて信州一円から、静岡、山梨

——国中に拡がらうとしてゐる。

もう十万近くの女工が失業した。

彼女等はどこへ行くか。（四十一）

「七月の十三四日頃の新聞」の記事は、昭和大恐慌の主要因である生糸の価格暴落と密接にかかわる事件であった。『東京朝日新聞』では、一九三〇（昭和五）年七月一三日夕刊、一四日朝刊、一五日朝刊と連日にわたって報じられ、他紙でも扱われていた。川端は、信州の工場休業に伴って失業した「女工」たちを浅草に流れてくる少女たちと結びつけて、小説を書き進めていくことになる。「浅草紅団」の後半の中心人物となる春子もそのような境遇の少女であった。

製糸工場休業が話題となったすぐ後にも、新聞記事が引用されている。浅草にあった市川團十郎銅像の、刀の盗難事件が話題となった次の場面である。


團十郎の銅像の刀の柄の盗まれたことさへ、新聞記者は不景気のせゐにしたではないか。

「欠食児童」だとか、「一家心中」だとか――諸君は変ちきりんな言葉のおなじみになつた。

「不景気」と「エロチシズム」――この二つの作文ばかりを、新聞記者が書いてゐる一九三〇年だ。（四十二）

團十郎銅像の刀の盗難事件は、一九三〇年七月四日の『東京朝日新聞』『読売新聞』など各紙朝刊で報じられた。「新聞記者は不景気のせゐにしたではないか」とあるのは、盗難事件を不景気と関連づけて報じているからである。また、特に「浅草紅団」の雑誌掲載の後半において、「エロ・

グロ・ナンセンス」の風潮が浅草にも浸透していることが随所に書き込まれていたが、ここでもその様子がうかがえる。

これ以降も、「深刻な生活苦から」精神を病む人々のことを伝える「新聞の大見出し」(四十五)について言及があり、また、「乞食」たちの「奇妙な祭」を報じた新聞記事を話題にしている(五十五)。雑誌『新潮』『改造』掲載分で引用された新聞記事の特徴は不景気と貧困にかかわり、『東京朝日新聞』連載時にもまして、社会状況が悪化していることが反映されたのである。

言葉の劇場——ニューメディアとしての電光ニュース

「浅草紅団」後半では、発表媒体が新聞から総合雑誌へと変わったことに伴い、特定の一紙を名指した言及はなくなり、新聞一般を想起させる書き方に変化した。それにより、「浅草紅団」を連載する『東京朝日新聞』掲載の記事や写真、挿絵との相互作用という効果が薄れてしまったことは否めない。しかし、雑誌掲載時においても、川端が浅草での出来事を報じる新聞記事を作中に積極的に取り込んで創作していたことは明らかとなった。

新しい情報を速やかに伝える新聞の速報性を積極的に活用することで、変化の激しいこの街の様子を実況中継的に表現していた。そうした志向性は、「浅草紅団」の中で、新聞よりも早く情報を伝える「電光ニユウス」に注目しているところにも表れている。

——花やしき　納涼　昼夜開園　芝居　ヤマガラ　アヤツリ　レビユウとダンス。

諸君、「電光ニユウス」なのだ。やはり電光で描いた象と猿とが、これらの文字をひつぱつて、入口の上を歩いてゐるのだ。ネオン・サインで表を飾つた小屋は殖えて行くが、花屋敷の電光ニユウスは、一九三〇年の夏の浅草の、「断然トツプを切つた」のだ。（五十二）

新しい情報を速やかに伝える新聞の特性に注目して「浅草紅団」を創作した川端が、「電光ニユウス」に注目しないわけはなかった。日本では、一九二八（昭和三）年一一月に東京・大阪朝日新聞本社で流されたものが、電光ニュースのはじまりとされている。作中の「電光ニユウス」は、一九三〇年の浅草の新しい風俗であり、速報性や現在性を示すうえで新聞に勝る新しいメディアであった。

日々変化していく浅草を舞台に小説を書いていくためには、新聞や電光掲示板を通じて報じられるこの街についての最新情報は不可欠であった。新聞記事や「電光ニユウス」を引用することを通じて、浅草にかかわる様々なモノやコトを表現する言葉を作中に取り込んでいったのだ。かつて、前田愛は、「浅草紅団」の世界を「劇場」に見立て、「玩具箱」をひっくり返したようであると評した［前田、一九八二］。これに倣って言うならば、この小説は、川端が浅草をめぐる多種多彩な言葉やモチーフを、新聞、電光ニュースといった当時のニューメディアから貪欲に取り入れ、「玩具箱」に投げ込んだ「言葉の劇場」であったと言えるのかもしれない。

《コラム6》復興する東京のパノラマ

関東大震災による未曽有の災害から復興を遂げていく浅草を舞台に、魅力的な登場人物たちが生き生きと活動する「浅草紅団」では、都市の景観が映像的に表現されていることが少なくない。浅草という街の地名やモノを、効果的に表現するにあたって、固有名詞が多用されている。たとえば、浅草の街を俯瞰のロング・ショットでとらえた、次の場面がその一例である。

東の窓は——目の前に神谷酒場。その左下の東武鉄道浅草駅建設所は、板囲ひの空地。大川。吾妻橋——仮橋と銭高組の架橋工事。東武鉄道鉄橋工事。隅田公園——浅草河岸は工事中。その岸に石工場と小船の群、言問橋。向う岸——サツポロ・ビイル会社。錦糸堀駅。大島ガス・タンク。押上駅。隅田公園、小学校、工場地帯。三囲神社。大倉別荘。荒川放水路。筑波山は冬曇りにつつまれてゐる。

（三十六）

この場面は、「円いコンクリイトの塔」の東西南北にある「見晴し窓」の一つ、「東の窓」から浅草の街並を眺める場面である。これに続いて、「西窓」「北窓」からの眺望が同じ形式で表現されている。

この場面では、「東の窓」から見える風景が、「目の前」の近景から隅田川の「向う岸」を経て、遠景の「筑波山」へと視点を移動しつつ描き出されている。そして、「隅田公園、小学校、工場地帯」という表現や、「三囲神社。大倉別荘。荒川放水路」のように、名詞一語の短文によって構成される特徴がうかがえる。また、段落の締めくくりには、「冬曇りにつつまれてゐる」という現在形が用いられていることも表現の特色である。

　この文体の特色が、次から次へと速いテンポで次のカットに転換し、視覚的効果を生み出すことになる。東京の東部、隅田川周辺の景観を指表する固有名詞が羅列されるこの場面に、工事中の建造物が選択されることで、関東大震災後、急速に復興を遂げていく「帝都東京」の状況が映し出されている。復興する東京のランドマークを、カメラを左右に動かしながら、ロング・ショットによって撮影するように、街並みが俯瞰的に表現されている。このパノラマの風景は、関東大震災以前であれば、浅草の十二階として庶民に親しまれた凌雲閣からの眺めということになっただろう。震災によりこの塔が折れてしまったため、帝都復興によって建築されたビルの屋上からのものとなったのである。

図B　帝都復興祭の銀座通り

　このパノラマの視線は、高所から俯瞰的に復興を遂げていく東京のランドマークを記録しようとした点で、「浅草紅団」とほぼ同じ時期に、帝都復興を記念して撮影された、帝都復興局製作による映画「帝都復興」(一九三〇年)が想起されてくるのである(図B)。
　福嶋亮大は、川端康成が「浅草紅団」で「関東大震災後の復興文化の拠点」である浅草を舞台に「美の装置」を新たに作成したことを指摘し、分析している[福嶋、二〇一三]。

第三章　戦中・戦後の陰翳

——書き続けられる「雪国」

8　文芸復興期前後の活躍 ──「水晶幻想」「抒情歌」「禽獣」

一九三〇年代前半の小説の実験 ──芸術家の「末期の眼」

帝都復興祭の翌年、一九三一(昭和六)年九月に満洲事変が勃発、翌三二年には五・一五事件が起こる。一九三三年三月には日本は国際連盟から脱退、次第に国際社会の中で孤立していくことになる。国内では、二月に小林多喜二が築地警察署での拷問で死去し、六月には佐野学・鍋山貞親の転向声明があった。マルクス主義文学者たちが次々と転向を表明し、プロレタリア文学が壊滅的な打撃を受けた。五月には、言論と思想の自由に対して官憲が弾圧をする滝川事件が起こり、時代がファシズムへと傾斜をし、自由が抑圧される方向をたどることになるのである。

一九三三年九月には、親交のあった画家の古賀春江が死去する。前衛芸術に対する川端康成の関心と理解は、映画だけでなく美術にも向けられていた。前衛芸術家の古賀春江の絵画は、川端の実験的な小説を考えるうえで逸することのできないものである。芸術上の大きな感化を受けた古賀の死に際して、川端は「末期の眼」(『文藝』一九三三年一二月)を発表した。この文章の中で、「古賀氏は西欧近代の文化の精神をも、大いに制作に取り入れようとはしたものの、仏法のをさな歌はいつも心の底を流れてゐたのである」と評した。そして、「ポオル・クレエの影響がある年月の絵が最も早分りする」と述べるなど(図29)、死と向き合う芸術家をめぐる思索を示した。

その一方、一九三三年は、文壇とジャーナリズムにおいて文芸復興の機運が高まりを見せていく年でもあった。『文学界』(文化公論社、一〇月創刊)、『行動』(紀伊國屋出版部、一〇月創刊)、『文藝』(改造社、一一月創刊)などの文芸雑誌の創刊が相次いだ。川端は、小林秀雄・林房雄・武田麟太郎らとともに、『文学界』の創刊に携わり、文壇における活躍の場を広げていく。川端は、「文学的自叙伝」(『新潮』一九三四年五月)で「「新思潮」から「文学界」まで、私ほど多くの同人雑誌に加はつた人間はあるまいかと思ふ」と述べていた。『文学界』は、発行元を文化公論社、文圃堂、文藝春秋社へと移しながら継続していった。川端を含む『文学界』同人たちの軌跡については、鈴木貞美が詳細に分析している[鈴木、二〇一六]。

図29　古賀春江「公園のエピソード」

「浅草紅団」以降、川端は文芸復興期に至るこの時期に、どのような創作を発表していたのだろうか。「浅草紅団」以降に発表された、「水晶幻想」(『改造』一九三一年一、七月)、「抒情歌」(『中央公論』一九三二年二月)、「禽獣」(『改造』一九三三年七月)など、この時期に代表作を陸続と発表している。「水晶幻想」「抒情歌」「禽獣」はいずれも、作風には異なるところが見られるものの、川端が作家として円熟味を増した時期に創作された実験的な短篇小説である。

レンズと意識の流れ——「水晶幻想」の実験

意識の流れを描いたとされる「水晶幻想」には、どのような表現の特色が見られるのだろうか。「水晶幻想」は、小説の方法的には、マルセル・プルーストや、ジェームズ・ジョイスらの「意識の流れ」に影響を受けていた。また、人間心理の探究という点で、ジグムント・フロイトの精神分析への強い関心が、創作の動機にはあった。女性一人称の語りの、「水晶幻想」は、短文を織り交ぜながら、イメージの連想を特色とする文体によって構成されていた。「水晶幻想」の表現の特徴は、短文を連ねつつイメージの連続性を表現しようとするところにうかがえる。次の引用は、主人公の意識の流れが表現された特徴的な場面の一つである。

三千六百ミクロン、一分。まあ、人間の精子が泳ぐ速力だわ。体の大きさの割合からいふと、世界の一流の水泳選手と同じ早さだつて。銀色のやうな魚。槍。おたまじやくし。糸のついたゴム風船。十字架とフロイド。ものの譬へつて? 象徴といふものは、ほんたうになんて悲しいものなのよ。近眼の魚の眼の水晶体。水晶の玉。ガラス。大きい水晶の玉を見つめてゐる、インドなのか、トルコなのか、エヂプトなのか、東方の予言者。水晶の玉のなかに小さい模型のやうに過去と未来との姿が浮かび上つた、活動写真の画面。水晶幻想。玻璃幻想。秋風。空。海。鏡。

「十字架とフロイド」という表現からは、フロイトを念頭に置いていたことがわかる。また、「活動写真の画面」という表現からは映画を意識していることが明らかとなるだろう。さらに、この短い引用の中に、「眼」「水晶」「ガラス」「玻璃」「鏡」など、反射物のイメージ、カメラのレンズを想起させる表現が多用されている。ここには、漢字のもつ視覚的な効果がうかがえる。「水晶幻想。玻璃幻想。秋風。空。海。鏡」という表現に顕著なように、引用の後半部分では、名詞一語の短文によって構成されている点も特色の一つとなっていた。これは、「浅草紅団」の表現の特色でもあった。また、こうした意識の流れは、「水晶幻想」においてより洗練されたかたちで表現されている。そして、この小説に先んじて発表された「針と硝子と霧」(『文学時代』一九三〇年一一月)にも見られ、この時期の川端の関心がうかがえるのである。

「抒情歌」――「輪廻転生の抒情詩」

「抒情歌」は、死んだ恋人に語りかける女性・龍枝の独白が続く、心霊現象を扱った短篇小説である。川端は、「文学的自叙伝」(『新潮』一九三四年五月)の中で、「私の近作では「抒情歌」を最も愛してゐる」と述べており、また、同時代でも高く評価された。女性の一人称の語りという点では「水晶幻想」と共通するが、死者に語りかける点で異なる様相を呈している。また、「水晶幻想」では女性の意識の流れを細分的に表現するのに対して、「抒情歌」では死者に語りかける女性の語りから、神秘的な世界が現出する点においても両者には相違が見られる。「抒情歌」は、次のような印象的な冒頭からはじまる。

死人にものいひかけるとは、なんといふ悲しい人間の習はしでありませう。

けれども、人間は死後の世界にまで、生前の世界の人間の姿で生きてゐなければならないといふことは、もつと悲しい人間の習はしと、私には思はれてなりません。

龍枝のこの語りからは、川端文学の重要な主題である、輪廻転生・万物一如の思想がうかがえる。それは、「輪廻転生の抒情詩」に教えられて、「私は禽獣草木のうちにあなたを見つけ、私を見つけ、まただんだんと天地万物をおほらかに愛する心をとりもどしたのでありました」とあるところから明確となる。裏切られ、今は死者となった恋人へと語りかける物語内容は錯綜し、「さういたしますれば、悲しい人間の習はしにならつて、こんな風に死人にものいひかけることもありますまいに」という一文で閉じられるのである。仁平政人は、「おとぎばなし」ないし「美しい愛の抒情詩」などの、「「美」的な虚構の導入によって自己の生の変更を試みる女性の語りによって形づくられている」と、この小説の特色を評している[仁平、二〇一一]。

「抒情歌」と同じ年に発表の「慰霊歌」(『改造』一九三二年一〇月)もまた、心霊現象が主題となる小説であった。「抒情歌」は、『化粧と口笛』(新潮社、一九三三年、図30)、ついで『抒情歌』(竹村書房、一九三四年)に収録された。その後、岩波新書創刊の一冊に加えられ、一九三八(昭和一三)年一一月に岩波書店から『抒情歌』として上梓されている。

岩波新書は、一九三八年一一月に岩波書店創業二五周年記念企画としてはじまり、その中に横光利一『薔薇』と川端康成『抒情歌』が含まれていた。当時、岩波書店の編集に携わっていた中島義勝は、新書に文学作品を入れる際に、横光と川端の小説は出版したいと考えていたと記している［中島義勝、一九九七］。横光と川端はともに、一九二〇年代に新感覚派の作家として注目され、すでに文壇の中堅として話題作を次々に発表していた。横光は一九三四年刊行の『紋章』で第一回文藝懇話会賞を受賞、外遊から帰国後、一九三七年に「旅愁」の連載を開始する。

図 30　『化粧と口笛』
（新潮社，1933 年）

一方、川端も一九三七年六月に創元社から出版した『雪国』で第三回文藝懇話会賞を受賞した。時代に相即した現代的テーマをとりあげることを目的とする岩波新書が、横光と川端の小説を岩波新書創刊時の二〇冊に入れたことは興味深い。横光と川端以外の小説は、里見《さとみ》弴《とん》『荊棘の冠』、山本有三『瘤』、久保田万太郎『春泥・花冷え』で、小説が二〇冊のうちの五冊、全体の四分の一にあたる。里見・山本・久保田は岩波書店で既刊があったが、横光と川端はいずれも、この新書ではじめて岩波書店から著書を出版した。

岩波新書『抒情歌』には表題作の他に、「伊豆の踊子」

「温泉宿」「童謡」「禽獣」が収録されている。近作の「抒情歌」「禽獣」に対する川端の愛着の一端がうかがえる。

「禽獣」——「いやらしいものを書いてやれ」

強い愛着を表明した「抒情歌」を発表した翌年に、川端はこの小説と双璧をなす「禽獣」を世に問うている(図31)。「抒情歌」の作中には、すでに「禽獣草木」という表現が見られ、「禽獣」という語彙が作中に刻まれていた。この時期の代表作「禽獣」についても、「文学的自叙伝」の中で言及していたが、「抒情歌」への愛着とは大きく異なり、次のように自作を批評していた。

出来るだけ、いやらしいものを書いてやれと、いささか意地悪まぎれの作品であつて、それを尚美しいと批評されると、情なくなる。

そうした自作評とは裏腹に、「禽獣」は、川端の犬や小鳥への深い愛情や、強い関心を示し研究を重ねた舞踊への造詣が反映され、代表作の一つとして読み継がれてきた。単行本には『水晶幻想』(改造社、一九三四年)にはじめて収録され、翌年には標題作となる『禽獣』(野田書房、一九三五年、図32)が上梓された。その後もたびたび短篇集に収録されると同時に自作自評も多く、川端が「禽獣」に愛着を持っていたことがうかがえる。

「禽獣」は、「小鳥の鳴声に、彼の白日夢は破れた」という一文からはじまり、主人公の「彼」の脳裏に甦る過去の出来事から構成される短篇小説である。小説の時間は、「彼」がかつて交際していた千花子の踊の会に車で向かい、彼女の踊を見終えて、楽屋を訪ねて帰るまでの短い時間である。その間に想起される「彼」の過去の記憶と感情が織り成す世界の中に、自宅でともに暮らす犬や小鳥など禽獣のことが現出する。楽屋で化粧直しをする千花子の表情からは、一〇年前に彼女との心中を思い留まった時のことが回想され、「彼」は懐中にあった少女の遺稿集のことに思い至る。

　ちやうど彼は、十六で死んだ少女の遺稿集を懐に持つてゐた。少年少女の文章を読むことが、この頃の彼はなによりも楽しかつた。十六の少女の母は、死顔を化粧してやつたらしく、娘の死の日の日記の終りに書いてゐる、その文句は、

　「生れて初めて化粧をしたる顔、花嫁の如し。」

図 31　「禽獣」執筆の頃の川端康成（上野桜木町の自宅にて）

このように、日記の末尾に記された少女の母親が記した一文が示されて、小説は唐突に結末を迎える。

「禽獣」の文学史的な特色については、大久保喬樹が次のように評している[大久保、二〇〇四]。

　従来の一九世紀的、自然主義的小説にみられるような単純に過去から現在へと現実時間の進行のままに物語進行がおこなわれる平板な構成に比べ、格段に複雑で彫の深い、人間の内的時間感覚

図 32 『禽獣』(野田書房，1935 年)

に即した物語世界を生みだしているのである。それこそはまさに、ジョイスやプルーストなどが取り組んだ二十世紀小説の課題であり、日本では新感覚派がめざしたものだったが、『禽獣』はそれをごく自然な小説的流れとして実現したのだった。

「禽獣」に鏤《ちりば》められたイメージや主題からは、新感覚派時代の川端がかかわった「狂つた一頁」の映像の場面も想起されてくる。

一九三〇年代の川端は、映画や美術など、文学とは異なる芸術に対峙しながら新たな創作の方法を模索しており、「浅草紅団」「水晶幻想」「抒情歌」「禽獣」など、代表作が陸続と発表された。次節でとりあげる「雪国」もまた、そうした川端文学の達成の一つのかたちであった。

《コラム7》競い合う創作

川端康成と横光利一は、一九三〇年前後に競うように、実験的な小説を発表していた。小説のタイプは、大きく二つに類型化することができる。一つは都市小説であり、もう一つが人間の意識の流れを表現した小説である。

横光が国際都市・上海を舞台とする長編小説「上海」を総合雑誌『改造』を中心に連載する一方、川端は復興する東京の最大の繁華街・浅草を舞台とする長編小説「浅草紅団」を『東京朝日新聞』に連載している。横光の「上海」は、西欧列強諸国の植民地政策によって分割された一九二〇年代の上海の租界が舞台となる。銀行を解雇され、異国の地で日々死を考える虚無的な日本人・参木を主人公として列強諸国のナショナリズム(国粋主義)とコロニアリズム(植民地主義)を背景に、世界的な市場を舞台とした資本主義経済における搾取と収奪が描かれた作品である。二つの都市小説──「上海」と「浅草紅団」の対照性に注目するならば、横光が国際都市・上海を、川端は日本最大の都市の繁華街・浅草を、それぞれ小説の舞台としており、両者が異なる都市を対象に小説の実験を試みていたことが鮮明に浮かび上がる。その後、横光と川端はともに、人間の意識の流れを表象する小説を創作する。一九三〇(昭和五)年に横光が「機械」(『改造』一九三〇年九月)、その翌年に川端が「水晶幻想」(『改造』一九三一年一、七月)というように、横光が先行し、川端がそれに呼応するようにして類似するタイプの実験的な小説を競うように発表していたのである。

両者は横光が亡くなる一九四七年まで、対照的な小説を創作する。昭和一〇年代に連載が開始され、ともに戦後まで書き継がれる、川端の「雪国」と横光の「旅愁」がその代表例である。川端が日本の温泉地を舞台とする「雪国」を、横光はヨーロッパ外遊の体験をもとに「旅愁」を、それぞれ執筆した。「上海」と「旅愁」という海外を舞台とする小説を創作する横光と、「浅草紅団」と「雪国」という日本国内を舞台とする小説を創作する川端。好対照をなす両者は、このように、競い合うようにしてその代表作を生み出していくことになるのである。

9　言論統制と「雪国」——内務省の検閲と芸術との葛藤

短篇連作——「思ひ出したやうに書き継ぎ、切れ切れに雑誌に出した」

「雪国」は、川端康成の小説の中で最重要作の一つである。しかし、この小説は、川端が長い年月をかけて短篇小説を書き継いで構成を変えて、一冊の書物にまとめた小説である。しかも、一度書物のかたちで刊行された後でも、川端はこの小説に加筆・修正を加えていったのである。

「雪国」は次のように、「夕景色の鏡」「白い朝の鏡」を皮切りに、一九三五(昭和一〇)年から一九三七年まで様々な雑誌に短篇小説として発表され、連作のかたちで書き継がれていた(図33)。

「夕景色の鏡」(『文藝春秋』一九三五年一月)
「白い朝の鏡」(『改造』一九三五年一月)
「物語」(『日本評論』一九三五年一一月)
「徒労」(『日本評論』一九三五年一二月)
「萱の花」(『中央公論』一九三六年八月)
「火の枕」(『文藝春秋』一九三六年一〇月)
「手鞠歌」(『改造』一九三七年五月)

川端自身がのちに岩波文庫版『雪国』(一九五二年)の「あとがき」で述べているように、「雪国」は「息を続けて書いたのでなく、思ひ出したやうに書き継ぎ、切れ切れに雑誌に出した」作品であった。このように短篇として発表した小説を再構成して中篇・長篇小説にすることは少なくなかった。

これらの短篇連作は、一九三七(昭和一二)年にはじめて創元社から単行本『雪国』として刊行された(図34)。創元社版『雪国』は、尾崎士郎『人生劇場　青春篇』(竹村書房、一九三五年)とともに第三回文藝懇話会賞を受賞している。その後、「雪国」は新派で舞台化され、一九三五年一二月に花柳章太郎主演、寺崎浩脚色・関口次郎演出で東京劇場において上演されている。

図 33 「夕景色の鏡」雑誌掲載冒頭

図 34 『雪国』(創元社，1937 年)

「雪国」は雑誌掲載時から評価が高く、この小説が同時代においてすでに「名作」と見なされていたことが理解されてくる。たとえば、小林秀雄「作家の虚無感——川端康成の『火の枕』」(『報知新聞』一九三六年九月二七日)は、その「抒情性」を評価した。広津和郎「〈寒夜に想ふ〉頭に残るもの——『二階堂放話』と『火の枕』」(『報知新聞』一九三七年一月一〇日)は、「読んで何かぞつと身の毛のよだつやうな作であつた」「こんな冷たい美しさは今まであまり見た事がない」と賞賛した。また、評論家の保田與重郎「文藝時評」(『日本浪曼派』一九三六年一一月)は、「凡そ小説の達しうるやうな極点に達した名品を感じた。今日の日本の言葉でよめることに幸福さへ感じた」とする。三者ともそれぞれ、雑誌掲載時からこの小説を非常に高く評価していたことがわかる。

掲載と同時に高い評価を得ていた点は、発表された時点ではほとんど評価のなかった「伊豆の踊子」と対照的であった。

創元社から単行本を出版した後も、川端は戦時中から戦後にかけて継続してこの小説を次のように発表している。

「雪中火事」(『公論』一九四〇年一二月)
「天の河」(『文藝春秋』一九四一年八月)
「雪国抄」(『暁鐘』一九四六年五月)
「続雪国」(『小説新潮』一九四七年一〇月)

「雪中火事」を以下のような印象的な文章で書きはじめたのは、一九三七(昭和一二)年に創元社版『雪国』を出版した後、江戸時代後期の文人、鈴木《すずき》牧之《ぼくし》の随筆『北越雪譜』(一八三七年)を読んで着想を得たからであった。

雪のなかで糸をつくり、雪のなかで織り、雪の水に洗ひ、雪の上に晒す。績み始めてから織り終るまで、すべては雪のなかであつた。雪ありて縮あり、雪は縮の親といふべしと、昔の人も本に書いてゐる。

小説の舞台となる越後湯沢にまつわる古典を引用しながら、川端は「雪国」執筆を再開し、戦中戦後を通じて創作を継続する。そして、一九四八年一二月に決定版『雪国』が創元社から出版された。戦中から戦後の困難な時期にも、「雪国」を創作し続けていたのである。

横光利一が一九三六年の欧州への旅を経た後、「旅愁」(一九三七―四六年)を戦中から戦後にかけて書き継ぎ、西欧との格闘を繰り広げていったのと川端は好一対をなしている。柄谷行人が指摘するように[柄谷、一九九〇]、横光の「旅愁」には「まだ西洋の錯綜した意識」があるのに対し、川端の「雪国」の「日本回帰」は徹底しており、横光と川端はともに、「旅愁」と「雪国」で創作上の大きな岐路に立つことになったと言えるだろう。

川端は「雪国」に対する強い愛着を持ち、その後も晩年に至るまでこの小説の加筆・修正を重ねていた。それは、『定本 雪国』(牧羊社、一九七一年)を出版、この小説に終生こだわり続けていたことにもうかがえる。この著作を『雪国』の「定本」にすることについて、「あとがき」の中で次のように記している。

牧羊社版のこの「雪国」を、今後、「雪国」の定本とする。牧羊社の綿密な校閲にたすけられて、作者自身もほぼ二十年ぶりの校正につとめた。

長い年月にわたって書き続けられた『雪国』の経緯については、「雪国抄」の厳密な校訂と注釈を行った、森本穫と平山三男の論考が参考となる［森本・平山、一九八四］［平山、一九九三］。

川端の小説家としての特色が集約的に表れている点で、また、その後の文学者としての方向性が定まったように見える点で、「雪国」は文字通り代表作であった。それまでの小説の手法が洗練されると同時に、好んで使用してきた題材が様々な局面で使用されることで、「雪国」の世界は構成されていたのである。

内務省の検閲との葛藤――「風俗ヲ壊乱」する表現

「雪国」の本文には、帝国日本の内務省の検閲との葛藤が刻印されている。内務省の検閲は、明治時代から昭和前期まで帝国日本で実施されていた。明治時代に施行された出版法（一八九三年公布）・新聞紙法（一九〇九年公布）に基づき、内務省は活字メディアに対する検閲を行っていた。ここで規制の対象になったのは、「安寧秩序ヲ妨害」し、「風俗ヲ壊乱」すると見なされた表現であった。内務省警保局図書課によって安寧秩序紊乱《びんらん》・風俗壊乱にあたると判断された出版物は、発売・頒布を禁止されることもあった。しかし、多くの場合はその段階に至る前に、出版社による自己検閲が行われていた。出版社での自己検閲は、著者が書いた原稿を編集者がチェックし、安寧秩序紊乱・風俗壊乱に該当すると思われる表現を伏字にするというものだった。また、検閲官に内閲を求める場合もあった。伏字には、「××」「、、」「……」などの記号や、「十七字分削除」など削除字数が用いられ、当該箇所を空白にする措置がとられた。こうした自己検閲による伏字は、内務省の検閲下における出版社が、発売禁止処分を回避しようとするために講じたものであり、検閲の実施を明示化するものであった。一九二五年に治安維持法が公布・施行されて以降、表現する側と検閲する側のせめぎあいはより顕著になっていく。「雪国」を含め、川端の創作も少なからず検閲の対象となっていた。

坂井セシルは「雪国」における伏字の分析を行っている[坂井、二〇一二]。初出本文を詳細に検討すると、興味深いことに、伏字が多いことで著名な総合雑誌『改造』に掲載された「白い朝の鏡」の本文に顕著であることが明らかとなる。以下に例示するように、『改造』に掲載された「白い朝の鏡」の本文では内容を把握することが困難な箇所が散見される(図35)。

> 女は……………島村といつしよに坐つて、彼にもたれかかつた。掌で顔をしきりにこすつてゐた。……………とぐたりとした。酔つ払ひらしいことを絶えずしやべり立てた。
>
> 夕立が来たやうに、雨の音が俄かに激しくなつた。
>
> (以下三行削除)

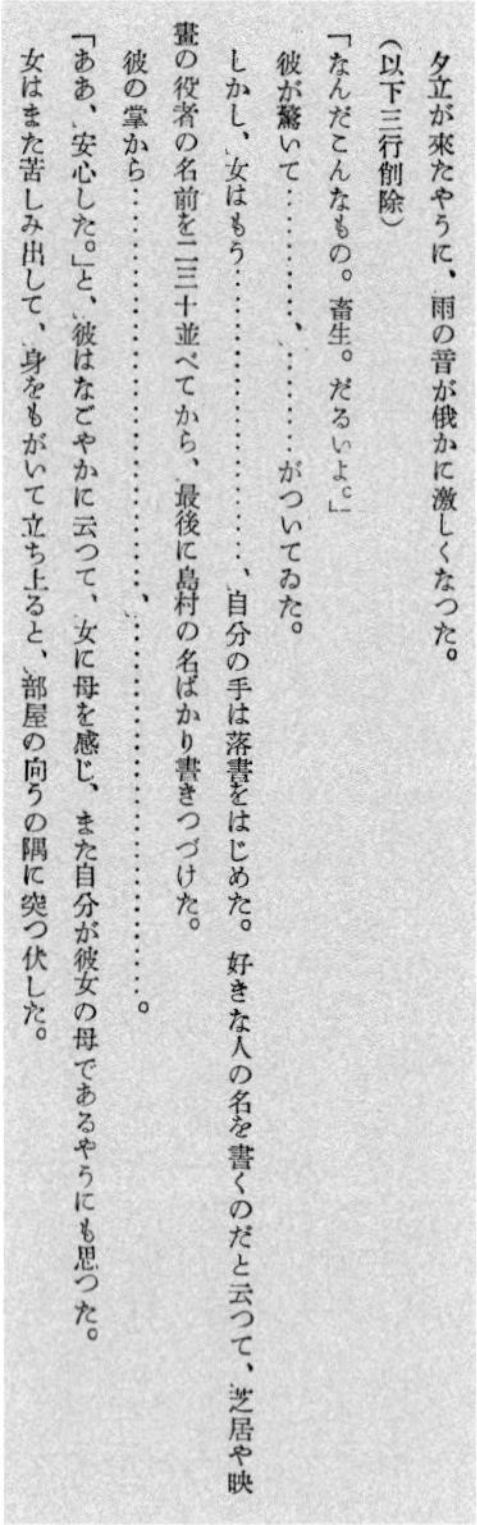
夕立が來たやうに、雨の音が俄かに激しくなつた。

（以下三行削除）

「なんだこんなもの。畜生。だるいよ。」

彼が驚いて…………、…………がついてゐた。

しかし、女はもう……………………、自分の手は落書をはじめた。好きな人の名を書くのだと云つて、芝居や映畫の役者の名前を二三十並べてから、最後に島村の名ばかり書きつづけた。

彼の掌から……………………、……………………。

「ああ、安心した。」と、彼はなごやかに云つて、女に母を感じ、また自分が彼女の母であるやうにも思つた。

女はまた苦しみ出して、身をもがいて立ち上ると、部屋の向うの隅に突つ伏した。

図35　「白い朝の鏡」（『改造』1935年1月）の伏字

『川端康成全集』第二四巻（新潮社、一九八二年）収録の「解題」にしたがって、伏字の箇所を補うと以下のとおりになる。伏字箇所に対応する表現は、「著者の手許に遺されてゐる発表誌からの切抜」に即したものである。

女はかかへられたまま島村といつしよに坐つて、彼にもたれかかつた。掌で顔をしきりにこすつてゐた。抱いてゐないとぐたりとした。酔つ払ひらしいことを絶えずしやべり立てた。

夕立が来たやうに、雨の音が俄かに激しくなつた。

女の髪が頬で押しつぶれるほど、彼はしつかり首を抱いてゐるので、火のやうにほてつた肌が彼の腕に吸ひつき、手は襟のなかに入つてゐた。彼が求める言葉には答へないで、彼女は両腕を組んで求められたものの上を抑へたが、酔つてゐて力が入らないか、いきなり自分の肘に

かぶりついて、

以上のように、伏字箇所を復元すると、「風俗ヲ壊乱」する表現であったことがわかる。そのように判断した出版社が自己検閲によって伏字にしていたことが理解されてくる。雑誌掲載時の「雪国」本文には、こうした伏字が多数見られるのである。

雑誌掲載時の本文に見られた伏字は、単行本収録時には元に戻されていく。伏字を含む表現の加筆・修正が施されると同時に表現に磨きがかけられ、「雪国」の本文が再構成されていった。検閲と対峙しながら、川端の代表作の一つとなる「雪国」は創造されていくことになるのである。

闇と光の造形性――「雪国」に見る「陰翳礼讃」

国内外で著名な「雪国」にうかがえる様々な特色の中で、ここで特に注目したいのは、作中で繰り返される闇と光の表現についてである。「雪国」の創作が開始される少し前に、谷崎潤一郎の「陰翳礼讃」(『経済往来』一九三三年一二月―三四年一月)が発表されている。ここに示された「闇」と「光」の織りなす「陰翳」のイメージは、「雪国」の基調をなしているように見える。

谷崎は「陰翳礼讃」に「いかに日本人が陰翳の秘密を理解し、光りと蔭との使ひ分けに巧妙であるかに感嘆する」と記していた。この言葉は「雪国」の表現にもあてはまるだろう。さらに、これよりさかのぼって、伊豆の湯ヶ島で青春期をともに過ごした時期のある、梶井基次郎の「闇の絵巻」(『詩・現実』一九三〇年九月)も想起されてくる。
冒頭近くの汽車の窓の「映画の二重写し」の場面、そして、末尾の雪中火事の場面を想起すると
き、闇と光の想像力、さらには、映画の想像力なくしては「雪国」は成立しなかったとすら思われ
てくる。また、小説「雪国」の掲載が開始される一九三五(昭和一〇)年前後には、勝浦仙太郎監督「水上心中」(松竹キネマ、一九三四年)、成瀬巳喜男監督「乙女ごゝろ三人姉妹」(P.C.L映画製作所、一九三五年)、佐々木康監督「舞姫の暦」(松竹、一九三五年)、清水宏監督「有りがたうさん」(松竹キネマ、一九三六年)など、川端の小説を原作とする映画が続けて製作、劇場公開されている。時はすでにトーキー時代を迎えていた。「雪国」の構想期から創作期にかけて自作の映画化に向き合い、映画の表現を念頭に置きながら小説を執筆していたことがうかがえる。「狂つた一頁」の体験を経て、自作の映画化が相次ぐ中で、映画と向き合いながら、新しい表現を生み出そうとしてきた川端の成果が「雪国」に表れているのである。
「雪国」は「国境の長いトンネル」を抜けて、島村が芸者の駒子と再び会うところから小説が始まる。そして、越後湯沢をモデルとする空間を舞台に、島村と駒子の恋愛関係を軸にストーリーは展開していく。次項では、「雪国」における闇と光にかかわる表現の特色に焦点をあてて、この小説について考えていく。「雪国」の本文は、決定版『雪国』(創元社、一九四八年)から引用し、必要に応じて雑誌掲載の本文にも言及することとする。

夕景色の鏡――「映画の二重写しのやうに」

「雪国」では、小説の最初と最後の場面で映画のイメージが比喩的に用いられることで、それが一つの枠組を形成し、小説の世界が一編の映画であるかの印象を醸成する。このように、映画のイメージを付与することで、小説と映画の二重化とでもいうような印象を読者に与えている。

「雪国」の冒頭は次のとおりである。


　国境の長いトンネルを抜けると雪国であつた。夜の底が白くなつた。信号所に汽車が止つた。

　向側の座席から娘が立つて来て、島村の前のガラス窓を落した。雪の冷気が流れこんだ。娘は窓いつぱいに乗り出して、遠くへ叫ぶやうに、

「駅長さあん、駅長さあん。」

　明りをさげてゆつくり雪を踏んで来た男は、襟巻で鼻の上まで包み、耳に帽子の毛皮を垂れてゐた。

　もうそんな寒さかと島村は外を眺めると、鉄道の官舎らしいバラックが山裾に寒々と散らばつてゐるだけで、雪の色はそこまで行かぬうちに闇に呑まれてゐた。


「国境の長いトンネルを抜けると雪国であつた」という冒頭は、映画の上映開始の比喩として読むことができるかもしれない。闇の空間を通り抜けて白い別世界（銀世界）が現出したように、映画

館で闇の時間を経た後に白布（銀幕）に別世界が映写されるという、映画の開始を容易に想像させる。また、この冒頭の場面に、「明り」と「闇」という言葉が使われていたことに気づくだろう。この冒頭の場面から、闇と光が意識されつつ書かれていたことが明らかとなるのである。

この「別世界」への入口を通過した後に次の場面が続くことで、「雪国」の世界のはじまりと映画の開始とがより強い結びつきをもつ。「外は夕闇がおりてゐるし、汽車のなかは明りがついてゐる。それで窓ガラスが鏡になる」という説明の少し後の、以下の引用がその場面である。

鏡の底には夕景色が流れてゐて、つまり写るものと写す鏡とが、映画の二重写しのやうに動くのだつた。登場人物と背景とはなんのかかはりもないのだつた。しかも人物は透明のはかなさで、風景は夕闇のおぼろな流れで、その二つが融け合ひながらこの世ならぬ象徴の世界を描いてゐた。殊に娘の顔のただなかに野山のともし火がともつた時には、島村はなんともいへぬ美しさに胸が顫へたほどだつた。

引用文に見られる、汽車の四角い窓ガラスから外の世界を眺める行為。それにより、窓ガラスというレンズを通して、その向こう側にある「別の世界」を体験することになる。列車が移動することによって外界の風景が移り変わり、シートに腰掛けた状態で、動く映像を体験することができる。この汽車の内部と、シートに腰掛けてスクリーンに映写される「別の世界」を体験できる映画館とのあいだに相同性がある。それを、「映画の二重写しのやうに」という映画技法の直喩を用いて表現していた。これは「狂つた一頁」でも繰り返し用いられていた、二重露光の表現効果にあたる。川端が出発期からこだわっていた「主客一如」の「象徴世界」、外部と内部の世界の融合というモチーフを、映画表現のイメージに託して描いたのがこの場面だったのである。

「映画の二重写し」については、「汽車のなかもさほど明るくはなし、普通の鏡のやうに強くはなかつた。反射がなかつた」とそのカラクリが説明されている。そして、この場面の少し後に、「汽車」の外部の「夕景色」と内部の「葉子」の映像が重なり合うさまが、次のように表現されていた。

この鏡の映像は窓の外のともし火を消す強さはなかつた。ともし火も映像を消しはしなかつた。さうしてともし火は彼女の顔のなかを流れて通るのだつた。しかし彼女の顔を光り輝かせるやうなことはしなかつた。冷たく遠い光であつた。小さい瞳のまはりをぽうつと明るくしながら、つまり娘の眼と火とが重つた瞬間、彼女の眼は夕闇の波間に浮ぶ、妖しく美しい夜光虫であつた。

この場面で、島村と葉子の視線は交錯することはない。彼は、葉子から見られることを回避しているからである。島村は、葉子の「瞳」と「野山のともし火」がガラス窓に二重写しとなる一瞬にこの上ない美しさを感じ、それを「夕景色の鏡の非現実的な力」と意味づけていた。この鏡に映し出されるのは、葉子ではなく、彼女のイメージと自然とが融合する一瞬の映像美である。そうした「妖しく美しい夜光虫」という美神(ミューズ)を、それが発生する美的瞬間をとらえることに島村は執着していたのである。

夜汽車の表現の記憶――想起される近代日本の文学の記憶

次に、小説冒頭の「汽車の中」という空間にも眼を向けてみたい。これはどのような効果を持つのであろうか。

「雪国」の中で、重要なモチーフとなっている、近代文明が生みだした汽車と映画の取り合わせは映画生誕時からのものであり、リュミエール兄弟によって撮影された「ラ・シオタ駅への列車の到着」(一八九六年)などに象徴されるように、動く映像を撮るうえで汽車は恰好の対象となっていた。日本の近代文学の中では、汽車の内部と駅舎を舞台とする小説は少なからず創作されていた。夏目漱石『三四郎』(春陽堂、一九〇九年)、有島武郎『或る女』(叢文閣、一九一九年)、芥川龍之介「蜜柑」(『新潮』一九一九年五月)など、著名な小説だけでも枚挙に暇がない。また、汽車と映画のイメージとの組み合わせを巧みに用いた例は、「雪国」だけに見出されるわけではなく、それまでに書かれたいくつかの小説や詩の記憶を呼び起こす。

とりわけ、「雪国」における汽車の場面との類似性がより際立っている小説に、江戸川乱歩「押絵と旅する男」(『新青年』一九二九年六月)がある。この小説の舞台は、川端がこよなく愛した浅草である。浅草を舞台とするこの小説の「車内の電燈と空の明るさとが同じに感じられた程、夕闇が迫って来た」汽車の中で、主人公の「私」が押絵と旅する男と出会う場面が、すでに見た「雪国」の「外は夕闇がおりてゐるし、汽車のなかは明りがついてゐる」場面を想起させる。逢魔が時の汽車と車窓の風景を巧みに利用しながら、人間の視覚を攪乱し、非現実的で幻想的なイメージをつくりだしている点で、二つの小説は強く響き合う。

また、萩原朔太郎『純情小曲集』(新潮社、一九二五年)に収録された「夜汽車」(『朱欒』一九一三年五月、原題は「みちゆき」)と「雪国」の汽車の場面とは、表現と着想が呼応するように見える。「夜汽車」は「有明のうすらあかりは／硝子戸に指のあとつめたく／ほの白みゆく山の端は」からはじまる。この詩の冒頭から明らかとなるように、場面を構成する要素、雰囲気において、「雪国」が少なからず重なり合う。「夜汽車」と「雪国」は、「汽車」の「硝子戸」と「指」の組み合わせとそこに漂う官能性、そして窓の外に見える「山の端」など、明け方と夕方との対照性が見られるのである。

他にも、汽車が別世界へと誘う機能を果たしている点では、宮澤賢治の「銀河鉄道の夜」との類似性を考えることができるかもしれない。この小説は、「雪国」掲載開始の前年に刊行された、文圃堂版『宮澤賢治全集』(一九三四年)にはじめて収録されている。賢治の「銀河鉄道の夜」は、「雪国」における「天の河」の天空を映し出したエンディングの場面と響き合う。

「雪国」の汽車の場面からは、夜汽車に座って旅をする人物の想像力と映像のイメージを重ねるように書かれた小説や詩の記憶が想起されてくる。こうした小説や詩の表現との比較からは、川端が「雪国」の中で、窓ガラスを使いながら闇の帳《とばり》が下りていく瞬間をとらえ、汽車の外部と内部とを同時に映し出す独特な表現を巧みにつくりだしていたことが明らかとなる。

このようにたどってくると、「雪国」が近代日本の小説や詩の文化的な記憶を内包しながら創作されたように思われてくる。川端は同時代の多くの文学作品を読み、批評する読み巧者でもあった。「瀧井孝作氏の「無限抱擁」」(『読売新聞』一九三五年一〇月二一日)の中で、一〇年間、「座右から離すことはなかつた」と絶賛した瀧井孝作『無限抱擁』(創元社、一九三五年)の冒頭は次の一文からはじめられていた。

浅川駅よりトンネルもなくなり空は夜明であつた。

「雪国」冒頭との呼応、対照性については、中島国彦が指摘している[中島国彦、一九八七]。川端の幅広い読書の記憶から、「雪国」の場面が構成された側面があることがここからもわかるのである。

繭倉の火事——「非現実的な世界の幻影」

「雪国」では、夕景色の闇と光が印象的であるが、朝の光も繰り返し描かれ、夕方との対照が鮮明となる。小説のクライマックスである雪中火事の場面の前にも、「深い雪の上に晒した白麻に朝日が照つて、雪か布かが紅に染まるありさま」、あるいは、「白縮をいよいよ晒し終らうとするところへ朝日が出てあかあかとさす景色」などの描写が散見される。この後に、葉子たちが映画を観に行っていた繭倉の二階で、「活動のフイルム」に引火して火事が起こることになる。島村が駒子とともに、繭倉に向かう途中、天の河を振り仰ぐ場面は、次のように表現されていた。

裸の天の河は夜の大地を素肌で巻かうとして、直ぐそこに降りて来てゐる。恐ろしい艶めかしさだ。島村は自分の小さい影が地上から逆に天の河へ写つてゐさうに感じた。天の河にいつぱいの星が一つ一つ見えるばかりでなく、ところどころ光雲の銀砂子も一粒一粒見えるほど澄み渡り、しかも天の河の底なしの深さが視線を吸ひ込んで行つた。

この引用部分では、小説の冒頭の場面と対応するように、闇と光のイメージが活用されている。天上の「天の河」と地上にある島村の「小さい影」が重なり合い、自然と人間とが融合する瞬間を官能的に表現したこの場面は、冒頭近くで「汽車」の外部の「夕景色」と内部の「葉子」の映像が二重写しとなる場面と響き合う。ただし、冒頭の「夜の底」(地上)と末尾の「天の河」(天上)とは、鮮やかな対照をなしていた。

また、燃え盛る繭倉の二階から落下していく葉子を、島村は「非現実的な世界の幻影」のように感じる。それは冒頭の汽車の場面で、葉子の「瞳」と「野山のともし火」がガラス窓に二重写しとなる一瞬に、この上ない美しさを「夕景色の鏡の非現実な力」と感じたことと呼応する。そして、雪の中で横たわる葉子の、「火明りが青白い顔」の上を揺れ動くさまを見た島村の脳裏には、「葉子の顔のただなかに野山のともし火がともつた時のさま」がフラッシュバックで甦ると同時に、「一瞬に駒子との年月が照し出された」のである。

この前後では、「同じ瞬間のやう」という表現が繰り返され、異なる出来事が同一時間に生起するかのような印象を読者に与えている。冒頭の汽車の窓ガラスの場面での出来事が空間の同一化であるとすれば、ここでの出来事は時間の同一化であり、時空間の表現においても冒頭と末尾の対照が際立ってくるのである。

繭倉で上映中の「活動のフイルムから火が出た」火事によって、これまで織り上げられてきた「雪国」の世界が終わりを迎える。「フイルム」の焼失に、それまで映し出されてきた出来事の終焉が暗示される。それと同時に、生糸を生む蚕の置かれた「繭倉」の焼失にも、糸(言葉)を紡ぐ織物に喩えられる小説の終焉を読み取ることができるように思われる。一方で、川端は「雪国」の別の結末についても考えていた。「「雪国」創作メモ」には、「狂つた葉子、駒子のために島村を殺さんとす」と記されており、小説の結末をめぐる逡巡の一端がうかがえて興味深い〔日本近代文学館、二〇一二〕。

都市と地方の格差と新聞・ラジオ ——開通した鉄道と旅の物語

「雪国」の物語を成立させる基盤には、清水トンネルの開通と上越線全通と鉄道の輸送時間短縮により、越後湯沢が東京に身近な空間になったという背景がある。「雪国」も、川端の小説の中で繰り返される、鉄道と旅の物語の一つであった。「国境の長いトンネルを抜けると雪国であつた」という冒頭は、主人公の島村の住む東京と彼が訪れる地方とをつなぐことからはじまることを告げている。中央都市と地方との関係は、川端が強い関心をもっていたテーマの一つであった。

「雪国」の連載中、その取材と執筆のために、越後湯沢近辺に滞在した際のことを文章にした、「旅中文学感」(『東京朝日新聞』一九三五年一一月七―九日)の中でマス・メディアと郷土との関係について、川端は次のように述べていた。

地方文化といふほどのものを持たぬわが国では、聴取者もそのやうなことを寧ろ望まぬのかもしれないが、ラヂオも新聞も、地方文化といふほどではなくとも郷土色を、生かすどころか、凄まじい勢ひで滅しつつあるのである。

画一的な普通教育よりも大きい力で、新聞やラヂオが地方人に東京の眼を植ゑつけることは、私がいふまでもないが、文学も無論また余りに東京の眼である。

この文章からは、帝都東京の中心化がますます進行し、「地方文化」の特色が失われていくことに対する川端の懸念が着取される。小説の舞台となっている越後の伝統的な「郷土色」を浮かび上がらせ、失われていく日本の各地の風土を書くことで人々の記憶に留めようとすることが、「雪国」執筆の動機の一つになっていたことが想像される。

そして、戦時中、外地にいる日本人たちに、日本という故郷を想起させる小説として読まれたことを、川端は岩波文庫版『雪国』(一九五二年)の「あとがき」の中で、次のように述べていた。

私の作品のうちでこの「雪国」は多くの愛読者を持つた方だが、日本の国の外で日本人に読まれた時に懐郷の情を一入そそるらしいといふことを戦争中に知つた。

この言は、『雪国』(創元社、一九三七年)の奥付に、「定価 壱円七拾銭」「満洲・朝鮮・台湾・樺太等の外定価 壱円八拾七銭」とあることと密接にかかわっていて興味深い。外地と内地の定価が表示されているところに、戦時下の時代状況と、東アジアに販路を拡大していく出版社の戦略が映し出されている。日本の国外で「雪国」を読んだ読者にとっては、小説内の空間はある個別の地域であると同時に、どこにでもある抽象的な日本の「雪国」であったように思われる。

「雪国」創作との関連で言及されることの少なくないこの文章が興味深いのは、川端が日本の地方の郷土や風土に関心を示しているからだけでなく、都市と地方の格差にラジオや新聞などのマス・メディアの発達が関与していることに注目している点である。川端がここで指摘する特色は、アジア・太平洋戦争後、高度経済成長期にさらに拡大していくことになる。そうした状況の変化の中で、失われていく伝統的な「郷土色」を意識しながら、創作を継続していくことになるのである。

戦後になるが、「雪国」は一九五七(昭和三二)年の東宝、一九六五年の松竹と二度映画化された(図36)。一九五七年版は豊田四郎監督で、駒子を岸惠子、葉子を八千草薫、島村は池部良が、一方、一九六五年版は大庭秀雄監督で、駒子を岩下志麻、葉子を加賀まりこ、島村は木村功がそれぞれ演じた。中村三春は、豊田四郎監督「雪国」を俎上に載せ、文芸の様式と映画の特性を分析している［中村、二〇一八］。川端と親交があった岸惠子は、『岸惠子自伝――卵を割らなければ、オムレツは食べられない』（岩波書店、二〇二一年）の中で、「雪国」が「一世一代の覚悟をもって臨んだ映画」であったと回想している。

図36　豊田四郎監督「雪国」（1957年）

10　新人発見と育成の名人
――太宰治と北條民雄

芥川龍之介賞の選考委員となる――文学の名伯楽として

川端康成は小説家として著名であるが、デビュー以来、文芸批評家としても活躍していた。三五巻本『川端康成全集』の第三〇・三一巻を紐解くと、編年体で川端の文芸批評が収録されており、優に全集二巻を費やすほどの分量の文芸批評を川端は書いていたことが明らかとなる。川端自身、「私は作家としてよりも先づ時評家として文壇に登場した」と『川端康成選集』第八巻（改造社、一九三八年）の「あとがき」で述べている。学生時代から文芸時評を継続的に書いており、それが彼の批評眼を培ったと言えるだろう。

こうした文芸批評をたどっていくと、昭和一〇年代前半までの川端が、多くの小説を執筆する一方で、旺盛な批評活動をしていたことが明らかとなる。そして、同時代の他の作家たちの小説を継続的に読み、それを創作の源泉としていた側面もあったことがうかがえる。

しかし、川端の文芸批評の意義は、おそらくそれだけではない。文芸批評を通じて、「名作」とされる小説と新人作家を見出し、世に送り出していた。文学の目利きであり、新人作家の才能を発見する名伯楽であった。読み巧者であった川端は、一九三五(昭和一〇)年に、現在でも著名なある文学賞の選考委員になる。文藝春秋社(現在の株式会社文藝春秋)が芥川龍之介にちなんで創設した、芥川龍之介賞である。

芥川賞と直木賞――人口に膾炙したこの二つの文学賞は、一九三五年を起源としている。『文藝春秋』(一九三五年一月)に「芥川・直木賞宣言」が掲載され、「文運隆盛の一助に資すること」を目して創設された両賞の告示が行われている。両賞にその名前を冠した、芥川龍之介と直木三十五はともに菊池寛と親しい友人であり、文藝春秋社とのかかわりの深かった作家であった。「芥川・直木賞宣言」には両賞の「規定」が掲載されている。芥川賞の「規定」は以下のとおりである。

一、芥川龍之介賞は個人賞にして広く各新聞雑誌(同人雑誌を含む)に発表されたる無名若しくは新進作家の創作中最も優秀なるものに呈す。

二、芥川龍之介賞は賞牌(時計)を以てし別に副賞として金五百円也を贈呈す。

三、芥川龍之介賞受賞者の審査は「芥川賞委員」之を行ふ。委員は故人と交誼あり且つ本社と関係深き左の人々を以て組織す。

菊池寛・久米正雄・山本有三・佐藤春夫・谷崎潤一郎・室生犀星・小島政二郎・佐佐木茂索・瀧井孝作・横光利一・川端康成(順不同)

四、芥川龍之介賞は六ケ月毎に審査を行ふ。適当なるものなき時は授賞を行はず。

五、芥川龍之介賞受賞者には「文藝春秋」の誌面を提供し創作一篇を発表せしむ。

芥川賞が「純文学」に与えられる文学賞であることは、この規定を見る限り、どこにも明記されていない。この規定の文章の中ではただ、「無名若しくは新進作家の創作中最も優秀なるもの」と「創作」とのみ限定されている。そして、この規定の後に掲載されている「芥川・直木賞細目」には、「「創作」とあるのは戯曲をも含む」と定義されていただけで、「純文学」という言葉は使われていない。つまり、賞の発足時には「芥川賞」が「純文学」に与えられる賞として、特に規定されていたわけではなかったのである。

しかし、この「創作」がいわゆる「純文学」を前提としていたこともあるだろう。また、直木賞の規定には「大衆文藝」に与えられる賞と明記されていた。そのような事情もあり、芥川賞はいわゆる「純文学」に与えられる文学賞として徐々に一般化していくことになる。そして、芥川龍之介と親交があると同時に、文藝春秋社と関係の深い、錚々たる中堅の作家たちが第一回芥川賞の選考委員に選ばれている。その列に、三〇代半ばの川端康成も、親友の横光利一とともに加わったのである。

太宰治からの批判──「生活に厭な雲ありて」

第一回芥川賞・直木賞の公示から八ヶ月を経て、『文藝春秋』(一九三五年九月)など文藝春秋社刊行の雑誌に、受賞者が発表された(図37)。芥川賞は石川達三「蒼氓《そうぼう》」に、直木賞は川口松太郎「鶴八鶴次郎・風流深川唄その他」にそれぞれ贈られている。

この第一回芥川賞をめぐって、川端康成と太宰治とのあいだに、トラブルが発生した。このトラブルは、芥川賞の選考委員であった川端に対する不満を太宰が雑誌に公表したことを発端としている。したがって、川端からすれば不意にもたらされた、一方的な批判に見えたのかもしれない。

両者の応酬は、まず太宰治から始まった。太宰が川端を名指しで批判する文章「川端康成へ」を『文藝通信』(一九三五年一〇月)に掲載したことに端を発している。太宰は自身が第一回芥川賞を逃した理由を、選考委員の一人であった川端の選考理由によるものと考えた。太宰の小説「逆行」(『文藝』一九三五年二月)と「道化の華」(『日本浪曼派』一九三五年五月)が候補作となっていたのだが、「道

第一回
芥川龍之介賞
直木三十五賞
決定發表

第一回芥川龍之介賞及直木三十五賞を次の二氏に贈呈す（昭和十年上半期）

芥川龍之介賞（賞、時計及副賞金五百圓）　石川達三
直木三十五賞（賞、時計及副賞金五百圓）　川口松太郎

昭和十年八月十日
芥川・直木賞委員會

詮衡經過その他に就ては各委員の感想に依られたい。

所感　石川達三

石川氏略歴

感想　川口松太郎

川口氏略歴

図 37　第 1 回芥川賞・直木賞の発表（『文藝春秋』1935 年 9 月）

化の華」が実質的に選考の対象外となる。それとともに、川端がこの二作を「芥川龍之介賞経緯」（『文藝春秋』一九三五年九月）で次のように評したことが、太宰の不満の原因となっていたのであった。

一見別人の作の如く、そこに才華も見られ、なるほど「道化の華」の方が作者の生活や文学観を一杯に盛つてゐるが、私見によれば、作者目下の生活に厭な雲ありて、才能の素直に発せざる憾みあつた。

この批評の中の「作者目下の生活に厭な雲ありて、才能の素直に発せざる憾み」といった部分が、太宰を刺激したものと思われる。太宰の批判を受け、川端は「太宰治氏へ芥川賞に就て」を『文藝通信』（一九三五年一一月）に発表、簡単な応答をしている。そこでは「全く太宰氏の妄想である」と断じ、委員会の模様について「根も葉もない妄想や邪推はせぬがよい」と述べていた。文芸時評で多くの創作を批評してきた川端は、自らの批評眼に基づく評価を太宰に示しただけに過ぎない。ところが、思いもかけない批判に応じなければならなかったのである。

「作者目下の生活に厭な雲ありて」という表現で、川端は太宰を評したのであるが、太宰から見れば、芸術ではなく、生活が評価の対象となっていたことは不本意であったに違いない。一方、川端は明らかに芸術と実生活という観点から太宰について批評していた。このように、川端が太宰の「生活」がその才能の開花を妨げていると述べたのは、理由がないわけではない。太宰の「生活」について批評した理由の背景には、彼との応酬とほぼ並行して文通をし、その創作のアドバイスをしていた北條民雄の存在があったと考えられるからである。

北條民雄との親交 ——太宰治との対照性

北條民雄は、自身がハンセン病を発病し療養生活の傍らで小説を書き、死の直前まで創作活動を継続していた作家であった。ハンセン病と闘いながら発表のあてなく書き続けていた北條民雄を、作家として世に送り出そうと尽力したのが、他でもない川端康成だった。

当時、ハンセン病を患っていた北條は、東京の東村山の療養所で自身の体験を題材とする作品を書き続けていた。ここで創作された北條の小説の中では、文学界賞を受賞した「いのちの初夜」(『文学界』一九三六年二月)が代表作とされる。まさしく、北條が病に苦しみながら、自らの命を刻むように執筆した小説を川端に送った時期と、太宰との応酬が繰り広げられた時期とはほぼ呼応していたのである。

北條と川端との関係は、一九三四(昭和九)年八月にはじまる。北條が自作を読んでもらうべく川端に書き送った手紙を端緒に、北條の亡くなる少し前の一九三七年九月二七日まで二人の往復書簡は続いている。川端は、北條の没後に『北條民雄全集　上・下巻』(創元社、一九三八年)を編纂した。後に、彼の病と死を題材とする小説「寒風」(『日本評論』一九四一年一月)を発表、この小説は次のような印象的な書き出しであった。

　その作家が死んだといふ、癩院からの電話は、十二月の夜明け前、ベルの音まで氷原の中でのやうに響いた。

北條は、一九三五(昭和一〇)年四月に完成した小説「間木老人」を五月に川端に送る。この小説は、約半年後に『文学界』(一九三五年一一月)に掲載されている。太宰治の「道化の華」が発表されるのとちょうど同じ時期に、川端は「間木老人」を読んでいた。北條の「間木老人」、太宰の「道化の華」はともに死を題材としている点で共通性を持つ。そのためにかえって、それぞれの小説に映し出されている書き手の境遇や生活の相違が際立ってくると川端は考えたのである。

北條の創作を読んで衝撃を受けたのは、病と闘う彼の壮絶な実生活についてであり、自己の境遇に屈することなく小説を書き続ける精神性に対してであることが、川端の書簡からはわかってくる。

その精神性が表現と不即不離なものとして小説に結実している点を、高く評価していた。そして、「間木老人」に続いて北條が創作した「いのちの初夜」に対する川端の批評に、それがより明確に表れることになるのである。

荒井裕樹は、北條民雄の「自己同一性の核」となっている「「文学を生きやうとする熱と望み」の保証人」としての役割を川端が果たしていたことを指摘している〔荒井、二〇一一〕。「文学を生きやうとする熱と望み」は、北條が川端に最初に送った、一九三四(昭和九)年八月一三日付の手紙に記された言葉であった。北條の文業と川端とのかかわりについては、田中裕編『北條民雄集』(岩波文庫、二〇二二年)と編者による「解説」に詳しい。

「いのちの初夜」への称賛 ——「生命の最極の真実」

川端康成が、当時、中央公論社の編集者であった藤田圭雄に宛てた書簡(一九三五年一二月一八日付)からは、北條の「いのちの初夜」を『中央公論』に強く推薦していたことが明らかとなる。この小説は、実際には『文学界』に掲載され、川端の推挽の甲斐なく、『中央公論』に掲載されることはなかった。

「いのちの初夜」が発表されてすぐに、一九三六(昭和一一)年二月一八、一九、二〇日の『大阪朝日新聞』紙上に掲載し、その後『純粋の声』(沙羅書店、一九三六年)に収められた文章「北條民雄」

で、この小説を次のように批評している。

「いのちの初夜」は、文壇に強い衝撃を与へた。材料のせゐのみではない。文学的にも傑れてゐるからである。とりわけ、生命の最極の真実に貫かれてゐるからである。

こうして文壇に大きな衝撃を与えた「いのちの初夜」は第三回芥川賞候補作となった。その際にも、「芥川賞予選記――文藝時評」(『文学界』一九三六年九月)で、この小説を「人生の危機に際して、いかに生くべきかを痛切に求め、またそれを露骨に現した、私小説的の告白として、最も私の心を動かしたものである」と高く評価していた。そして、北條について、「将来も私達の精神生活にものかを寄与し得る作家であらうと思ふ」と述べている。ここでも、小説については「生命」、作者については「精神生活」と、小説と創作家の態度をともに賞賛していた。しかも、興味深いことに、川端は「太宰治氏のやうなのを質の才」、「北條民雄氏の「いのちの初夜」などは、或ひは魂の才」と太宰と北條とを、それぞれ「質の才」と「魂の才」と対比的にとらえていたのである。

「いのちの初夜」に対する、川端の称賛は一貫している。一九三六(昭和一一)年一二月に創元社から刊行された単行本『いのちの初夜』の跋文で、川端は「病みながらしかもわが国で稀に見る健かに強い精神のこの文学」とこの小説を絶賛していた。「いかに生くべきかを痛切に求め」る北條の小説に「最も私の心を動かした」と述べ、「私達の精神生活」に大きく寄与する作家と北條を評価する。第一回芥川賞選考に際して、「作者目下の生活に厭な雲ありて、才能の素直に発せざる憾みあった」と太宰を評した理由はもはや明らかであろう。生と死を見つめながら生活と創作を続ける北條を知る川端は、少なくとも、第一回芥川賞の選考の時点では、太宰の「才能」を認めながらも、実生活や創作態度については肯定的になれるはずはなかったのである。

異なる才能を見出す批評眼――北條民雄と太宰治に対する評価

川端は文芸時評で多くの若い作家を見出すことに貢献したが、北條もその一人であった。優れた未知の書き手を世に送り出すために、積極的に執筆の場をつくろうと編集者に働きかけていた。北條とのやり取りを通してわかるのは、川端がいくつもの依頼原稿を抱えていたにもかかわらず、創作のアドバイスに始まって、発表媒体や発表方法、ひいては原稿用紙の手配に至るまで、きめ細やかな対応をしていたということである。自身の青春期の体験から、無名の作家が掲載の機会を得るのが容易なことではないこと、また、掲載されたとしてもその創作が評価を得ることがさらに難しいことを熟知していた。だからこそ、この無名の若い作家のために、出版社に積極的に働きかけようとしていたに違いない。

太宰治にしろ、北條民雄にしろ、未だ評価の定まっていない、可能性を秘めた若き書き手を見る川端の批評眼には確かなものがあった。それは、太宰からの思わぬ批判があったにもかかわらず、川端が彼の文学に対して、総じて高い評価を与えていたことからもうかがえる。第一回の「芥川龍之介賞経緯」においても、必ずしも否定的ではなかったことはすでに述べたが、その後の批評は絶賛といっても差し支えないほど、太宰の小説に対して好意的であったことは忘れてはならない。

川端は前掲「芥川賞予選記――文藝時評」で、第三回芥川賞の予選審査のときのコメントとして、「今回に適当な候補者がなければ、太宰氏の異才などは授賞してよい」と記していた。ここでもまた、太宰の「才」を認めていた。ただしこの時は、第一創作集『晩年』(砂子屋書房、一九三六年)により芥川賞の授与を懇願する手紙を太宰は川端に書いていたが、結果的には候補作に入っていない。この数年後には、川端は「小説と批評――文藝時評」(『文藝春秋』一九三九年五月)の中で、太宰の「女生徒」(『文学界』一九三九年四月)を激賞しており、太宰の才能と小説を一貫して評価していたのである。

11　女性作家支援と女性雑誌での活動
――岡本かの子・中里恒子・豊田正子

戦時下における活動――女性雑誌・少女雑誌の選者として

「雪国」を雑誌掲載する昭和一〇年代に入ると、世界情勢は次第に悪化し、川端を取り巻く環境にも徐々に戦争の影が忍び寄ってくる。一九三六(昭和一一)年二月には二・二六事件が発生した。

そして、一九三七年七月には盧溝橋で日本と中国の軍隊が衝突、日中戦争の端緒となった。国家総動員法の公布された一九三八年には、四〇年に開催が予定されていた東京オリンピックと紀元二六〇〇年記念日本万国博覧会の中止が決定となり、翌一九三九年九月にはドイツがポーランドに侵攻し、第二次世界大戦がはじまる。そして、一九四〇年九月には日独伊三国軍事同盟に調印、一〇月には大政翼賛会が結成され、一九四一年一二月八日にアジア・太平洋戦争開戦となるのである。

このような状況下で、川端はどのような活動をしていたのであろうか。川端は、以前にもまして若い作家の育成に力を注いでいく。北條民雄の才能を見出し、世に送り出したことはすでに述べたが、女性作家たちの育成にも力を惜しまなかった。林芙美子との親交は早くからあり、支援をし続けていた。後述する岡本かの子、中里恒子《なかざとつねこ》、豊田《とよだ》正子《まさこ》らの才能を評価し、文壇に登場させることになるのが昭和一〇年代のことである。

女性作家や無名の書き手を見出し、育成することが可能となったのは、川端が作家としてデビューして間もない時期からである。川端は女性雑誌にたびたび寄稿しており、作家として著名になっていくにしたがって、多くの女性雑誌、少女雑誌から執筆依頼を受けることになったこととかかわる。川端も深くかかわった『若草』の特色については、小平麻衣子を中心とする共同研究の成果に詳しい［小平、二〇一八］。

戦中から戦後の、一九三〇年代から四〇年代には、そうした雑誌の誌上で投稿の選者を積極的につとめていた。たとえば、『婦人公論』(中央公論社)誌上の選評は一九三七(昭和一二)年から、『新女苑』(実業之日本社)は一九三八年から、『少女の友』(実業之日本社)は一九四一年から、戦後創刊の『婦人文庫』(鎌倉文庫)は一九四六年からそれぞれ選者をつとめ、女性雑誌に投稿されるコントや短文の選評に力を注いでいたのである。

代作・出版社・文壇——伊藤整と中里恒子

次第に著名となる一九三〇年代、とりわけ「雪国」の雑誌掲載が開始され、芥川龍之介賞の選考委員となる一九三五年前後から多忙となり、依頼される原稿も以前にもまして増加していく。そうした状況にあって、川端は信頼する若い書き手に協力を仰ぎ、原稿の共同執筆、あるいは代作を依頼する場合が増えていく。川端の代作は、近年注目される研究課題の一つである。紅野謙介の指摘にあるように[紅野、二〇一六]、当時の文壇では代作は「出版社・編集者も参加しての協働作業」としての側面があった。出版社・編集者とすれば、有名になった川端の名前で本を出版したいと考えていた。一方、川端には若い書き手の経済的支援、創作のスキルを向上させる機会などにする思惑があった。川端自身も、若き日に菊池寛の代作をしており、当時の文壇における慣例を川端も踏襲していた。川端の作品のうち代作とされる著作については、草稿に手を加えているものもあれば、代作者が書いたものをほとんどそのまま発表している場合もあり、個々の状況を詳細に検討し、

図 38 『小説の研究』
(第一書房, 1936 年)

図 39 『乙女の港』
(実業之日本社, 1938 年)

法・倫理・ジェンダー・文化史などの観点を含めて総合的に分析していく必要があるだろう。

経済的な支援のための代作としてよく知られているのは、伊藤整が川端康成の代作をしたケースである。川端は「新人才華」(『新潮』一九三〇年六月)の中で伊藤の小説「感情細胞の断面」(『文藝レビュー』一九三〇年五月)を評価し、彼を信頼していた。新思想芸術叢書の一冊として、川端の名前で出版された『小説の研究』(第一書房、一九三六年、図38)は伊藤の代作であり、主に経済的な支援のためのものであったことが、両者の書簡からうかがえる。『小説の研究』の代作については、曾根博義、尾形大が詳述している〔曾根、二〇一二〕〔尾形、二〇二二〕。『小説の構成』(三笠書房、一九四一年)もまた、川端の名前で出版された。この著作は、伊藤が忙しくなっていたため、後年、日本近代文学研究者として活躍する瀬沼茂樹が執筆することになった。

一方、創作のスキルを向上させることを主たる動機とする代作については、中里恒子の場合がよく知られている。川端康成の名前で『少女の友』(一九三七年六月―三八年三月)に連載され、単行本として出版された『乙女の港』(実業之日本社、一九三八年、図39)は、中里恒子による代作、あるいは彼女の草稿に手を加えた合作とされる小説である。同様に『少女の友』(一九三八年四月―三九年三月)に連載し、敗戦後に出版した『花日記』(ヒマワリ社、一九四八年)もまた、そのような小説の一つとされる。「文藝時評」(『東京朝日新聞』一九三八年一一月四日)で岡本かの子に言及した直後に、川端は、中里恒子についても、次のように高く評価をしていた。

岡本氏と或る点は対照的に、中里恒子氏の「日光室」も微妙な魅力に溢れてゐる。氏の近作中でも最も渾然と成功したものだが、母の小説として類を見ない、柔かい明るさだ。

この「文藝時評」でとりあげた「日光室」と「乗合馬車」などで、中里は一九三九(昭和一四)年下半期に第八回芥川賞を受賞することになるのである。

女性作家の活動の支援――岡本かの子と豊田正子

中里恒子だけでなく、川端の後押しによって、著名になっていった女性作家は少なくない。その代表的な作家の一人に、すでに歌人、仏教研究家として活躍していた岡本かの子がいる。

川端は、一九三六(昭和一一)年六月に、岡本かの子の小説「鶴は病みき」を雑誌『文学界』に紹介した。芥川龍之介をモデルとするこの小説は、翌月の第六回文学界賞を受賞する。文学界賞は『文学界』同人たちによる合議制で選考する賞であった。この賞を受賞したことで、かの子は文壇で注目されるようになった。その後も、川端はかの子の小説を高く評価し、中里についても言及した前掲「文藝時評」(『東京朝日新聞』一九三八年一一月四日)で次のように、「老妓抄」(『中央公論』一九三八年一一月)と「東海道五十三次」(『新日本』一九三八年八月)を賞賛している。

踏み破つて、それを棄てずに、それを越えて行くことはむづかしい。岡本かの子氏などは、その稀有の例であらう。この豊かに深い作家は、高い道を歩いて、近作の「老妓抄」(中央公論)や「東海道五十三次」のやうな名短篇を成すところに来た。恐るべく艶な光である。

「老妓抄」は当時の批評家から高い評価を受けたが、かの子はこの短篇小説を発表した翌年の一九三九年二月一八日に死去する。「岡本かの子」(『文学界』一九三九年四月)の中で、次のように、強い信頼関係のあった岡本かの子と北條民雄を哀悼している。

私は随分多くの後進の原稿を見て来たが、かの子さんと北條民雄のやうに、私を信じてくれる人は、今後もあまりないであらう。それが二人とも、一年ばかりの間に、死んでしまつた。

前掲の「文藝時評」の中で、川端は無名であった豊田正子を次のように賞賛していた。

豊田正子氏の「綴方教室」の面白さは、この子供の性格や境遇によるところも少くない。しかし、私達を最も教へてくれるものは、その文学的才能の稀有な現れ方にある。

川端は豊田の稀有な文学的才能を評価する一方、問題点も指摘していた。川端の豊田の評価については、坪井秀人が、豊田の表現の特色を「純粋であると同時に空虚であり、透明な対象の再現の向こうには摑み所のない真空がぽっかりと拡がっていた」と評し、また、川端がそのことに気づいていたことを、「文学の嘘について」(『文藝春秋』一九三九年二月)で例証しながら指摘している〔坪井、二〇〇六〕。「綴方教室」は、映画監督の山本嘉次郎が同年に映画化したことで人口に膾炙することになった。藤井仁子は、「綴方教室」を通じて、「転向と大衆文化の時代に再定義を迫られていた文学と映画の緊張関係」を考察している〔藤井、二〇一二〕。

川端は、島崎藤村・森田たまとともに『模範綴方全集』(中央公論社、一九三九年)の編者になっていた。この時期の川端は、綴方運動に積極的にかかわり、豊田正子や山川彌千枝をはじめ、多くの若い無名の書き手を見出すことに尽力したのである。

戦時下の創作――「名人」との格闘

一九三六(昭和一一)年八月から九月にかけて、軽井沢の藤屋旅館で仕事をしたことを契機に、川端は信州への関心を深めた。そして、同年一〇月から一一月にかけて一ヶ月以上にわたり、信州各地を旅行しながら原稿を執筆している。「軽井沢だより」(『文学界』一九三六年一〇月)の以下の記述からは思い掛けなく軽井沢を気に入ったことがうかがえる。

軽井沢へ迷ひこんで来たんですねと、さつき河上徹太郎君に云はれたが、全く迷ひこんで来たといふ感じだ。かねて想像する、夏の軽井沢は虫が好かぬところで、そこに落ちついて仕事をすることにならうとは、夢にも思つて来なかつた。

翌一九三七年九月には別荘を購入し、一〇月から居住をはじめる。その後、一九四五年までの毎夏、軽井沢で生活をし、「牧歌」(『婦人公論』一九三七年六月―三八年一二月)などをこの地で創作する。

一九三八年、川端は「名人」(『八雲』一九四二年八月)のもとになる囲碁の観戦記を執筆している。この年の六月から一二月にかけての長期間にわたり、本因坊秀哉名人の引退碁が催された。対戦者との緊迫した対局が繰り広げられ、川端による「本因坊名人引退碁観戦記」が『東京日日新聞』『大阪毎日新聞』に掲載された。碁には熱心であったとはいえ、長期間の対局に臨席し、同紙に六十余回の観戦記を連載していることからも、並々ならぬ関心がうかがえる。

「名人」の書き出しは次のとおりである。

碁の名人が熱海の宿で死んだのは、紅葉祭の翌朝だつた。「金色夜叉」の熱海海岸の月夜の日を記念して、一月十七日を熱海では紅葉祭と言ふが、名人の命日はそんなことでも覚えやすい。

このように書き始められたのは、本因坊秀哉名人の死去に遭遇したからであった。一九四〇年正月に熱海で静養中の名人を見舞い、碁を指した二日後に急死した衝撃的な出来事に基づいて創作された。「名人」では、病み衰えてなお碁に専心する名人の姿と勝負への執念が描かれている。敗戦後、『哀愁』(細川書店、一九四九年)に収録された後も書き継がれ、『呉清源棋談・名人』(文藝春秋新社、一九五四年、図40)として上梓した。川端はその「あとがき」の中で、次のように記し、それは「名人にたいする私の敬尊のおかげ」としている。

私は対局の棋士の風貌、表情、動作、言葉は勿論、対局の時間の天候、部屋の模様や床の生花に至るまで、丹念にノオトして、観戦記にも使ひ、この作品でさらに書き加へた。

一九四〇（昭和一五）年五月、川端は盲学校・聾啞学校を訪問している。この時の体験は、前年の一九三九年七月から雑誌『少女の友』に連載中の「美しい旅」の第一一―一三回（一九四〇年六―八月）に掲載され、『美しい旅』（実業之日本社、一九四二年）として出版された。三浦卓は、川端が「美しい旅」の連載誌である「『少女の友』の場と満洲とを接続し、戦時体制を補完」することになった点を指摘している［三浦、二〇〇九］。

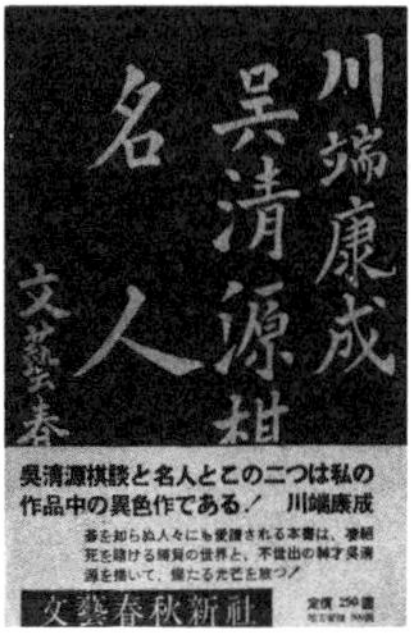

図 40　『呉清源棋談・名人』（文藝春秋新社, 1954 年）

川端は、一九四三（昭和一八）年五月に、母方の従兄の三女を養女に迎えた。その時の出来事をもとに、『文藝』（一九四三年五月）にて連載開始となった自伝的小説「故園」が書かれた。次のように書き始められている。

子供をもらふために、三月十二日から二十二日まで、京阪地方へ行つて来た。その十日間のことを、少し拾ひ書きしてみようかと思ふ。

子供や縁者に迷惑でない範囲のことしか、私はよう書かぬのだから、これは小説でもあるまいし、真実の記録でもない。

「故園」と、『日本評論』(一九四三年八月)にて連載開始となった「夕日」(「名人」の一部)などにより、翌一九四四年四月に川端は第六回菊池寛賞を受賞することになるのである。

燈火管制下の源氏物語 ――「千年前の文学と自分との調和」

戦時中の川端は「名人」の執筆を続ける一方で、源氏物語をはじめとする日本古典文学を読み返していた。戦時下における源氏物語体験については、『哀愁』の中で次のように記している。

戦争中に私は東京へ往復の電車と燈火管制の寝床とで昔の「湖月抄本源氏物語」を読んだ。暗い燈や揺れる車で小さい活字を読むのは目に悪いから思ひついた。またいささか時勢に反抗する皮肉もまじつてゐた。横須賀線も次第に戦時色が強まつて来るなかで、王朝の恋物語を古い木版本で読んでゐるのはをかしいが、私の時代錯誤に気づく乗客はないやうだつた。途中万一空襲で怪我をしたら丈夫な日本紙は傷おさへに役立つかと戯れ考へてみたりもした。

かうして私が長物語のほぼ半ば二十二三帖まで読みすすんだころで、日本は降伏した。「源氏」の妙な読み方をしたことは、しかし私に深い印象を残した。電車のなかでときどき「源氏」に恍惚と陶酔してゐる自分に気がついて私は驚いたものである。もう戦災者や疎開者が荷物を持ち込むやうになつてをり、空襲に怯えながら焦げ臭い焼跡を不規則に動いてゐる、そんな電車と自分との不調和だけでも驚くに価ひしたが、千年前の文学と自分との調和により多く驚いたのだつた。

明日をも知れない戦中に在って、あえて版本で源氏物語を読んでいたことは、川端がメディアに強い関心を示していただけに興味深い。電車の中での読書ゆえ、不便があったことは十分に想像される。この時の川端は活字の書物ではなく、戦火から逃れ、「千年前の文学と自分との調和」を感じるために、あえて版本で源氏物語を読んでいたように見える。

敗戦を迎えた一九四五(昭和二〇)年八月一五日前後の川端の動向を小谷野敦と深澤晴美の労作を参照しつつたどると[小谷野・深澤、二〇一六]、この頃の川端は鎌倉文庫の活動に勤しんでいたことがわかる。鎌倉文庫は、一九四五年五月一日、鎌倉在住の文学者たちの蔵書を集め、鎌倉八幡宮近くで貸本屋を開いたことを端緒とする。戦争が激化し、出版事情が悪化する状況下で、作家たちの生活難の一助となっていた。読書を通じて人々の気持ちを慰撫することを期したこの活動を、「貸本店」(『日本読書新聞』一九四五年一二月二〇日)の中で「鎌倉文庫は悲惨な敗戦時に唯一つ開かれてゐた美しい心の窓であつたかと思ふ」と述べている。敗戦後には出版社として多くの雑誌を刊行し、書籍も出版した。その活動については、次節で述べることにしたい。

《コラム8》創作と後進支援の舞台裏

昭和初年代には積極的に執筆の機会を得ようとしていた川端康成であったが、一九三五(昭和一〇)年頃の書簡からは、著しい状況の変化がうかがえる。当時、中央公論社の編集者であった藤田圭雄宛書簡(一九三五年一二月一八日付)では、執筆依頼を断ることに加え、「断るのがつらい」ので通俗的な随筆の類いの原稿依頼を見合わせて欲しいという要望が記されている。三〇代後半に差し掛かっていた川端が、引き受ける原稿を選別していたことがうかがえる。一方で、「近頃元気となり仕事もどしどし致します」と、旺盛な創作意欲をのぞかせていた。川端はこの年から「雪国」の雑誌掲載を開始しており、おそらくそれが、手紙に認められていた旺盛な創作意欲と結びついていたのである。

この藤田宛書簡には、川端の別の面も映し出されている。作家としてデビューすることの困難を十分に知る川端が、病と苦闘しながら執筆を続ける一人の青年の作品を編集者に強く推薦していた。川端が「これは絶対にのせて貰ふやう中央公論の方へ小生からも談判します」と強く推挽した、北條民雄の「いのちの初夜」である。この小説は、結局『中央公論』ではなく、『文学界』(一九三六年二月)に掲載された。川端は若い才能を発見し、世に送り出すことにしばしば貢献したが、北條もまたそうした作家の一人であった。藤田宛書簡からは、未知の書き手に対して、積極的に執筆の場をつくろうと編集者に働きかけていたことが鮮明に浮かび上がる。川端の藤田宛書簡は、日本近代文学館編『文学者の手紙4　昭和の文学者たち　片岡鉄兵・深尾須磨子・伊藤整・野間宏』(博文館新社、二〇〇七年)に収録されている。

第四章　占領と戦後のメディアの中で

12　知友たちの死と鎌倉文庫——喪失からの再出発

相次ぐ師友の死——弔辞の名人

川端康成にとっての敗戦後は、敗戦という現実に向き合うと同時に、大切な師友との永遠の訣れから始まる。事実、アジア・太平洋戦争の戦中・戦後にかけて、川端は多くの師友を失った。戦中の一九四四(昭和一九)年一二月には片岡鉄兵が亡くなり、「片岡鉄兵の死」(『新文学』一九四五年三月、原題「告別前後」)を発表している。

　その人の死に愕き哀しむよりもその人の生に愕き哀しむべきであつたと、懺洗の思ひが頻りである。身近の死には自分の心が足りなかつた故といふ痛みが必ずあるもので、私も幾度かこの悵恨を新にする度、自分の死の覚悟とは縁深い人々にいつ死なれてもその人の生を自分は大切にして来たと言へるところにも立たねばならぬと省る。

長文の哀悼文には、若き日にともに雑誌『文藝時代』を創刊し、新感覚派の作家として活動をした友人の、戦時下における死に遭遇した慟哭が滲んでいる。空襲を警戒した葬儀に、疎開先から知友たちが参集したことや、物資が不足した時局のため、「寝棺は得られず座棺だつた」ことなど、戦時下で死者を弔うことの困難も随所に書き込まれていた。後年、親友の三島由紀夫の死に遭遇して認《したた》めた「三島由紀夫」(『新潮』一九七一年一月)の冒頭で、ここに引用した「片岡鉄兵の死」の冒頭を示した後に、「その後も身近な人の死に遭つて、私はこの言葉のやうな思ひをした」と書き記している。

敗戦後、一九四五(昭和二〇)年八月には島木健作が、一九四六年三月には武田麟太郎が相次いで亡くなる。そして、一九四七年一二月には横光利一、一九四八年三月には菊池寛というように、親交のあった作家たちの死に、四〇歳代後半の川端は次々に見舞われたのである。

さらには、一九五一年六月には、親交のあった林芙美子が、一九五二年三月には、鎌倉文庫の社長をつとめた久米正雄が鬼籍に入った。林芙美子の死(一九五一年六月二八日)に際しての談として『朝日新聞』(一九五一年六月二九日)に掲載された「林芙美子さんの死」の冒頭で、川端は彼女の死を次のように悼んだ。

　また一人、親しい人が亡くなつてしまつた。懇意な人が一人一人死んで行つて、林さんは古くから親しい人の最後の人であつた。

「懇意な人が一人一人」、相次いで亡くなったのが、川端の敗戦後だったのである。

坂口安吾が一九五五年二月に亡くなった際にも葬儀委員長をつとめ、印象的な冒頭の弔辞を読んだ。それが「坂口安吾弔辞」として『文藝』(一九五五年四月)に掲載されている。

　すぐれた作家は、すべて、最初の人であり、最後の人である。(中略)独創、高邁、奔放、浄潔で、天才的な坂口氏が、もう私たちの未来に加はつてはくれない。

相次ぐ親しい友人たちの死に際して、川端は弔辞を読むことが多く、それらは切々と胸に訴えるものがある。川端の小説のタイトルにちなんでということもあるだろうが、「葬式の名人」とされることがあった。このように称されるようになったのは、川端の弔辞が亡くなった人物を彷彿とさせると同時に、弔問に集まった人々の心に強く訴えかけたからである。

二人の恩人への弔辞——横光利一と菊池寛

数々の友人たちの死の中で、親友の横光利一の死は、川端に大きな衝撃を与えたに違いない。それは、横光の葬儀における弔辞「横光利一弔辞」(『人間』一九四八年二月、原題は「横光利一」)からもうかがえる(図41)。親友に対する親愛の情があふれる名文であり、全文を紹介したいところであるが、ここではその一部を引用するに留めたい。

ここに君とも、まことに君とも、生と死とに別れる時に遭つた。君を敬慕し哀惜する人々は、君のなきがらを前にして、僕に長生きせよと言ふ。これも君が情愛の声と僕の骨に沁みる。国破れてこのかた一入《ひとしお》木枯にさらされる僕の骨は、君といふ支へさへ奪はれて、寒天に砕けるやうである。

君の骨もまた国破れて砕けたものである。このたびの戦争が、殊に敗亡が、いかに君の心身を痛め傷つけたか。僕等は無言のうちに新な同情を通はせ合ひ、再び行路を見まもり合つてゐたが、君は東方の象徴の星のやうに卒《にわか》に光焔を発して落ちた。君は日本人として剛直であり、素樸であり、誠実であつたからだ。君は正立し、予言し、信仰しようとしたからだ。
君の名に傍へて僕の名の呼ばれる習はしも、かへりみればすでに二十五年を越えた。君の作家生涯のほとんど最初から最後まで続いた。その年月、君は常に僕の心の無二の友人であつたばかりでなく、菊池さんと共に僕の二人の恩人であつた。

四半世紀にわたる「心の無二の友人」であり、「恩人」であると語るほどに、横光との信頼関係が強かったことが弔辞からはうかがえる。この中で、「君の名に傍へて僕の名の呼ばれる習はし」は、「横光と川端」と横光の名が先に挙げられることが多かったことを含意している。川端と常に並び称された横光は、昭和時代前期には「文学の神様」と崇拝されていた。しかし、アジア・太平洋戦争後、その評価は大きく変化する。敗戦後、横光の没後には「川端と横光」と川端の名が先に挙げられ、併称されることが多くなっていく。両者の対照には、ある一人の作家の記憶が忘却されていくのと同時に、並び称されてい

図 41　横光利一の葬儀で弔辞をよむ川端康成

たもう一人の作家が神話化されていくありようがうかがえる。社会やメディアの環境が変化することによって、作家たちの評価は大きく変動していくことになるのである。

横光の弔辞に「菊池さんと共に僕の二人の恩人であつた」と名前を挙げた菊池寛も、横光の死から約二ヶ月後に帰らぬ人になった。川端は、一九四七(昭和二二)年末から翌一九四八年の初めにかけて、相次いで「二人の恩人」を失うことになった。

川端は、「菊池寛弔辞」(『哀愁』細川書店、一九四九年、原題は「菊池さん」)で、「菊池さんの死ほど大切なものから切り離されたといふ思ひ、取り残されたといふ思ひの深いことはありますまい」と述べていた。戦後の川端は、「取り残された」者として、恩師と友人たちの後を継承するように文学的活動を展開していくことになるように見える。おそらく、その思いが、戦後の旺盛な活動の源になっていったのである。

この時期の川端は、恩人や友人たちの相次ぐ死に見舞われながらも、作家としての活動だけでなく、文化的・社会的活動を精力的に展開していた。中でも、重要なものとして挙げられるのが、アジア・太平洋戦争の最中に貸本屋として開始となった鎌倉文庫の出版活動であった。

鎌倉文庫の出版活動――「新人の作品を紹介するのは私の楽しみでした」

鎌倉文庫は、戦中に鎌倉在住の作家たちが共同出資し貸本屋を経営したことに端を発し、敗戦後、川端康成・久米正雄・高見順・中山義秀らの作家たちを中心に設立された出版社である。鎌倉文庫から刊行された雑誌で、戦後の文壇で重要な役割を果たした雑誌に『人間』がある。この雑誌は、里見弴・久米正雄・吉井勇らの編集により大正時代に発刊された『人間』(一九一九年一一月―二二年六月)の誌名を踏襲し、一九四六(昭和二一)年一月に創刊された。

一九四七年一〇月の鎌倉文庫倒産により発行所が目黒書店に変わり、一九五一年八月に廃刊されるまで全六八冊・別冊三冊を数え、多くの作家・評論家が寄稿した。若き日の三島由紀夫が小説「煙草」(一九四六年六月)、「中世」(一九四六年一二月)などを寄稿し登場した雑誌であった。また、安部公房・野間宏・遠藤周作・堀田善衛らの秀作が掲載された、敗戦後の有力な文芸雑誌として知られている。こうした出版活動を通じて、川端は三島由紀夫や安部公房らの才能を発見していたのである。

このような評価を得ていた『人間』の編集長を創刊から廃刊まで一貫してつとめたのが、木村徳三である。木村は戦前、改造社から刊行されていた文芸雑誌『文藝』の編集に携わった、経験豊富な文芸誌の編集者であった。木村は戦時中、滋賀県に疎開し奈良県にある養徳社に勤務していたが、終戦後まもなく、彼の能力に期待する川端康成によって東京に呼び寄せられ、鎌倉文庫から創刊される雑誌の編集を託されたのであった。ここにも川端の目利きとしての力量が発揮されていた。鎌倉文庫の雑誌『人間』は、川端が呼び寄せた木村の編集のもとに、多彩な執筆者を迎え戦後の有力な文芸雑誌となっていった。川端はどのような思いで『人間』の編集にかかわっていたのだろうか。それについては、後年発表した「自分の文藝雑誌を――三島由紀夫氏へ」(『文学界』一九五六年一月)の中で次のように述べていることから明らかとなる。

鎌倉文庫と言へば、あなたの「煙草」をはじめて「人間」に出したころは、なつかしく思ひます。次ぎが「岬にての物語」、これは初々しい作品でしたね。「人間」はいはゆる戦後第一の新人たちのお役に立ちましたね。編集長の木村徳三君と相談して、新人の作品を紹介するのは私の楽しみでした。

鎌倉文庫からは、『人間』の他にも、『婦人文庫』(一九四六年五月―四九年一二月)、『文藝往来』(一九四九年一―一〇月)、『社会』(一九四六年九月―四九年五月)、『ヨーロッパ』(一九四七年五月―四八年一二月)といった雑誌を戦後に刊行している。また、単行本についても、井伏鱒二『侘助』(一九四六年)、横光利一『夜の靴』(一九四七年)、三島由紀夫『夜の仕度』(一九四八年)など多数刊行しており、鎌倉文庫は、戦後日本の文学および出版文化を考えるうえで重要な出版社の一つに数えられている。

そのような出版社の重役として、川端は鎌倉から東京の日本橋にある鎌倉文庫のオフィスに頻繁に通い、創作活動とともに出版活動を行っていた。鎌倉文庫での活動は、占領期の川端を考えるうえで逸することのできないものの一つである。

三島由紀夫との出会い――回想される「少年」の時代

名伯楽として多くの新人作家を見出した川端康成が、生涯の親友であった横光利一に代わって、終生の親交を結ぶことになるのが三島由紀夫であった。

川端は、横光と三島を重ねて見ていた。そのことは、一九七〇(昭和四五)年一一月二五日、陸上自衛隊市谷駐屯地で割腹自殺を遂げた、三島を追悼する「三島由紀夫」(『新潮』一九七一年一月)の中で次のように述べていることから明らかとなる。

自分が親愛し敬尊する作家ほどかへつて自分に理解がおよばぬと思ふふしはある。私にとつて横光利一君の文学がさうであつた。三島君の死から私は横光君が思ひ出されてならない。二人の天才作家の悲劇や思想が似てゐるとするのではない。横光君が私と同年の無二の師友であり、三島君が私とは年少の無二の師友だつたからである。私はこの二人の後にまた生きた師友にめぐりあへるであらうか。

『川端康成・三島由紀夫 往復書簡』(新潮社、一九九七年)には、川端と三島のあいだで四半世紀にわたって交わされた九四通の書簡が収録されており、両者の信頼関係が浮かび上がってくる。東京帝国大学在学中の三島から贈られた第一小説集『花ざかりの森』(七丈書院、一九四四年)に対する、一九四五(昭和二〇)年三月八日付の川端の礼状から、両者の往復書簡ははじまる。この書簡には、終戦直後に死去した島木健作を介して『花ざかりの森』を受け取ったことが記されている。親交のある人々が戦中・戦後に相次いで亡くなる中で、川端は傑出した若い才能ある作家と出会って、親交を深めていくのである。

三島との出会いは、多くの知友が亡くなる失意の中にあって、創作のインスピレーションを与えたように見える。小谷野敦が指摘するように、川端の「少年」執筆は、三島の『仮面の告白』(河出書房、一九四九年)に触発されていた可能性がある〔小谷野、二〇一三〕。この小説は、鎌倉文庫の雑誌『人間』に一九四八年五月から一九四九年三月まで六回にわたって連載され、一九五一年四月に目黒書店から単行本として出版された。本文は、新潮社版一六巻本全集収録時に大幅な加筆が行われている。

「少年」は、中学校の寄宿舎の同室で生活を共にした美しい後輩との交流が日記と手紙を引用する形で描かれた、川端の自伝的小説とされる。主人公の「私」は、「お前の指を、手を、腕を、胸を、頰を、瞼を、舌を、歯を、脚を愛着した」と、後輩の「清野少年」の身体について語る。そして、一九一六(大正五)年一一月二三日の日記に記したこととして、二人の交情を次のように描写していた。

昨夜は床に就いてから一言も交さず寝入つた。

ふとほの暗いうちに目覚めて、温い清野の腕をにぎつた。私の左の腕の片面すべてに温みが清野の皮膚から流れてゐるのを感じた。清野はなにも知らぬ気に私の腕を抱いて眠つた。

こんなことは眠りに入る前、眠りの覚めた時、十日も前からくりかへされてゐた。

小説「少年」の冒頭に「私は本年五十歳に達し、これを記念する心も含めて、全集を刊行することになつた」とある。このように、「少年」は、まもなく五〇歳を迎えようとする主人公が、同性への愛情、祖父の介護など少年時代の出来事を回想する構成を持つ小説であった。そして、創作の材料に活用した日記や書簡を焼却したことを、以下のように末尾に記すことで小説を終えている。「私は今この「少年」を書いたので、「湯ケ島での思ひ出」も古日記も清野の古手紙も焼却する」。五〇歳を迎えた川端は、自己の来歴を語る小説を発表し、新たな創作活動を展開しようとしていたのである。

このように川端の創作活動をたどってくると、『新文章読本』(あかね書房、一九五〇年)がこの時期に出版された重要な意味に気づくだろう。鈴木登美は、『新文章読本』の分析を通じて、川端が「戦後の転換期に自らの文章観・小説観を振り返りながら、大正・昭和の作家たちの文章の具体例に即しつつ、これまでの文学的道筋を見直し、画定していったさま」を読み取る。そして、「同時代の作家との関係において文学史の系譜づくりに参与しながら」、新たな創作の方向性を模索していたことを明らかにした[鈴木、二〇一六]。

《コラム9》美術品の収集と死者との対話

図C　川端所蔵のロダン《女の手》

「反橋《そりばし》」(『別冊 風雪』一九四八年一〇月)、「しぐれ」(『文藝往来』一九四九年一月)、「住吉」(『個性』一九四九年四月、原題は「住吉物語」)の三部作は、いずれも「あなたはどこにおいでなのでせうか」という印象的な一文ではじまり、末尾で同じ一文が反復されて終わる。川端は「反橋」の中で、「美術品、ことに古美術を見てをりますと、これを見てゐる時の自分だけがこの生につながってゐるやうな思ひがいたします」と書いている。川端にとって古美術を愛でることは、生きることと深いつながりがあった。それと同時に、美術品を介して他者との対話をする側面があったこともうかがえる。オーギュスト・ロダンの《女の手》もその一つであった。川端は、横光利一『寝園《しんえん》』(細川書店、一九五〇年)の「天の象徴」という表題の「あとがき」の中で一九五〇(昭和二五)年に入手したとされる《女の手》(図C)について、「このロダンの手から私はやはり横光君の手を思ひ出した」と記し、次のように書いている。

　ブロンズの小さい手で、文鎮には大き過ぎるがならぬこともない。その日借りて来たばかりで、大理石の台はなかつたから、私の手に持つて立てたり机の上に横たへたりして、あらゆる角度からと見かう見しながら夜を明かした。(中略)
　手のデッサンにしろ、手の彫刻にしろ、人体の小部分の手を切り離したものだけになほ象徴的である。

手は顔ほど意味が明らかでないから顔よりも象徴的である。人体のうちで手は顔についで表情のある部分だが、私達は手に個性、個人別を見分けることには一向馴れてゐない。

それでデュウラアのデッサンからも、ロダンの彫刻からも、横光君の手を思ひ出すといふをかしな話になるのかもしれない。


川端は書斎の中で、ロダンの《女の手》を介して、「師友」の横光と対話をしていたのかもしれない。

なお、国宝の浦上玉堂《東雲篩雪図《とううんしせつず》》、池大雅・与謝蕪村の競作《十便十宜図》、古賀春江・安田靫彦・東山魁夷・草間彌生・村上肥出夫らの絵をはじめとする川端の多彩なコレクションの数々については、『川端康成コレクション 伝統とモダニズム』に詳しい［川端・平山・東山、二〇一六］。

13 GHQ／SCAP検閲下における創作と出版
――プランゲ文庫の資料からの照明

検閲下の創作活動――禁じられた戦争と占領の表現

敗戦後の川端康成は、どのような創作活動を展開し、アメリカによる占領下における言論統制といかに対峙したのだろうか。

最初に、ＧＨＱ／ＳＣＡＰ検閲の特色について確認をしておきたい。アジア・太平洋戦争後、出版法（一八九三年公布）・新聞紙法（一九〇九年公布）が廃止されるのはいずれも一九四九（昭和二四）年であるが、四五年九月には事実上失効する。これに代わって、一九四五年秋から、ＣＣＤ（Civil Censorship Detachment　民間検閲局）による検閲が終了する一九四九年まで、ＧＨＱ／ＳＣＡＰが日本のメディアを規制していた。占領の期間は、サンフランシスコ講和条約の発効する一九五二年四月まで続いた。出版以前に検閲を行う事前検閲では、出版物の刊行以前に校正刷を当局に提出し、検閲官がＣＣＤの三一項目に及ぶ検閲指針「公開禁止・削除理由の類型」（Categories of Suppressions and Deletions）に即してチェックを行い、掲載不許可（Suppress）、一部削除（Deleted）、許可（Pass）、留保（Hold）などの判断を下した。当時、日本のメディアに対してはＣＣＤの検閲指針は公開されておらず、各メディアは一九四五年九月一九日付で公にされたプレスコード（Press Code for Japan）を参照しながら対策を講じていた。一九四五年から四九年まで実施されたＧＨＱ／ＳＣＡＰの検閲は、新聞・雑誌・書物・放送・映画などのマス・メディアだけでなく、郵便・電話・電信など個人のメッセージをやりとりするメディアに至るまで規制対象としていたのである。

それでは、ＧＨＱ／ＳＣＡＰはいかなる表現を規制しようとしていたのだろうか。この点について参考になるのは、映画監督の山本嘉次郎「カツドオヤ微憤録――アメリカによる映画検閲滑稽譚」（『文藝春秋　臨時増刊』一九五二年六月）における回想である。黒澤明が師事していたことでも知られる山本は、アメリカによる占領の終了後まもなく発表したこの文章中で、GHQ／SCAPによる検閲の特色を次のように的確に言い当てていた。

焼跡を撮影することは、絶対まかりならぬと来た。占領政策の妨害になるというのである。自分で焼いておきながら、随分、勝手な理窟だと思つたが、しようがない。

焼跡ばかりか、横文字の道路標識や、ジープや、進駐軍の建物等、一切いけない。偶然に写つてしまつても、弁解は許されず、カットされてしまう。いまの東京で、横文字や、進駐軍施設をカメラに入れまいとするのは、並大抵の苦労ではない。(中略)

また、ルンペンだとか浮浪児だとか、壕舎生活とかヤミマーケットなぞの、ひどいのは、撮影することが出来ない。要するに「日本が負けたこと」「日本をアメリカが占領していること」の事実を、画面に現すことを禁じられたのである。

映画監督たちが、敗戦によって荒廃した日本、アメリカによる占領の状況を描こうとすることは当然あり得るだろう。しかし、占領下の現実を映像によって再現することは、GHQ／SCAPの許可が得られなかった。「日本が負けたこと」「日本をアメリカが占領していること」を明示する表現が禁じられた点については、文学に対しての検閲の場合もほぼ共通していた。日本の敗戦とアメリカによる占領の記憶を忘却させようとする検閲が行われていたのである。

興味深いことに、川端康成が発表した雑誌掲載の創作や対談・座談会で、GHQ／SCAPによる検閲で一部削除となったものは、ほぼ同じ時期に活字化されたものであった。『婦人文庫』(一九四六年六、七月)、『文藝春秋』(一九四六年六月)と、一九四六(昭和二一)年六―七月に集中している。これから具体的な事例を見ていくように、雑誌『人間』創刊号(一九四六年一月)が厳しい検閲を受け、自らもGHQ/SCAPの事前検閲の上での創作、あるいは座談会の発言の一部削除の措置を受けることになったのである。

GHQ/SCAPの手厳しい洗礼――『人間』創刊号における検閲

『人間』創刊号はGHQ/SCAPの検閲の手厳しい洗礼を受けることになる。小宮豊隆「印刷されなかつた原稿」と今日出海「故里村欣三君のこと」が、事前検閲でこのままでは掲載不許可になるとの通達を校正刷の段階で受けた。特に興味深い事例は、小宮豊隆「印刷されなかつた原稿」である。五つのエッセイからなる小宮の文章は、帝国日本の内務省検閲下において掲載が難しいと判断され、戦時中には掲載が見送られ、文字通り印刷されなかった原稿となった。終戦となり、自由に文章を発表できると小宮は考えたが、この文章の東京大空襲、日本上陸作戦についての言及が占領軍批判にあたることから、GHQ/SCAPから不適切な箇所の大幅な削除を掲載の条件として示されたのである。木村徳三は、版を組み直す時間的な猶予がないことから、臨機応変に該当箇所の鉛版を摩滅させ、該当箇所が判読できない状態で印刷する策を講じて、急場をしのごうとした

（図42・43）。しかし、刊行された雑誌の誌面を確認したGHQ／SCAPから木村は呼び出され、厳重な注意を受け、以後は検閲箇所が明示的にならないような措置をとるよう要求された。木村は内務省の言論統制下においては検閲箇所を伏字にし、判読できないようにする措置を講じたが、GHQ／SCAPの言論統制下では、検閲が実施されていることを示さないことが要求されたのである。

『人間』創刊号は、表紙絵の変更の勧告も受けていた。画家の須田國太郎のデッサンを使った表紙の若い裸の男女が後ろで手を組む姿は（図44）、「両手を背後に縛られた敗国人の姿として現在の日本人を表現するもの」であった。このような指摘を検閲の担当将校から受けたと、木村徳三は回想している［木村、一九八二］。しかし、日本人は囚われの身ではなく、連合軍によって解放された人民でなければならないという理由から変更を要求されたのである。しかし、木村は創刊号から六号（一九四六年六月）までこの表紙を使用し、その後変えている。

図42　小宮豊隆「印刷されなかつた原稿」検閲済み校正刷

川端康成は、役員をつとめる鎌倉文庫から創刊した『人間』がこのような言論統制に晒される一方で、作家として発表する創作もまた検閲による加筆・修正を余儀なくされることになったのである。

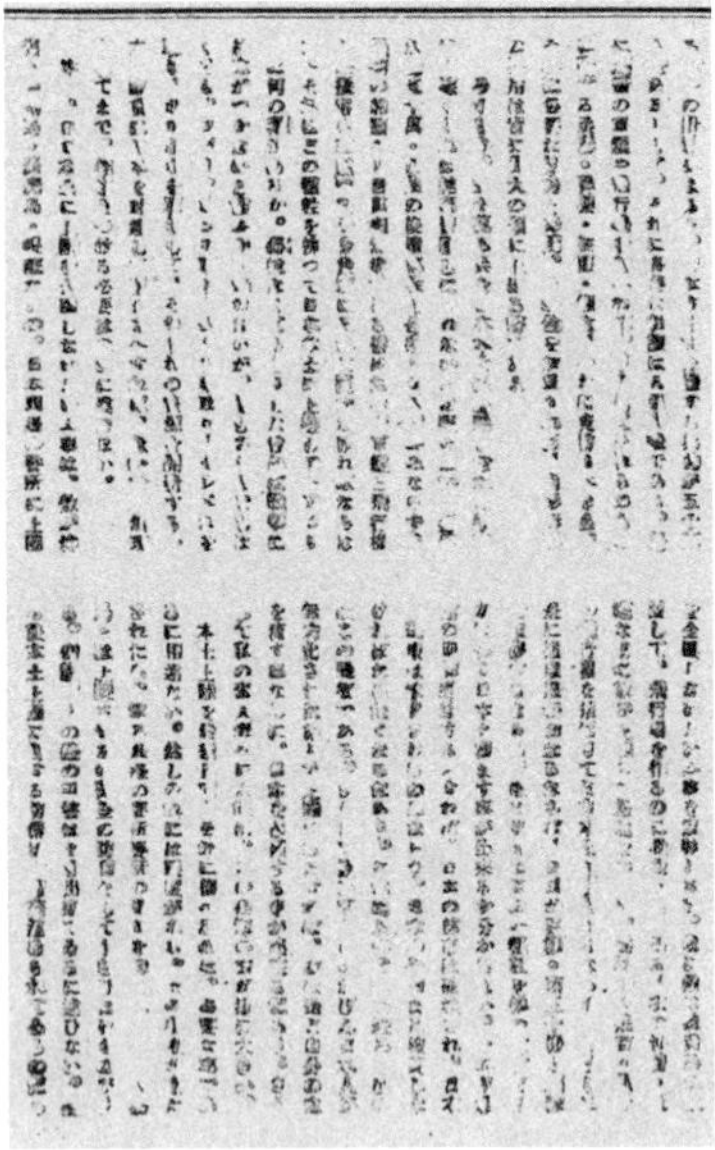

図43　小宮豊隆「印刷されなかつた原稿」（『人間』創刊号，1946年1月）

占領と戦争を描く「過去」「生命の樹」に対する事前検閲

こうしたGHQ／SCAPの言論統制下において、川端の小説もまた修正を求められた。アメリカ軍の検閲が開始されてまもない事前検閲の時期には、GHQ／SCAPによる修正要求のあった川端の小説が散見される。たとえば、事前検閲の時代に発表された「過去」（『文藝春秋』一九四六年六月）と「生命の樹」（『婦人文庫』一九四六年七月）は、GHQ／SCAPによる検閲による書き換えがなされた小説である。「過去」に関する検閲資料については、横手一彦による指摘がある〔横手、一九九五〕。

戦後の鎌倉を舞台とする「過去」は、男女の再会を契機に戦前の過去の出来事が甦ってくる物語内容をもつ小説である。占領下になってまもない時期の鎌倉での、進駐軍についての描写に対する削除要求が見られる(図45)。「ジイプに乗つたりアメリカ兵を抱いたりしてゐる女は、無論まだ見られなかつた」をはじめとする数ヶ所が、「占領軍将兵と日本人との親密な関係描写」(Fraternization)という理由から「一部削除」の対象となっている。また、鎌倉文庫から刊行された『婦人文庫』(一九四六年六月)掲載の「座談会　結婚と道徳について」における川端の発言もまた、同じ理由から一部削除となっていたのである。

一方、「生命の樹」は、川端が一九四五(昭和二〇)年四―五月に海軍報道班員として鹿児島の鹿屋《かのや》の特攻基地に滞在していた経験に基づく小説である。川端が特攻隊や沖縄戦に言及しながら戦争を描いた短篇小説として重要な位置を占める。鹿屋の特攻基地に滞在した時のことについては、多胡吉郎『生命の谺　川端康成と「特攻」』(現代書館、二〇二二年)に詳しい。「生命の樹」では、啓子という女性の視線を通じて、生死を分けた二人の特攻隊員と彼女との交流、そして彼らへの揺れる想いが、戦前と戦後、過去と現在が交錯しながら描かれている。この小説は、「国家主義的プロパガンダ」(Nationalistic Propaganda)という理由から「一部削除」の要求を受けた。校正刷の段階で修正が施されたのは以下の表現である(図46)。

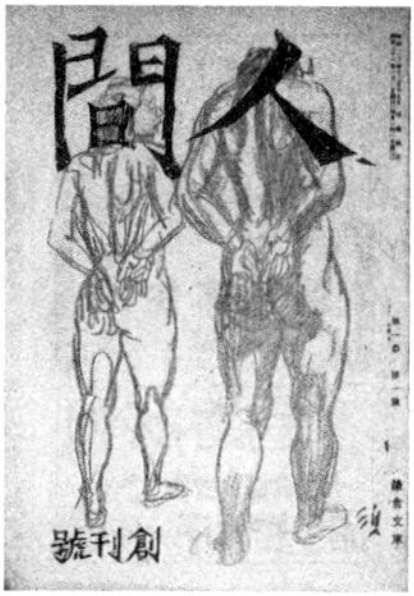

図44　『人間』創刊号

それは特攻隊員の死といふ、特別の死であつた。
一里四方ほどの土地、一万か二万の人々が、その死を中心

図45　「過去」検閲済み校正刷

　に動いてゐた、死であつた。その時は、国の運命もその死にかかつてゐたかのやうな、死であつた。

「過去」「生命の樹」は、題材やテーマは異なるが、戦中の過去を回想する形式をとっている点で共通性が見られる。また、この二つの小説は、戦前・戦中から断絶した現在を描くのではなく、過去から現在に至る連続性のもとに創作されている点も通底している。その際、占領期日本の進駐軍と戦中の特攻隊や沖縄戦に関する言及や表現に対してＧＨＱ／ＳＣＡＰから修正要求がなされているのである。

　ほぼ同時に発表された「過去」「生命の樹」は、いずれもＧＨＱ／ＳＣＡＰの事前検閲による修正要求を受け入れざるを得なかった点で共通しているが、その理由は異なっている。この二つの小説の表現は、占領と戦争を描いている点で、ＧＨＱ／ＳＣＡＰのメディア規制の対象となる典型的なものであった。一方、川端からすれば、現在進行中の占領と最近まで行われていた戦争について表現したいと考えることは当然のことであっただろう。この時期の川端が表現したかった対象と、

ＧＨＱ／ＳＣＡＰが公にさせたくなかった表現とのせめぎあいが、「過去」「生命の樹」における検閲の痕跡からはうかがえる。そして、川端の小説に対する「一部削除」の要求は、まだ事前検閲が行われていた一九四六（昭和二一）年中頃に集中していたのである。

プランゲ文庫の中の川端康成関連資料 ――『川端康成全集』と『美しい旅』

「どうもをかしいね。死ぬやうな顔が、なにもせんぢやないか。星がたんと光つてやがら。」

「さうよ、さうよ。」と、私は追ひすがるやうに言つた。胸がふるへた。

いいことよ、ちつとも御遠慮なさらないで、早く御免なさいよ、とでも言ひたいのが、私の「さうよ、さうよ。」といふ声だつたらしい。私は抱きすくめられるのを待つてゐたやうだつた。

悲しみに突き刺された私の胸に、なぜまた突然あやしい喜びが突き上げて来たのだらうか。

しかし、植木さんは私の涙にも私の声にも、お気づきにならなかつた。

気がつかぬふりをなさつたのかもしれない。後々、私はよくその時のことを思ひ出すが、星の見納めだといふおつしやり方には、私への愛がこもつてゐたと思へてならない。

植木さんは、未練がおありになつたわけではない。私もまた、死なないではしいと、お引きとめしたい気は起さなかつた。

特攻隊員である植木さんには、死は定まつたことだつた。特攻隊の基地の水交社にゐた私は、その死を信じてゐた。[redacted]の[redacted]

強ひられた死、作られた死、演じられた死ではあつたらうが、は

図 46 「生命の樹」検閲済み校正刷

メリーランド大学図書館にあるゴードン・Ｗ・プランゲ文庫の資料は、雑誌については国立国会図書館等に所蔵されているマイクロフィルムから複写することが可能である。しかし、単行本については一部が電子公開されてはいるものの、現地での調査が必要となる。

プランゲ文庫所蔵の川端康成の著作は興味深い（図47）。すべてではないが、発行部数が記載されて

いる書籍も散見される。この発行部数はＧＨＱ／ＳＣＡＰに報告されたものであり、その確度については議論の余地があるが、占領期の書籍の発行部数を知る重要な手がかりになる。ちなみに、占領下で刊行された新潮社版『川端康成全集』については一部の巻がプランゲ文庫に所蔵されているが、その発行部数については、第三巻、第五巻がそれぞれ三〇〇〇部であったことが記されている。

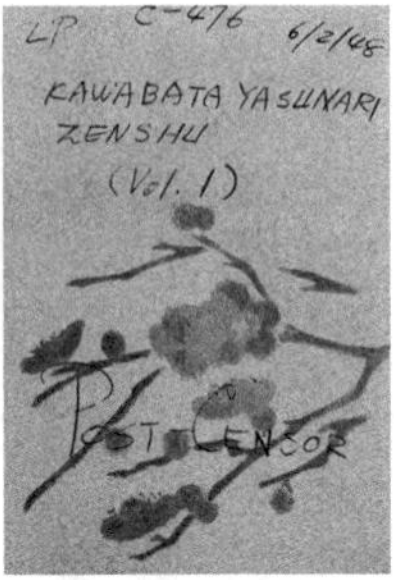

図 47　『川端康成全集』第 1 巻（新潮社, 1948 年）

『川端康成全集』第二巻は、この書物の扉に「1 disapproval P. 290」と青鉛筆で書かれ、収録作「死者の書」（『文藝春秋』一九二八年五月）の以下の該当箇所に青線が引かれ、「disapproved」と書かれている（図48）。


「朝鮮のお客がよく来るかね。トンネル工事で沢山入り込んでるね。」

「いいえ。うちぢや朝鮮の人は上げません。今でも一月に二組くらゐ来ますけれど、お断りしますわ。」

「どうして？」と、彼は驚いて秋子を見た。

「朝鮮の人は皆癖が悪くてしやうがないわ。」

「国の人が恋しくないのか。」

「旦那さん、ちがふんだよ。」と、踊つてゐた千代がべたりと坐つた。

特定の国の人に対する偏見が表現された箇所に、GHQ／SCAPから一部削除の指示がある。この小説の特色については、青木言葉が考察している[青木、二〇二〇]。

一方、『美しい旅』(実業之日本社、一九四二年)の場合、占領期に、同じ出版社から同じ紙型で出版

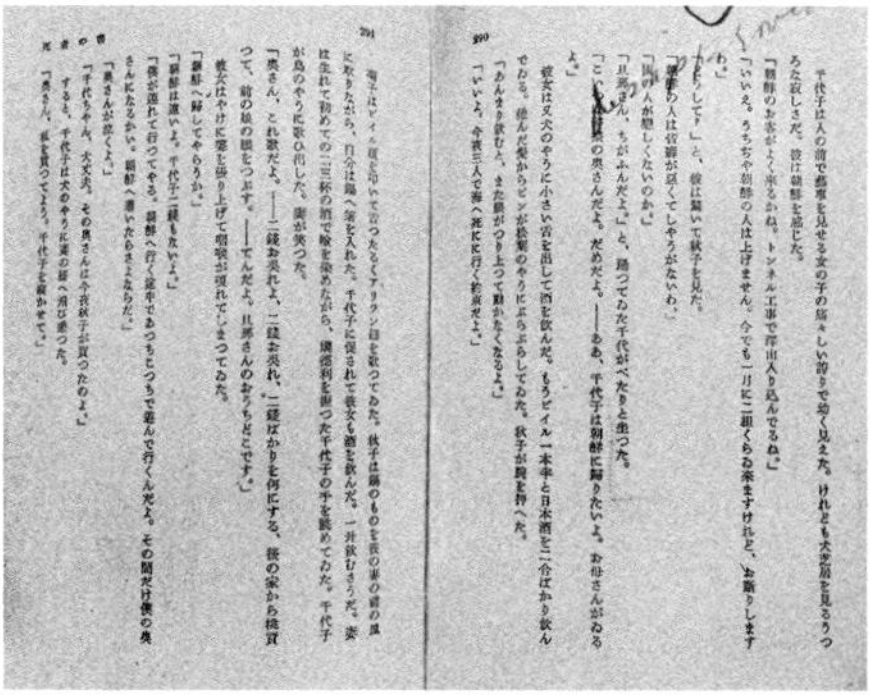

290

千代子は人の前で藝事を見せる女の子の痛々しい誇りで幼く見えた。けれども大芝居を見るうつろな寂しさだ。彼は朝鮮を感じた。

「朝鮮のお客がよく来るかね。トンネル工事で沢山入り込んでるね。」

「いいえ。うちぢや朝鮮の人は上げません。今でも一月に二組くらゐ来ますけれど、お断りしますわ。」

「どうして？」と、彼は驚いて秋子を見た。

「朝鮮の人は皆癖が悪くてしやうがないわ。」

「国の人が懐しくないのか。」

「旦那さん、ちがふんだよ。」と、踊つてゐた千代がべたりと坐つた。

「この人は朝鮮の奥さんだよ。だめだよ。――ああ、千代子は朝鮮に帰りたいよ。お母さんがゐるよ。」

彼女は又犬のやうに小さい舌を出して酒を飲んだ。もうビイル一本半と日本酒を二合ばかり飲んでゐる。飲んだ髪からピンが松葉のやうにぶらぶらしてゐた。秋子が胸を抑へた。

「あんまり飲むと、また顔がつり上つて動かなくなるよ。」

「いいよ。今夜三人で海へ死にに行く約束だよ。」

291　死者の書

秋子はビイル瓶を叩いておつたるくアリラン節を歌つてゐた。秋子は膳のものを彼の床の前の座に取りながら、自分は膳へ箸を入れた。千代子に促されて彼女も酒を飲んだ。一升飲むさうだ。姿は生れて初めての二三杯の酒で瞼を染めながら、燗徳利を握つた千代子の手を眺めてゐた。千代子が鳥のやうに歌ひ出した。蛍が笑つた。

「奥さん、これ歌だよ。――二銭お呉れよ、二銭お呉れ、二銭ばかりを何にする、彼の家から持貫つて、前の娘の頭をつぶす。――てんだよ。且那さんのおうちどこです。」

彼女はやけに髪を振り上げて唱歌が現れてしまつてゐた。

「朝鮮は遠いよ。千代子二銭もないよ。」

「朝鮮へ帰してやらうか。」

「僕が連れて行つてやる。朝鮮へ行く途中であつちこつちで遊んで行くんだよ。その間だけ僕の奥さんになるかい。朝鮮へ着いたらさよならだ。」

「奥さんが泣くよ。」

「千代ちやん、大丈夫。その奥さんは今夜秋子が貰つたのよ。」

すると、千代子は犬のやうに蛍の膝へ飛び乗つた。

「奥さん、私を貰つてよう。千代子を寝かせて。」

図 48　『川端康成全集』第 2 巻(新潮社, 1948 年)

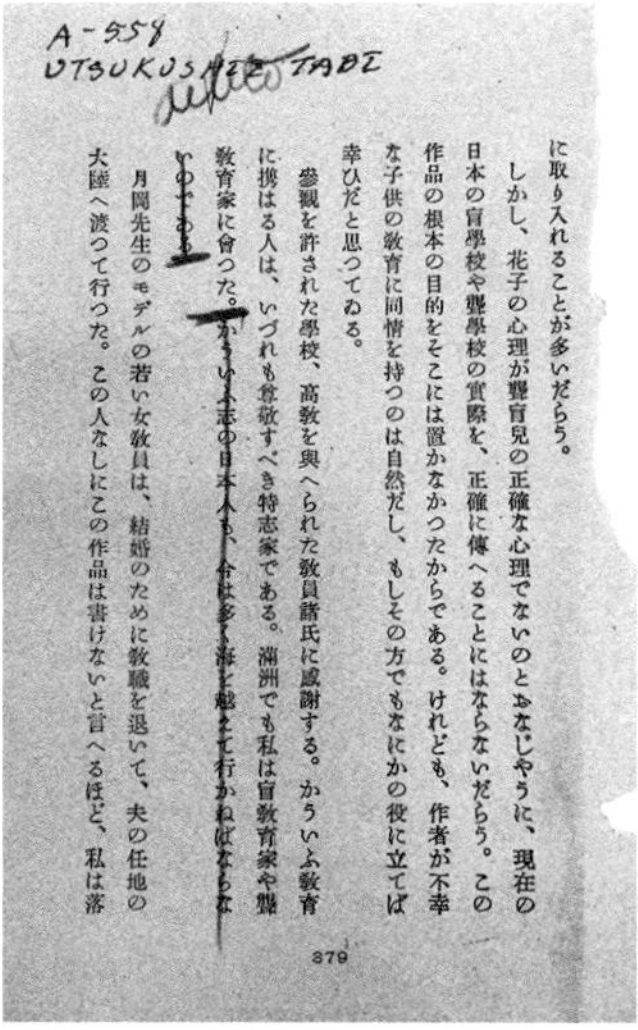

A-558
UTSUKUSHII TABI

に取り入れることが多いだらう。

しかし、花子の心理が聾盲児の正確な心理でないのとおなじやうに、現在の日本の盲學校や聾學校の實際を、正確に傳へることにはならないだらう。この作品の根本の目的をそこには置かなかつたからである。けれども、作者が不幸な子供の教育に同情を持つのは自然だし、もしその方でもなにかの役に立てば幸ひだと思つてゐる。

參観を許された學校、高教を與へられた教員諸氏に感謝する。かういふ教育に携はる人は、いづれも尊敬すべき特志家である。滿洲でも私は盲教育家や聾教育家に會つた。かういふ志の日本人も、今は多く海を越えて行かねばならないのである。

月岡先生のモデルの若い女教員は、結婚のために教職を退いて、夫の任地の大陸へ渡つて行つた。この人なしにこの作品は書けないと言へるほど、私は落

379

図 49　『美しい旅』(実業之日本社,
1947 年再版)検閲済み校正刷

された書籍が検閲により一部削除となった。一九四六(昭和二一)年一二月二〇日初版発行、一九四七年一二月二〇日再版発行と奥付に記載のある、『美しい旅』がプランゲ文庫に所蔵されている。その検閲済み校正刷には、「かういふ志の日本人も、今は多く海を越えて行かねばならないのである」という、植民地主義を喚起させる表現に対して削除の指示があり、それが単行本には反映されていたのである(図49)。

《コラム10》敗戦後の文学全集と文庫本

川端康成は、「「古都」を書き終へて」(『朝日新聞』一九六二年一月二九―三一日)の中で、「「伊豆の踊子」は決して名作ではないけれども、四十年間以上愛読者は絶えない」と述べていた。長年にわたる「愛読者」を獲得できた理由は、この小説の表現の魅力にあったことは間違いない。しかし、理由はそれだけに限定されるものではない。

別の重要な要素として考慮したいのは、戦後日本の出版文化や映画など、「伊豆の踊子」の物語を広く伝えていくメディアの存在である。川端の小説の映画化については、本論の中で述べることにして、ここでは、「伊豆の踊子」がアメリカによる占領終了前後にどのように出版されていたかに注目したい。

アジア・太平洋戦争後、一九五〇年代には文学全集ブームが到来する。文学全集ブームの時期には、川端康成の著作を網羅的に収録した個人全集や、いくつかの作品をピックアップして収録した選集が刊行された。

角川書店『昭和文学全集』(一九五二年刊行開始)
河出書房『現代文豪名作全集』(一九五二年刊行開始)
筑摩書房『現代日本文学全集』(一九五三年刊行開始)
新潮社『日本文学全集』(一九五九年刊行開始)

以上の文学全集にも川端の作品は収録され、そのすべてに「伊豆の踊子」が収録されている。

また、他にも一九五〇年代に刊行された文学全集には毎回のように収録されていた。そして、それとともに、「伊豆の踊子」をタイトルに冠した文庫本が相次いで刊行され、多くの読者を獲得する基盤が整うことになる。

一九四八(昭和二三)年　春陽堂文庫『伊豆の踊子』
一九四九(昭和二四)年　小山文庫『伊豆の踊子』
　光文社文庫『伊豆の踊子』(日本文学選)
一九五〇(昭和二五)年　新潮文庫『伊豆の踊子』
一九五一(昭和二六)年　角川文庫『伊豆の踊子・禽獣　他六篇』
一九五一(昭和二六)年　三笠文庫『伊豆の踊子』
一九五二(昭和二七)年　岩波文庫『伊豆の踊子・温泉宿　他四篇』
一九五四(昭和二九)年　河出文庫『伊豆の踊子』

ここに挙げた文庫本の最も早い時期のものは、アジア・太平洋戦争後、アメリカによる占領期の検閲が終了する時期に刊行されている。戦前・戦中のものの復刊を含め、毎年のように、「伊豆の踊子」というタイトルを冠した文庫本が出版されていたことがわかる。ここにも「伊豆の踊子」は収録され、すべてタイトルに採用されている。このように、全集だけでなく、文庫本などに収録され、しかも表題に採用されたことで、「伊豆の踊子」の普及していく基盤が整うことになるのである。

14 占領終了前後に紡がれる物語
──「舞姫」「千羽鶴」「山の音」の連載と出版

事後検閲期に発表された「舞姫」──『朝日新聞』に見る言論統制の力学

GHQ／SCAPのメディア規制が時間や経済の観点から見て、より効果的になるのは、事後検閲においてである。一九四八(昭和二三)年に入ると、新聞・雑誌・単行本の多くは、事前検閲から事後検閲に移行していく。事後検閲になると、記者や編集者の判断にかかる責任が重くなり、メディアによる対応の差異が見られるようになる。検閲を過剰に意識することで、危険を回避し安全策をとるべく、自己検閲が強くなる場合も出てくる。これから述べていくように、川端の小説についても、事後検閲の時期に、メディアの自己検閲によって書き換えを行ったケースがある。

　アメリカによる占領が終わりに近づいた時期に連載された、川端の長編小説「舞姫」に対する修正要求は、この時期の日本の言論統制について考えるうえで重要な事例となる。「舞姫」は、国文学者の夫とバレエ教室主宰の妻、バレリーナを目指す娘と大学生の息子からなる家族の崩壊を、朝鮮戦争を背景に描いた小説である。一九五〇（昭和二五）年一二月一二日から翌年の三月三一日にかけて、『朝日新聞』朝刊に連載され、単行本は一九五一年七月に朝日新聞社から刊行された（図50）。その「舞姫」の連載の第二九回が、新聞社の自己検閲によって書き換えを要求されたのであった。そのいきさつについては、当時、朝日新聞社学芸部に勤務し、川端の担当であった澤野久雄の回想がある。『川端康成全集』第一巻（新潮社、一九五九年）の「月報」に掲載された澤野のエッセイ「失われた四枚」と、彼の著書『川端康成点描――この美しい日本の人』（実業之日本社、一九七二年）の「舞姫誕生」に詳しい。なお、「舞姫」第二九回の書き換えについては、『川端康成全集』第一〇巻（新潮社、一九八〇年）の「解題」にも言及がある。

図50　『舞姫』（朝日新聞社，1951年）

　澤野によれば、「舞姫」の第二九回の連載分に見られる官能的な描写が猥褻な表現にあたり、『朝日新聞』に掲載するには難しいという判断が編集局次長によって下されたという。これを不服とした澤野は、当該箇所はあくまで芸術的な文章であると確信し、編集局長に相談する。判断を保留した局長は論説委員と話し合い、川端に書き直しを依頼することを澤野に告げた。澤野が論説委員にその論拠を確認したところ、「マッカーサーの声明」が出ようとする時期に重なるというのが、不掲載の理由であった。これは、一九五一(昭和二六)年が講和の年になるとの希望を述べた、マッカーサーの年頭の「声明」を指す。この「声明」は、同年一月一日に、『朝日新聞』を含む新聞各紙によって報じられた。そして、マッカーサーの希望どおり、サンフランシスコ講和条約はこの年の九月八日に調印されることになる。つまり、川端の小説への介入は、こうした占領軍の動向を意識した新聞社の自己検閲による修正の要求であった。澤野は辞職を覚悟のうえで、川端に書き換えを申し入れたところ、約三〇分の熟慮ののち提案を受け入れたという。限られた時間の中で原稿を書き直し、一九五一年一月一〇日の『朝日新聞』朝刊に第二九回の原稿は無事に掲載された(図51)。内容を大幅に変えることなく、指摘を受けた表現の一部を抽象化しながら改稿している。

ここで確認しておきたいのは、川端が「舞姫」を連載していた時期には、『朝日新聞』を含む多くの新聞や雑誌では事後検閲になっていたという事実である。「舞姫」が連載される二年前の一九四八(昭和二三)年の時点で、『朝日新聞』を含む多くの新聞は、すでに事前検閲から事後検閲に移行していた。したがって、ここで想定されているのは、GHQ/SCAPに前もって校正刷を提出す

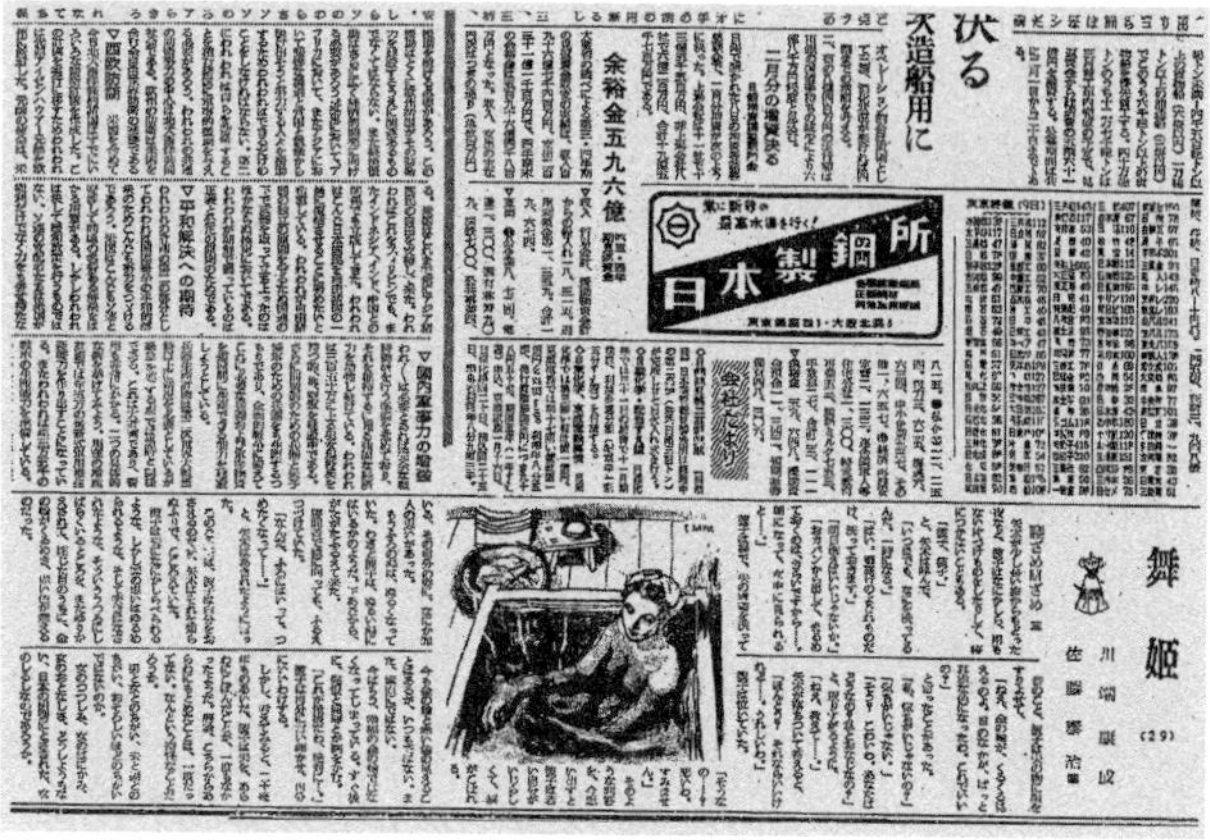
決る
造船用に
余裕金五九六億
日本製鋼所
舞姫 (29)
川端康成
佐藤泰治画

図51　「舞姫」第29回（『朝日新聞』1951年1月10日）

る事前検閲ではなく、新聞刊行後に当局で確認が行われる事後検閲である。つまり、事後検閲を想定し、発行停止あるいは厳重注意になりそうな箇所に対して、メディア自身による自己検閲が行われていたのである。

「舞姫」における自己検閲
――内務省とGHQ／SCAPとの二重拘束

「舞姫」をめぐる自己検閲で興味深いのは、以下に述べる二点である。

一点目は、すでに事前検閲が終了して時間が経っていたにもかかわらず、なぜ朝日新聞社が検閲に対して過剰な反応をしたかである。この点については、GHQ／SCAP検閲と朝日新聞社とのかかわりから、その理由がわかってくる。澤野の回想からは、朝日新聞社がGHQ／SCAPとマッカーサーを強く意識していたことがわかる。その背景には、この時期の同社ではそうせざるを得ない事情があった。戦後すぐに発行停止になった『朝日新聞』では、山本武利が指摘しているように、GHQ/SCAP検閲に十分に配慮した編集が事前検閲の時代から行われていた[山本、一九九六]。「舞姫」第二九回掲載の可否をめぐって、編集局長と論説委員がマッカーサーについて言及しており、当時の朝日新聞社内では、GHQ/SCAPを強く意識していた様子が澤野の証言からもうかがえる。

二点目は、官能的な描写に関する自己検閲を行おうとしていたと澤野が回想している点である。「舞姫」の削除された箇所は、民主化ならびに人間性の解放を肯定的、積極的に推し進めていたGHQ/SCAPによるメディア規制の対象になるものとは考えにくい。GHQ/SCAPが官能的な描写については厳しく規制することがあまりなかったことから、ここで意識されていたのは、別の言論統制であったように思われてくる。すなわち、「猥褻ノ文書、図画其他ノ物ヲ頒布若クハ販売シ又ハ公然之ヲ陳列シタル者」に対する懲役または罰金の処分を記した、刑法第一七五条の「猥褻物頒布罪」である。一九〇七(明治四〇)年に制定されたこの法律は一九四七(昭和二二)年に改定され、以前よりも厳しい処罰が科されることになる。そして、戦前・戦中の内務省による検閲の記憶がまだ生々しい時期であることを考えると、刑法第一七五条の「風俗壊乱」による規制を重ねて見ていたことも想起されてくる。

紅野謙介が、D・H・ロレンス『チャタレイ夫人の恋人』の伊藤整訳(小山書店、上巻・一九五〇年四月、下巻・同年五月）に言及しながら指摘しているように、一九五〇年前後には警視庁による「猥褻文書」の摘発が相次ぎ、世論やＧＨＱ／ＳＣＡＰの抗議により回収するケースが見られた［紅野、二〇一二］。占領期の後半になると、警視庁とＧＨＱ／ＳＣＡＰのように異なるメディア規制によるせめぎあいがあったが、「舞姫」の場合もこうした動向と少なからずかかわりがあるように見える。「舞姫」の書き換えと伊藤整訳『チャタレイ夫人の恋人』との関連については、小谷野敦が指摘している［小谷野、二〇一三］。

澤野の回想からは、官能的な描写に対する懸念とＧＨＱ／ＳＣＡＰへの配慮が共存し、過剰に反応していく新聞社の様子が伝わってくる。刑法第一七五条とＧＨＱ／ＳＣＡＰ検閲を意識した、二重の拘束による自己検閲が行われていたことがうかがえる。ここに新聞社による意図的な情報操作が介在していたか否かは詳らかではないが、少なくとも、占領期アメリカによる検閲と日本の刑法の検閲が交錯し、その二重の拘束のもとで対応せざるを得ない当時の新聞社の困惑や混乱が、「舞姫」をめぐる一連の出来事から明らかとなるのである。

内面化される検閲――表現の自由と言論統制

川端の小説家としての態度は、検閲を意識して自己検閲するのではなく、あくまでも表現したいことを書き、修正要求があった場合にはそれに応じて書き換えるというものであった。「過去」「生命の樹」「舞姫」からは、川端のそのような態度が確認できる。ＧＨＱ／ＳＣＡＰの言論統制に迎合して自己検閲するのでもなく、検閲による修正要求に対しては現実に即した対応をしていた。ここからは、戦前・戦中、そして、日本国憲法第二一条第一項の「表現の自由」が保障されるに至っても、かたちを変えながら言論統制が常にあり続けることを、川端が現実的に受けとめていたことがうかがえる。

川端は、作家であると同時に、雑誌や書籍を編集、出版する側にあったこともあり、発売禁止処分とならないような現実的な対応をする立場に否応なく立たされていた。占領期の川端は、創作物の発表と同時に鎌倉文庫の経営に携わることで、異なる二つの立場からアメリカ軍の検閲に直面することになったのである。

一方、これまで述べてきた川端と占領期検閲の事例からは、ＧＨＱ／ＳＣＡＰの検閲がそれだけで機能していたのではないことがわかる。戦前の内務省の検閲、あるいは刑法による規制などが表現を生み出す現場において錯綜し、その時々の政治的動向を背景に、異なる言論統制が交錯しながらメディアに強い作用を与えていたことが明らかとなった。そして、言論統制の明確な基準が示されない状況下にあっては、各人の経験や推測によって検閲を内面化するメディア自身による自主規制が「表現の自由」を抑圧することを、「舞姫」の事例が如実に指し示しているのである。

一九五一（昭和二六）年には、「舞姫」が成瀬巳喜男監督によって東宝で映画化された。映画「舞姫」では、山村聰・高峰三枝子が主演をつとめ、この映画でデビューした岡田茉莉子が長女の品子を演じている。岡田は後年、川端の『みづうみ』(新潮社、一九五五年)を原作とする、吉田喜重監督「女のみづうみ」(現代映画/松竹、一九六六年)の主演をつとめた。岡田の自伝『女優　岡田茉莉子』(文藝春秋、二〇〇九年)は、川端との交流についても言及されていて興味深い。

鎌倉を舞台とする二つの小説――「長く書きつぐつもりはなかつた」

占領期の検閲が終わりにさしかかろうとする時期に、後に戦後の代表作と位置づけられる二つの小説の創作を開始する。ともに鎌倉を舞台とする「千羽鶴」と「山の音」である。この二つの小説は、「舞姫」よりも早く連載を開始しながらも、『舞姫』の単行本化よりも後に上梓されている。「千羽鶴」と「山の音」は、戦前のモダニズムの時代に培った表現方法を活用すると同時に、海外からの視線を織り込みながら創作をしており、川端の文学の特色を考えるうえで重要な位置を占める。いずれも短篇連作で書き進められた点でも、川端が得意とする小説作法を踏襲していた。しかも、川端自身も、「独影自命」(『川端康成全集』第一五巻「あとがき」、一九五三年二月)の中で「「千羽鶴」も「山の音」もこのやうに長く書きつぐつもりはなかつた。一回の短篇で終るはずであつた。余情が残つたのを汲み続けたといふだけだ」と評している。短篇小説にする心積もりであったのが、結果的に長篇小説になったことがうかがえる。また、谷口幸代が指摘するように、「千羽鶴」「山の音」を含む「川端の戦後文学の豊かさは古美術への感動を源泉として生まれてくる」側面を持つ〔谷口、一九九九〕。「千羽鶴」「山の音」はいずれも占領期に連載が開始され、一九五一(昭和二六)年九月にサンフランシスコ講和条約・日米安全保障条約調印後、日本の本土が主権を回復した後に単行本として出版されることになるのである。

奏鳴曲のような「千羽鶴」と「山の音」には、どのような特色がうかがえるのだろうか。

「千羽鶴」――「魔性の網を張つたんですよ」

「千羽鶴」は『読物時事別冊』(一九四九年五月)で連載が開始された。小説は次のようにはじまる。

鎌倉円覚寺の境内にはいつてからも、菊治は茶会へ行かうか行くまいかと迷つてゐた。時間にはおくれてゐた。

円覚寺の奥の茶室で、栗本ちか子の会があるたびに、菊治は案内を受けてゐたが、父の死後一度も来たことはなかつた。亡父への義理の案内に過ぎまいと見捨ててゐた。

ところが今度の案内状には、弟子の一人の令嬢を見てほしいと書き添へてあつた。

これを読んだ時に、菊治はちか子のあざを思ひ出した。

主人公の三谷菊治は、茶道宗匠であった亡父の愛人、栗本ちか子の茶会に出席する道すがら、千羽鶴の風呂敷を持った稲村ゆき子に出会う。ちか子は、弟子のゆき子と菊治を結婚させようとしていた。茶会には、父の別の愛人、太田夫人と娘の文子も出席していた。茶会からの帰途、菊治は太田夫人と一夜を共にし、再び関係を結んだ翌日に彼女は自殺する。ちか子は、「はたから見ると、おそろしい祟りか呪ひみたいです。魔性の網を張つたんですよ」と太田夫人の誘惑について評していた。初七日を終えてから、太田夫人遺愛の志野の水指を、菊治は文子から貰い受ける。その夜、菊治と茶室で関係を持った文子は、母が愛用していた志野の茶碗を叩き割って姿を消した。川端は「千羽鶴」で、久遠の美をたたえる古美術とはかない愛欲が織りなす独特の世界を提示した。「千羽鶴」の続編として「波千鳥」(『小説新潮』一九五三年四月―五四年七月)が創作されるが、原稿を紛失する出来事があり、未完に終わった。

一九五二(昭和二七)年に川端は『千羽鶴』で芸術院賞を受賞、一九五三年には芸術院会員に選ばれた。『千羽鶴』の単行本は、一九五二年二月に筑摩書房から出版された(図52)。小林古径による装幀、表紙・挿画であった。翌一九五三年には、吉村公三郎監督による映画「千羽鶴」(大映)が封切られている。その後、一九六九年に増村保造監督によってリメイクされた。

図52 『千羽鶴』(筑摩書房, 1952年)

「山の音」――「地鳴りとでもいふ深い底力」

「山の音」は、『改造文藝』(一九四九年九月)で連載開始となった（図53）。小説は次のようにはじまる。

尾形信吾は少し眉を寄せ、少し口をあけて、なにか考へてゐる風だつた。他人には、考へてゐると見えないかもしれぬ。悲しんでゐるやうに見える。

息子の修一は気づいてゐたが、いつものことで気にはかけなかつた。

息子には、父がなにか考へてゐると言ふよりも、もつと正確にわかつてゐた。なにかを思ひ出さうとしてゐるのだ。

還暦を過ぎた尾形信吾は、一歳上の妻の保子、戦争のトラウマを持つ息子の修一とその妻・菊子らと鎌倉で暮らしている。忍びよる老いを感じることの多くなった信吾は、七月の終わりの夜に、鎌倉の谷《やと》から聞こえてくる山の音を耳にし、死の恐怖を感じる。

八月の十日前だが、虫が鳴いてゐる。

木の葉から木の葉へ夜露の落ちるらしい音も聞える。

さうして、ふと信吾に山の音が聞えた。

風はない。月は満月に近く明るいが、しめつぽい夜気で、小山の上を描く木々の輪郭はぼやけてゐる。しかし風に動いてはゐない。

信吾のゐる廊下の下のしだの葉も動いてゐない。

鎌倉のいはゆる谷《やと》の奥で、波が聞える夜もあるから、信吾は海の音かと疑つたが、やはり山の音だつた。

遠い風の音に似てゐるが、地鳴りとでもいふ深い底力があつた。自分の頭のなかに聞えるやうでもあるので、信吾は耳鳴りかと思つて、頭を振つてみた。

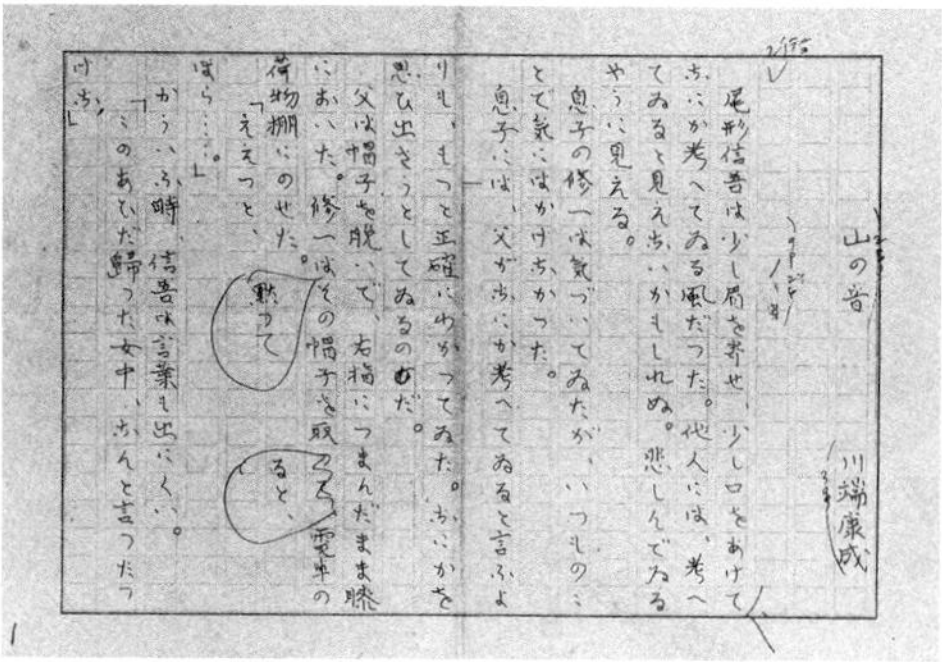
山の音
川端康成
尾形信吾は少し眉を寄せ、少し口をあけてなにか考へてゐる風だつた。他人には、考へてゐると見えないかもしれぬ。悲しんでゐるやうに見える。

息子の修一は気づいてゐたが、いつものことで気にはかけなかつた。

息子には、父がなにか考へてゐると言ふより、もつと正確にわかつてゐた。なにかを思ひ出さうとしてゐるのだ。

父は帽子を脱いで、右指につまんだまま膝においた。修一はその帽子を取ると、電車の荷物棚にのせた。

「ええつと、ほら……」

かういふ時、信吾は言葉も出にくい。

「このあひだ帰つた女中、なんと言つたつけ。」

図 53 「山の音」直筆原稿

音はやんだ。

音がやんだ後で、信吾ははじめて恐怖におそはれた。死期を告知されたのではないかと寒けがした。

風の音か、海の音か、耳鳴りかと、信吾は冷静に考へたつもりだつたが、そんな音などしなかつたのではないかと思はれた。しかし確かに山の音は聞えてゐた。

魔が通りかかつて山を鳴らして行つたかのやうであつた。


かつて密かに憧れていた妻の姉が死の直前に聞いたのが、山の音であった。風が吹いてもいないのに聞こえてくる山の音と、それに戦《おのの》く信吾の感情が夜の静寂とともに象徴的に表現されている。川端が若い時から尊敬していた志賀直哉の簡潔な文章表現も想起されてくる。

「山の音」は、老いと死をテーマとするだけでなく、敗戦後

図54　『山の音』（筑摩書房，1954年）

の家族の崩壊をも描いた小説であった。また、戦争によるトラウマを描くと同時に、占領期の日本社会と世相を随所に映し出しており、戦後の川端の代表作として現在でも高く評価されている。ジョルジョ・アミトラーノは、「山の音」の魅力を丁寧に考察している［アミトラーノ、二〇〇七］。

一九五四（昭和二九）年一月には、成瀬巳喜男監督による映画「山の音」（東宝）が封切られた。水木洋子の脚本で、山村聰・原節子・上原謙が出演した、成瀬の代表作の一つとなった。同年四月には、筑摩書房から単行本として出版され（図54）、第七回野間文芸賞を受賞している。

《コラム11》教室の中のベストセラー

高等学校の生徒に対して実施された読書調査『学校読書調査25年――あすの読書教育を考える』（毎日新聞社、一九八〇年、図D）は、高度経済成長期における高校生の読書傾向を考えるうえで貴重な資料である。ここに掲載された、東京オリンピックの前年の一九六三（昭和三八）年五月の一ヶ月で読んだ本の調査のデータは、実に興味深い結果を示している。高等学校の男子生徒の一年生、二年生、三年生のいずれにおいても、『伊豆の踊子』が第一位となっていた。同様に、女子生徒については、それぞれ一年生が第四位、二年生が第一〇位となっており、三年生は二〇位に入っていない。

ここからは、『伊豆の踊子』が若年層の読者に支持され、とくに男子生徒によりその傾向が強いことがわかる。このデータを、単に高校生の読書体験としてとらえるのではなく、教科書の教材体験を通して『伊豆の踊子』に触れた読者も多分に含まれていることに注意を払ってもよいのかもしれない。『伊豆の踊子』は、一九五〇年前後の相次ぐ文庫化の数年後から、高等学校の「国語」教科書にも収録されることになるからである。「国語」教科書に収録されると、その小説は、多くの読者を継続して獲得していくことになる。『伊豆の踊子』は、高校への進学率が高くなるのと呼応し、複数の教科書に採用されていくことで、さらに多くの読者を獲得していったことがうかがえる。

この傾向は、小説の映画化も深くかかわっていたように見える。吉永小百合主演の映画『伊豆の踊子』が、この時期に上映されていたからである。四方田犬彦は、「『伊豆の踊子』はたび重なる映画化を通して、今日では「国民文学」と呼ばれるまでに日本人の誰もが親しく思う文学作品となった。映画の側からすると、それは『伊豆の踊子』が『婦系図』や『瀧の白糸』といった新派ものの後を継いで、戦後日本で「国民映画」の地位に就いたことを意味している」と評している[四方田、二〇〇一]。また、四方田の映画「伊豆の踊子」の評論も示唆に富む[四方田、二〇一六]。

5月1ヵ月間に読んだ本(高校生)　第9回調査〔1963年〕

※あなたは、5月1ヵ月間に読んだ本の書名をおぼえていますか。おぼえているだけ書いてください。

男子

1年生

順位	書名	実数
1	伊豆の踊子	22
2	青い山脈	9
3	女の一生(モーパッサン)	8
4	友情	7
4	坊っちゃん	7
6	破戒	6
6	三四郎	6
6	戦争と平和	6
9	車輪の下	5
9	罪と罰	5
9	武器よさらば	5
9	吾輩は猫である	5
9	雪国	5
14	若い人	4
14	鼻	4
14	こころ	4
14	※シャーロック・ホームズ	4
14	人間の條件	4
19	次郎物語	3
19	復活	3

2年生

順位	書名	実数
1	伊豆の踊子	9
1	青い山脈	9
3	陽のあたる坂道	7
3	坊っちゃん	7
5	武器よさらば	6
5	点と線	6
7	若い人	5
7	罪と罰	5
7	潮騒	5
7	人間失格	5
11	虹子と啓介の交換日記	4
11	若い河の流れ	4
11	蟹工船	4
11	細雪	4
11	嵐	4
11	人間の條件	4
17	破戒	3
17	車輪の下	3
17	友情	3
17	△芥川龍之介集	3
17	雨の中に消えて	3

3年生

順位	書名	実数
1	伊豆の踊子	11
2	若い人	10
3	暗夜行路	7
4	友情	6
5	罪と罰	5
5	学生に与う	5
7	女の一生(モーパッサン)	4
7	受験番号 5111	4
7	それから	4
7	怒りの葡萄	4
7	愛と死	4
7	こころ	4
7	坊っちゃん	4
7	危ない会社	4
15	大地	3
15	源氏物語	3
15	赤と黒	3
15	風と共に去りぬ	3
15	徳川家康	3
15	三四郎	3
15	虹子と啓介の交換日記	3
15	破戒	3
15	草枕	3
15	雨の中に消えて	3
15	戦争と平和	3
15	陽のあたる坂道	3

女子

1年生

順位	書名	実数
1	友情	24
2	風と共に去りぬ	22
3	次郎物語	18
4	伊豆の踊子	15
4	坊っちゃん	15
4	車輪の下	15
4	アンネの日記	15
8	狭き門	14
8	大地	14
10	罪と罰	13
10	※赤毛のアン	13
12	女の一生(モーパッサン)	10
12	破戒	10
12	復活	10
12	女の一生(山本有三)	10
12	真実一路	10
17	武器よさらば	9
18	若い人	8
18	嵐が丘	8
18	虹子と啓介の交換日記	8

2年生

順位	書名	実数
1	女の一生(モーパッサン)	22
2	陽のあたる坂道	13
3	風と共に去りぬ	11
4	若い人	10
4	赤と黒	10
6	破戒	9
7	罪と罰	8
7	虹子と啓介の交換日記	8
7	ジェーン・エア	8
10	伊豆の踊子	7
10	武器よさらば	7
10	狭き門	7
10	嵐が丘	7
10	悲しみよこんにちは	7
15	車輪の下	6
15	友情	6
15	復活	6
15	春	6
19	受験番号 5111	5
19	源氏物語	5
19	高校生殺人事件	5
19	アンナ・カレーニナ	5
19	怒りの葡萄	5

3年生

順位	書名	実数
1	女の一生(モーパッサン)	7
1	大地	7
3	暗夜行路	6
3	罪と罰	6
3	受験番号 5111	6
3	源氏物語	6
3	嵐が丘	6
3	武器よさらば	6
3	ジェーン・エア	6
3	復活	6
11	友情	5
11	赤と黒	5
11	アンナ・カレーニナ	5
14	若い人	4
14	それから	4
14	風と共に去りぬ	4
14	徳川家康	4
14	何でも見てやろう	4
14	狭き門	4
20	怒りの葡萄	3
20	三四郎	3
20	虹子と啓介の交換日記	3
20	破戒	3
20	アンネの日記	3
20	堂々たる人生	3
20	雪国	3

図D 『学校読書調査25年――あすの読書教育を考える』
(毎日新聞社，1980年)

15　高度経済成長期のノスタルジー――文芸映画とテレビ・ドラマ

敗戦後の日本文学の映画化――国際映画祭での相次ぐ受賞

アメリカ軍による検閲から解放された日本では、日本文学全集の流行と呼応するようにして、日本映画が戦後の全盛時代を迎えることになる。そしてそれは、日本映画の世界的映画祭における続けての受賞を追い風にしていた。

黒澤明監督「羅生門」(大映、一九五〇年)がイタリアのヴェネチア国際映画祭で金獅子賞を受賞して以降、ヴェネチアとカンヌの国際映画祭での受賞が相次いだ。

吉村公三郎監督　「源氏物語」(大映、一九五一年)――五二年・第五回カンヌ・撮影賞(杉山公平)

溝口健二監督「西鶴一代女」(新東宝・児井プロ、一九五二年)――五二年・第一三回ヴェネチア・国際賞

溝口健二監督「雨月物語」(大映、一九五三年)――五三年・第一四回ヴェネチア・銀獅子賞

衣笠貞之助監督「地獄門」(大映、一九五三年)――五四年・第七回カンヌ・グランプリ

黒澤明監督「七人の侍」(東宝、一九五四年)――五四年・第一五回ヴェネチア・銀獅子賞

溝口健二監督「山椒大夫」(大映、一九五四年)――五四年・第一五回ヴェネチア・銀獅子賞

「地獄門」は、第二七回アカデミー賞（名誉外国語映画賞・衣裳デザイン賞）も受賞している。ここに挙げた映画は、「七人の侍」を除けば、すべて日本文学を題材にしたものである。「源氏物語」「西鶴一代女」「雨月物語」は、紫式部・井原西鶴・上田秋成の日本の古典文学の代表作を、「羅生門」「地獄門」「山椒大夫」は、芥川龍之介・菊池寛・森鷗外の近代文学の作品をそれぞれ題材としていた。映画「羅生門」は、芥川の小説「羅生門」と「藪の中」に依拠している。世界の映画祭で高く評価されたこれらの映画は、古典文学、近代文学を題材としていた。しかし、芥川や菊池のように近代の小説家のものであっても、江戸時代以前の日本を舞台としている点で共通していたのである。

こうした状況を受けて、川端の小説も高度経済成長期を中心に映画化されることになるのである。

川端康成の小説の映画化——文芸映画の時代

日本映画が世界で注目されるようになり、占領から解放されることになった日本では、多くの映画がつくられた。そのうちの少なからぬ作品が、日本の文芸を題材とした「文芸映画」で、川端康成は小説の多くを映画の原作として提供した作家の一人に数えられる。戦前からすでに、「浅草紅団」「伊豆の踊子」などが映画化されていたが、川端の小説の映画化が本格化するのは戦後になってからであり、その数は高度経済成長期に飛躍的に増えていく。

次に示すように、一九五〇年代に上映開始となった映画だけでもかなりの数にのぼる。公開年、監督名、映画タイトル、製作・配給会社の順に整理して示すと以下のとおりとなる。

一九五一年　成瀬巳喜男監督「舞姫」(東宝)
一九五二年　久松静児監督「浅草紅団」(大映)
一九五三年　吉村公三郎監督「千羽鶴」(大映)
　　　　　　島耕二監督「浅草物語」(大映)
一九五四年　成瀬巳喜男監督「山の音」(東宝)
　　　　　　野村芳太郎監督「伊豆の踊子」(松竹)
　　　　　　久松静児監督「母の初恋」(東京映画/東宝)
一九五五年　衣笠貞之助監督「川のある下町の話」(大映)
一九五六年　島耕二監督「虹いくたび」(大映)
　　　　　　西河克己監督「東京の人」(日活)
一九五七年　豊田四郎監督「雪国」(東宝)
一九五八年　川島雄三監督「女であること」(東京映画/東宝)
一九五九年　西河克己監督「風のある道」(日活)

ここからは、一九五〇年代に毎年切れ目なく、川端の小説を原作とする映画が複数の映画会社で製作、配給されていたことがわかるだろう。

戦前に「乙女ごゝろ三人姉妹」を監督した成瀬巳喜男は「舞姫」「山の音」を、「狂つた一頁」に川端とともにかかわった衣笠貞之助は「川のある下町の話」をそれぞれ監督している。また、ここに掲げたものの中で、「伊豆の踊子」「雪国」「千羽鶴」など、複数回にわたり映画化されたものも少なくない。

「伊豆の踊子」については後述するが、「雪国」は大庭秀雄（松竹、一九六五年）、「千羽鶴」は増村保造（大映、一九六九年）と、それぞれ別の監督によって一九六〇年代にリメイクされている。この時代は文芸映画が盛んにつくられ、川端の小説は多くの種類が映画化されるだけでなく、一つの小説が何度も映画化された。つまり、川端は、この当時の映画界では非常に登場頻度の高い作家であったのである。

また、こうした映画化が、川端のいくつもの小説を「名作」とする一助となったことは想像に難くない。一九五〇年代に再び黄金時代を迎えた日本映画が川端の小説を好んで題材としたことで、彼の名前と小説名を広く大衆に伝える機能を果たすことになる。こうした、川端の小説を原作とする数々の映画の中で、特に焦点をあてたいのが「伊豆の踊子」である。

「伊豆の踊子」六回の映画化 ——通底する懐かしい故郷

すでに述べたように、「伊豆の踊子」は、発表時に必ずしも高い評価を得ていなかった。しかし、アジア・太平洋戦争後、一九五〇年前後以降に多くの文学全集に収録され、その小説名を表題に冠した文庫本が陸続と刊行された。こうした活字メディアを通じて、「伊豆の踊子」のタイトルと物語が流布することで数多くの読者を獲得していったように見える。

しかし、この小説が「名作」となり、その作者である川端康成の名が日本国内で広く知れわたるようになった理由として、活字メディアの効果とともに、二〇世紀を代表する大衆のメディアたる映画の存在を忘れることはできない。「伊豆の踊子」はアジア・太平洋戦争後の高度経済成長と複数のマス・メディアの力とがあいまって、日本の文学の「名作」となっていくのである。

「伊豆の踊子」の映画化は、以下に示すように、これまでに六回にものぼる。アジア・太平洋戦争前には五所平之助監督のサイレント(無声映画)一作であったが、戦後になって、一九五〇年代半ばから六〇年代にかけて四回映画化されていた。公開年、監督名、主演俳優、製作・配給会社の順に示すと、以下のとおりである。

一九三三年　五所平之助監督　田中絹代・大日方傳主演(松竹キネマ)
一九五四年　野村芳太郎監督　美空ひばり・石浜朗主演(松竹)
一九六〇年　川頭義郎監督　鰐淵晴子・津川雅彦主演(松竹)
一九六三年　西河克己監督　吉永小百合・高橋英樹主演(日活)
一九六七年　恩地日出夫監督　内藤洋子・黒沢年男主演(東宝)

一九七四年　西河克己監督　山口百恵・三浦友和主演（東宝＝ホリプロ）

「伊豆の踊子」以外にも、複数回映画化された日本の小説は枚挙に暇がない。吉川英治「宮本武蔵」や中里介山「大菩薩峠」などの時代小説が、日本で何度も映画化され、シリーズ化されたことはよく知られるとおりである。しかし、いわゆる「純文学」とされる日本の小説で、このように繰り返し映画化されているものは決して多くはない。「伊豆の踊子」の映画化は、五〇年代半ばから六〇年代に集中しており、これは、アジア・太平洋戦争後の日本文学・映画ブームと呼応していた。その時々の若手有力俳優が起用されることもあって、「伊豆の踊子」は青春映画として定番化していく。歴代の配役を見てみれば、田中絹代・美空ひばり・吉永小百合・山口百恵といったその時々の人気を博した俳優が「踊子」を演じ、また、大日方傳・石浜朗・高橋英樹・三浦友和など若手の人気俳優が「私」に起用され、それが多くの観客を獲得することのできた要因の一つであったと考えられる。

ミツヨ・ワダ・マルシアーノは、五所平之助監督の映画「伊豆の踊子」が「〝懐かしい〟空間的・時間的要素を積極的に作品内で強調している」点を指摘した［ワダ・マルシアーノ、一九九八］。さらに、「先験的〝故郷〟の概念を操作したのが川端による文芸作品であり、それに拍車をかける形で視覚化に成功したのが、五所の映画作品であった」とこの映画の特色について解説している。成田龍一は「「故郷」（そして国民国家）は、語りのなかでたちあらわれ、さまざまな装置をつうじて実在化が図られ」、「当初は、構成的であると認知されていたものが逆転し」、「身体化され、自然化され、感情のなかに」入りこみ、「「故郷」(国民国家)が実在のものと認識されてしまう事態が出現」することを指摘していた[成田、一九九八]。この見方は、五所の映画「伊豆の踊子」にもあてはまるだろう。高度経済成長を背景に、「故郷」のイメージが強化された「伊豆の踊子」は活字と映像のメディアがあいまって、日本近代文学の「名作」の一つになっていったのである。

「伊豆の踊子」が敗戦後日本で繰り返し映画化されることにより、時間の経過によって形成される作品内の時空間と日本の現実との齟齬が、懐古性をさらに際立たせることになる。また、「故郷」が日本を代表する具体的シンボルとともに視覚化され、強調された映画もある。

たとえば、一九五四(昭和二九)年に上映された野村版「伊豆の踊子」の冒頭近くに挿入された、原作にはない富士山のシーンがそれである。野村版「伊豆の踊子」の冒頭で強調される富士山のシーンは原作にないだけではない。修善寺から天城峠をたどる行程で見える角度ではなく、ロケ地であった西伊豆から富士山をのぞむ構図であった。つまり、原作にもなく、設定上ありえないシーンをこの映画ではあえて挿入したということになる。映画公開の時期を考えるならば、この富士山のシーンからは、戦後復興の象徴と同時に、日本の自己像の快復のイメージを読み取ることが可能かもしれない。戦後の日本復興を象徴する「歌姫」・美空ひばりが踊子を演じていることもこれと無縁ではない。

高度経済成長の中の懐かしい風景――失われた時を求めて

六本の映画「伊豆の踊子」の中で注目したいのは、川端の小説をそれまでにも映画化していた西河克己監督による一九六三(昭和三八)年版である。この映画には、語り手である宇野重吉演じる大学教授が一九六〇年代の現在から二〇年代の高等学校の学生時代を――つまり、およそ四〇年もの時間を遡って回想する形式をとっている。宇野演じる大学教授が、大衆化した大学において味気ない気分を有しながら、大教室で淡々と講義をするモノクロの場面からこの映画ははじまる。そして、講義を終えて、大学のキャンパスを出るときに浜田光夫演じる男子学生に声をかけられ、仲人の依頼をされる。その許諾が得られた途端、この学生は、電話ボックスの陰に隠れていた吉永小百合演じるダンサーのところに行き、往来の人目をはばかることなく、手をつなぎながらぐるぐる回って喜びを分かち合う。

それを見ていた大学教授が、「踊子か」と一言つぶやいた途端、学生であった四〇年ほど前に伊豆へ旅に出て、踊子一行たちと邂逅したときの回想場面に転換する。ここから映像はカラーとなり、「あれは今から四〇年も昔になるが……」という宇野のナレーションとともに、原作と対応する「伊豆の踊子」の物語がはじまる。そして、最後に再び、多くの自動車が交通する都会にたたずむ老教授がモノクロの映像によって映し出され、この映画は幕を閉じることになるのである。

西河克己監督が後年に著した『「伊豆の踊子」物語』（フィルムアート社、一九九四年）には、この映画の意図について書かれた部分がある。この書物の中では、アジア・太平洋戦争後、高度経済成長期の青年男女のあり方を批判すると同時に、戦前の日本に生み出された「「伊豆の踊子」の世界を美しいノスタルジアとして描写し、現代の人に訴えかけようとする」監督の意図があったと記されている。経済成長によって繁栄した日本の現在がモノクロームの映像で、過去の回想がカラーの映像なのはそのためである。老教授の現在における欠如、喪失の感覚が回想を促し、いまここにない過去の時間を美化することになる。かつてはあったが、今は失われてしまった日本の美しさが、カラーの映像によって表象されていたのである。それはあたかも、当時のモノクロ映像がカラー映像へ移行していく状況に逆行するかのようである。「伊豆の踊子」は、高度経済成長の中で失われていく日本へのノスタルジーによって支えられていた。この物語が戦後の日本で繰り返し映画化され、時間的経過と高度経済成長によって形成される作品内の時空間と現実のそれとの落差が、より一層、懐古性を際立たせることになった。そして、「伊豆の踊子」という物語が活字メディアだけでなく、映画というマス・メディアを通じて再生産されることで、美しい日本のイメージが広く大衆に浸透していくことになるのである。

見出された失われた故郷――つくられた変らぬ日本

さて、一九六三(昭和三八)年の西河版「伊豆の踊子」にうかがえる過去と現在の二重化、そして美化された過去の記憶の想起は、高度経済成長によって失われた日本の美を回復しようとする意識に支えられていた。かつてあったはずの古《いにしえ》から続く美しい日本の人情と風景。現在では失われ、過去には確かにあったそれらが郷愁とともに、遡及的につくりだされ、映像として表象されることになる。それが端的に表われているのが、西河版「伊豆の踊子」の宇野重吉演じる大学教授の視線であった。そして、川端のエッセイ「伊豆の踊子」(『別冊小説新潮』一九六三年七月)の、次のような作者自身の懐旧の念に接するとき、川端の視線にも重なってくるように思われる。川端は、一九六三年の西河版「伊豆の踊子」に触れながら次のように書いている。

こんど、吉永小百合主演の映画撮影を機会に、三四十年ぶりで、その「ふるさと」へ行ってみた。伊豆の変りやうにおどろくよりも、私はやはり変らぬ伊豆の美しさをなつかしくおもつた。

ここで川端は、「伊豆の変りやう」ではなく「変らぬ伊豆」の方を「美しさ」と呼び、「なつかしく」思っている。川端が訪れた「三四十年ぶり」の伊豆は、恐らく多くの変化を遂げていたはずであるが、川端の眼は「変らぬ伊豆の美しさ」へ向かって注がれていた。一九六三年の西河版だけでなく、「伊豆の踊子」という物語は、高度経済成長の中で失われていく「日本」へのノスタルジーによって支えられた世界ととらえることができる。そのような懐古的な感性に支えられたことも、日本の高度経済成長と踵をあわせるようにして、たびたび映画化されることになった理由の一つであろう。一九五〇年前後に相次いで文庫本化され、その後、五〇年代半ばから、繰り返し映画化されることで、「伊豆の踊子」はさらに普及していったのである。

「伊豆の踊子」は一九七四（昭和四九）年の六度目の映画を最後に、以後映画化されることはなく、テレビ・ドラマに引き継がれていく。一九六一年の「連続テレビ小説」以降、繰り返しテレビ・ドラマ化された。映画産業の凋落とテレビ時代の到来というメディアの交替を反映した結果であるが、このような交替の時期に、映画とテレビ・ドラマにおいて「伊豆の踊子」が再生産されたのである。「伊豆の踊子」のアニメーション化については、米村みゆきが詳しく論じている［米村、二〇一六］。

一九三〇年代のトーキー時代の到来、そして一九五〇年代の日本映画の黄金時代を経て、一九七〇年代のテレビの急速な普及にともなう交替期、そして、日本における映画産業の繁栄と衰退に、「伊豆の踊子」の映画化は対応しているように見えてくる。またそれは、先に見た出版メディアの繁栄と衰退とも呼応していた。日本の産業構造の下支えがあることで、繁栄した映画と出版という二つの文化が「伊豆の踊子」の普及に大きく貢献することになったのである。

絶えざる前衛 ―― 「眠れる美女」と「片腕」

高度経済成長の時代の川端は、ペンクラブをはじめとする文芸振興、社会貢献に力を注ぐようになり、体調が優れないこともたびたびあった。そのため、かつてほど創作に時間を割けなくなっていったように見える。しかし、そうした状況にあっても、新感覚派時代から続く前衛的、実験的な小説を創作し、発表していた。「眠れる美女」と「片腕」は、川端の創作のあくなき追究がうかがえる小説である。

図55 『片腕』(新潮社, 1965年)

「眠れる美女」は、『新潮』(一九六〇年一月―六一年一一月)に掲載され、一九六一(昭和三六)年一一月に『眠れる美女』として新潮社から出版された。「眠れる美女」の主人公は、六七歳の江口老人。友人からの紹介で、睡眠薬で眠る少女と性的関係を持つことなく一夜をともにする宿に通うことになった。性的機能をまだ失っていない江口は、美しい少女との同衾を重ね、睡眠薬を服用すると悪夢に苛まれるようになり、「度重ねるにつれて、自分の内心のものも麻痺してくる」ことを感じるのであった。この小説は、男性の老境をテーマとしている点で、「山の音」「みづうみ」に連なる。三島由紀夫は、新潮文庫『眠れる美女』(一九六七年)「解説」の中で、この小説を「文句なしに傑作」「デカダンス文学の逸品」と高く評価した。この小説は、以下のように、最近まで日本の国内外で映画化されている。

一九六八年　「眠れる美女」　吉村公三郎監督（近代映画協会／松竹）

一九九五年　「眠れる美女」　横山博人監督（横山博人プロダクション／ユーロスペース）

二〇〇六年　「眠れる美女」　ヴァディム・グロウナ監督

二〇一一年　「スリーピング ビューティー　禁断の悦び」　ジュリア・リー監督

「眠れる美女」の映画化とオペラ化については、福田淳子が考察している〔福田、二〇一八〕。

「片腕」は、『新潮』（一九六三年八月―六四年一月）に掲載され、一九六五（昭和四〇）年一〇月に、この小説を標題とする『片腕』が新潮社から上梓された（図55）。「片腕」の冒頭は、次のような印象的な書き出しであった。

「「片腕」を一晩お貸ししてもいいわ。」と娘は言つた。そして右腕を肩からはづすと、それを左手に持つて私の膝においた。

「ありがたう。」と私は膝を見た。娘の右腕のあたたかさが膝に伝はつた。

「私」は「娘」から借りた「片腕」を雨外套の中に隠し持ち、雨の降る夜の街を、居住するアパートに向かう。その時の、「薬屋の奥からラジオが聞え」、「飛行場の上を三十分も旋回してゐるとの放送」をめぐる情景に、勝又浩は、戦争の影を嗅ぎ取っている〔勝又、二〇一二〕。

アパートに到着する頃に発話するようになった「片腕」に話しかけ、触れるなどしながら、過去の様々な出来事が想起されるうちに「私」はまどろむ。不意に目覚めた「私」は、自身の腕がないことに狼狽し、娘の右腕と自分の右腕をつけ替えた。その行為が、「魔の発作の殺人のやうだつた」と表現される。ここからもうかがえるように、「片腕」は、犯罪小説の雰囲気が漂う、不安感・緊張感を読者に与えるサスペンスとしての側面のある、前衛的な小説である。坂口周は、「「虚無」に由来する「孤独」の問題」を「片腕」の主軸のテーマと指摘する[坂口、二〇一六]。

図 56　『たんぽぽ』
(新潮社, 1972 年)

　このように、高度経済成長期の多忙な時期にあっても、川端は小説の実験を絶えることなく実践していた。「片腕」のテーマは、「たんぽぽ」に継承されていく。この小説は、『新潮』(一九六四年六月)で連載が開始された。作中には戦争の影が揺曳し、「仏界入り易く　魔界入り難し」という、川端が好んで揮毫した一休禅師の言葉が反復される。没後に川端香男里が校訂し、『たんぽぽ』(新潮社、一九七二年)としてまとめられ上梓された(図56)。「たんぽぽ」を未完の小説とする向きもあるが、小川洋子は「見えないものを見る――「たんぽぽ」」(『新潮』一九九二年六月)で完成した小説としての魅力を説いている。近年では、平井裕香が、文体と身体表現の考察を通じて、この小説の特色を明らかにしている[平井、二〇二〇]。

《コラム12》「伊豆の踊子」とツーリズム

高度経済成長期に繰り返し映画化された「伊豆の踊子」は、ツーリズムとも深く結びついていた。高度経済成長を背景に進行した交通網の整備と余暇の過ごし方の変質と、伊豆の観光地化と密接にかかわっていた。

一九五五(昭和三〇)年には伊豆地方が国立公園(富士箱根伊豆国立公園)に指定され、一九六一年には伊豆急行線の伊東―下田間の営業がはじまり、一九六二年になると伊豆スカイラインが開通する。一九六五年には、伊豆の湯ヶ野温泉に「伊豆の踊子」の文学碑が建立され、川端も除幕式に出席している。碑に名前の刻まれる作家やその名作とされる作品を顕彰する文学碑は、多くの場合、各観光地の名所となり、そこに観光客が訪れることが期待されるだろう。そしてさらに時代が下り、一九八一年には、「伊豆の踊子」にちなみ、東京から下田まで、旧国鉄と伊豆急が相互に乗り入れ走行する特別急行列車「踊り子号」が出現する。「伊豆の踊子」という物語は、観光資源としても消費されていったのである。

石川弘義は、一九七〇年から始まった旧国鉄のキャンペーン「ディスカバー・ジャパン」の副題「美しい日本と私」が、川端康成のノーベル文学賞受賞時の講演「美しい日本の私」によるとする。そしてこのキャンペーンが「これまで一部の人にしか知られなかった伝統にいきづいたまちを紹介し、マスメディアと組んで大量の旅行者を送り込むのに成功した」と述べている[石川弘義、一九七九]。また、藤井淑禎は、この点に触れながら、「古き良き日本」を表現する望郷の歌謡曲がこの時期に数多くつくられたことを指摘している[藤井、一九九七]。

美空ひばり・吉永小百合・山口百恵の歌う「伊豆の踊子」のレコードが、それぞれの主演映画上映にあわせてリリースされたことも、民衆にこの物語を浸透させる一助となっていた。美空ひばり版の作詞・作曲は木下忠司、吉永小百合版は作詞・佐伯孝夫、作曲・吉田正、山口百恵版は作詞・千家和也、作曲・都倉俊一、編曲・高田弘である。

第五章　世界のカワバタ

――「古都」から「美しい日本の私」へ

16　文学振興への献身——ペンクラブ・文学全集・文学館

敗戦後の文学の振興と国際化——「取り残されたといふ思ひ」

川端康成は、敗戦前後に多くの知友との別れ、「取り残されたといふ思ひ」(「菊池寛弔辞」)を経験したことで、後代に文学を伝えていく責務を感じていたように見える。高度経済成長期を迎え、創作の発表が減少していく傾向が指摘されるが、それは文学振興にかかわる社会的な仕事に力を注ぐことになったことも大きな要因になっていた。

アジア・太平洋戦争後の川端は、小説や評論などの創作だけではなく、様々な社会的な活動を展開していた。物故した知友の文学全集の監修、編集委員、あるいは文学賞の選考委員をつとめるなど、その活動は多岐にわたる。そうした社会的な活動の中で特筆すべきことの一つに、日本文学の国際化に大きく貢献したことが挙げられる。それは、横光利一と菊池寛が亡くなった後の一九五〇—六〇年代の、占領期から高度経済成長期にかけて、日本が復興を遂げていく時期に対応していた。戦後の川端の活動の比重は次第に、創作から社会的活動へと移っていくことになる。

創作を中心に考えると見えにくくなってしまうが、作家の文化的な活動は、文学の振興を考えるうえで重要な要素の一つである。敗戦前後、生き長らえていたならば文学の振興と国際化の活動をしたたろう師友が相次いで亡くなることで、川端がその多くの役割を担うことになった。そうした川端の文学の振興と国際化の活動の中で、特筆すべきはペンクラブの活動である。

ペンクラブにおける活動——日本文学の国際化への貢献

図57　ペンクラブ理事会(1956年7月)

川端康成の社会的貢献において、ペンクラブでの活動は、多岐にわたる活動の中でもっとも重要なものの一つである(図57)。国際ペンクラブは、一九二一(大正一〇)年にイギリスで発足し、国際理解の一助となることを目指した文筆家の親善組織である。日本ペンクラブは、その日本支部にあたるもので、一九三五(昭和一〇)年に設立され、初代会長は島崎藤村であった。このペンクラブ組織では、毎年、国ごとの持ち回りで国際ペンクラブ大会と呼ばれる総会が開催された。川端は一九四八年に、日本ペンクラブの第四代会長に就任、一九六五年まで在任することになる。以下に示す歴代会長の一覧(二〇二二年一〇月現在)からは、川端の在任期間が突出して長いことが明らかとなる。

第一代　島崎藤村　一九三五—四三年
第二代　正宗白鳥　一九四三—四七年

第三代　志賀直哉　一九四七―四八年
第四代　川端康成　一九四八―六五年
第五代　芹沢光治良　一九六五―七四年
第六代　中村光夫　一九七四―七五年
第七代　石川達三　一九七五―七七年
第八代　高橋健二　一九七七―八一年
第九代　井上靖　一九八一―八五年
第一〇代　遠藤周作　一九八五―八九年
第一一代　大岡信　一九八九―九三年
第一二代　尾崎秀樹　一九九三―九七年
第一三代　梅原猛　一九九七―二〇〇三年
第一四代　井上ひさし　二〇〇三―〇七年
第一五代　阿刀田高　二〇〇七―一一年
第一六代　浅田次郎　二〇一一―一七年
第一七代　吉岡忍　二〇一七―二一年
第一八代　桐野夏生　二〇二一―

この一覧からは、敗戦後から高度経済成長期に、川端が長年にわたって日本ペンクラブ会長の大役をつとめていたことがわかるだろう。アジア・太平洋戦争後、アメリカ軍による占領期に会長に就任し、高度経済成長期に、日本が諸外国との関係をどのように再構築していくかということを、日本ペンクラブ会長となった川端は考える必要に迫られていたのである。

広島と長崎での被爆者との対話――「平和を希ふ心をかためた」

川端康成は、一九四九(昭和二四)年一一月に広島市の招聘で小松清・豊島與志雄らと広島を訪れた時のことをもとに、自伝的小説「天授の子」(『文学界』一九五〇年二月)を発表している。その作中で、「最初の原子爆弾による広島の悲劇は、私に平和を希ふ心をかためた」、「広島で私は強いショツクを受けた」、「広島のシヨツクを表に出すのがためらはれた。人類の惨禍が私を鼓舞したのだ。二十万人の死が私の生の思ひを新にしたのだ」と記していた。

川端は広島・長崎を訪れ、被爆者との対話を行い、弱者を思いやる気持ちを抱き、平和と反戦を訴えた。川端の平和主義は、一九四九年にヴェネチアで開催された第二一回国際ペンクラブ大会に日本ペンクラブ会長として送った以下のメッセージにもうかがえる。

われわれは戦争に対しては、現実の力ない理想に、あるひは幸福な不安に生きてゐると言ふべきであらうか。このやうな国は世界平和の一つの貴重な課題であり、実験であらう。この国の平和は世界の理性と正義とに委ねられたと言ふべきであらうか。戦争に対してほとんど無力の力の国、ほとんど無抵抗の抵抗の国、宗教的とも喜劇的とも見えるかもしれない国、その国の内にゐるわれわれの平和の声は、とりわけ清浄でなければならない。

川端は、前述のとおり、一九四九年一一月に広島市の招きでペンクラブ代表として広島に行く。また、一九五〇年春には、ペンクラブ主催の講演会で長崎にも赴き、被爆した医学者の永井隆博士を見舞っている。同年、広島・長崎からの帰りに京都に立ち寄った際の、浦上玉堂《東雲篩雪図》との「めぐりあわせ」については、富岡幸一郎が指摘している［富岡、二〇一四］。戦前から、親交のあった古賀春江の絵画などのコレクションはしていたが、敗戦後、さらに熱心に美術品の収集をしていくことになる。川端における平和主義と古美術収集は不即不離の関係にあったのである。

広島における「世界平和と文芸講演会」での「平和宣言」に基づく、「武器は戦争を招く」（『キング』一九五〇年七月）の中で、川端は、その時のことを次のように書いている。

今回われわれ二十名もの文学者が、「日本ペン・クラブ広島の会」を持つために、自発的に揃つて参りましたことは、一言に尽せば、世界平和のためにほかならないので、これを文学史的、或は平和運動史的に見て、一つの記録をなすものではないかと考へます。

同年八月一五日から一〇日間にわたってイギリスのエジンバラで開催される国際ペンクラブ大会に代表者を送る際に必要な資金を集めるための文章も川端は書いている。一九五七年には第二九回国際ペンクラブ大会が東京で開催され、会長としての大任を果たした。一九五八年、国際ペンクラブ副会長に選出され、国際ペンクラブ大会日本開催の功績により第六回菊池寛賞を受賞する。川端はこの年、沖縄のハンセン病療養所・愛楽園を訪問し、療養所の人々と対話し、その後、本を寄贈している。ハンセン病患者に対する差別が厳しかった時代における療養所訪問の実現は、戦前に北條民雄を支援していたこととも関連していた。

さらに、一九五九年、第三〇回国際ペンクラブ大会(フランクフルト)でゲーテ・メダルを贈呈された。しかし、多忙を極め、体調を崩すことも多くなり、長い作家生活の中でこの年は初めて小説の発表がなかった。一九六〇年、第三一回国際ペンクラブ大会にゲスト・オブ・オナーとして出席、この年、フランス政府から芸術文化勲章オフィシエを贈呈されることになるのである。

日本文学の振興――文学賞の選考委員と文学全集の監修・編集をつとめて

敗戦後の川端は、以前にもまして文学賞の選考委員、文学全集の監修・編集委員を積極的につとめ、日本文学振興のために尽力しようとするようになる。

文学賞については、芥川龍之介賞など、多くの選考にかかわった。一九三五(昭和一〇)年の開始時から選考委員となり、一九四九年に復活した芥川賞(文藝春秋新社)に加え、この年創設された横光利一賞(改造社)の選考委員をつとめた。その後も、一九五二年に創設された小学館児童文化賞・

文学部門、一九五四年三月に岸田國士が亡くなって創設された岸田演劇賞(新潮社)など、多くの文学賞の選考委員となった。一九六三年秋に、芥川賞以外の選考委員を辞退するまで、新潮社文学賞、野間文芸賞、女流文学賞などの選考委員も長くつとめている。川端が新しい才能の発掘と後進作家の育成に熱心であったことはすでに述べたが、それは文学賞の選考委員として多くの才能を見出したことにも表れている。

文学全集の監修・編集委員については、敗戦前から積極的にかかわっていた。文学全集には、大きく分けて、その文学者の文業を集大成した個人の文学全集と、収録される作家の代表作を集めて編集される、実質的にはアンソロジーとしての文学全集がある。川端の場合は、いずれの全集についても監修・編集委員等をつとめていた。

特に注目されるのは、亡くなった知友の個人全集出版への協力である。敗戦前には、『伊豆の踊子』の校正を手伝ってもらうなどの親交のあった梶井基次郎の『梶井基次郎全集』全二巻(六蜂書房、一九三四年)の編集委員となった。淀野隆三編纂の『梶井基次郎小説全集』全一巻(作品社、一九三六年)では題簽を書き、『北條民雄全集』上・下巻(創元社、一九三八年)、『池谷信三郎全集』全一巻(改造社、一九三四年)の編集委員をつとめた。このように、若くして亡くなった知友たちの文業を後世に伝えるべく、全集編纂に力を注いでいた。こうした傾向は、交友のあった文学者たちが相次いで亡くなる敗戦後になってから顕著となる。晩年に至るまで、以下のような個人全集の監修・編集委員などにそれぞれ名を連ねている。

『武田麟太郎全集』全一四巻（六興出版部、一九四六―五〇年）
『葉山嘉樹全集』全五巻（小学館、一九四七―四八年）
『横光利一全集』全二三巻（改造社、一九四八―五一年）
『堀辰雄全集』全七巻（新潮社、一九五四―五七年）
『横光利一全集』全一二巻（河出書房、一九五五―五六年）
『小川未明童話全集』全一二巻（講談社、一九五八―五九年）
『菊池寛文学全集』全一〇巻（文藝春秋新社、一九六〇年）
『神西清全集』全六巻（文治堂書店、一九六一―七六年）
『高見順文学全集』全六巻（講談社、一九六四―六五年）
『豊島與志雄著作集』全六巻（未来社、一九六五―六七年）
『高見順全集』全二〇巻・別巻（勁草書房、一九七〇―七七年）
『内田百閒全集』全一〇巻（講談社、一九七一―七三年）

多くの全集の監修・編集委員をつとめることになったのは、日本文学の歴史を後世に伝えようとする理念の表れに他ならない。こうした日本文学の後世への継承を、資料の収集、保存、公開に焦点を絞って実践しようとしたのが、日本近代文学館と国文学研究資料館の設立にあたっての尽力であった。

日本文学の記憶を後代に伝える——日本近代文学館・国文学研究資料館の設立

川端は、日本近代文学の資料の収集・保存・公開を目的とする文学館設立に尽力していた(図58)。一九六二(昭和三七)年五月に設立準備会が結成、一九六三年四月に財団法人日本近代文学館の創立総会・評議委員会が開催され、監事となってから、資金集めや政治家への陳情を含め、東奔西走している。日本近代文学館の意義について、「実現する近代文学館と博物館」(『毎日新聞』一九六五年四月一三日夕刊)で、川端は以下のように述べている。

近代文学館の計画は、明治以来百年にわたる近代日本文学、日本文化、文明の図書、文献をはじめ、各種各様の資料を総合的に収集して、図書館と博物館とを設立し、閲覧、展観の便をはかるとともに、その文化遺産を広く国民のものとするため、種々の事業をも行なふ予定のものである。

この二年後には、日本近代文学館への思いを、「日本の誇り」(『日本近代文学館について』一九六七年四月)の中で次のように記している。

近代文学の資料はあちこちに死蔵され、それが日々に散逸、煙滅しつつある。今のうちに集めれば、後代までの宝庫となる。その近代文学館は文学の研究家や愛好家の便、一覧回顧の場、読書人の益ばかりではなく、文化の博物館といふばかりではなく、若い人々を鼓舞して、明日の文学を誘発するところともならう。

一九六五(昭和四〇)年八月一六日に東京都目黒区駒場の旧前田侯爵邸で日本近代文学館の起工式が行われ、一九六六年九月に竣工、翌年の一九六七年四月一三日に開館となった。開館に際して発表された「慶祝」(『毎日新聞』一九六七年四月一〇日)の中で、次のように述べている。

> このやうな近代文学の総合文学館は、世界にも類を見ず、日本が初めてではないか。文学といふ領域は広く、文明、文化にもおよび、この文学館は日本近代の精神、世相の歴史宝庫として、あたかも「明治百年」記念事業の、顕著な一つともなつた。

図 58　日本近代文学館開館時の写真

「明治百年」の一九六八(昭和四三)年が、自身のノーベル文学賞受賞の年になることを、川端はこの段階では知る由もない。世界的に見ても、日本近代文学館ほどの充実した文学館は稀少である。川端が収集・保存・公開を目的とする文学館設立のために力を注いだことは、日本文学の振興と継承に大きな意義があったと言えるだろう。その後も日本近代文学に関する展示室や記念文庫が設置されて、現在に至っている。川端の没後、一九七二年一一月には、「川端康成記念室」が設置された。また、「「高見順集」解説」(『日本文学全集』第二三巻「高見順集」、河出書房、一九六七年八月)の中で、日本近代文学館の「計画から竣工は、高見順の生涯の終りの光炎であった」と、開館を待たずに病没した高見順の功績を讃えた。

一方、川端は、国文学研究資料館の設置についても、政府、省庁に働きかけていた。久松潜一らとともに、日本文学の貴重な資料の収集と保存を目的とする研究センター設立のために尽力した。しかし、国文学研究資料館が大学の共同利用施設として東京都品川区豊町に創設されたのは、川端没後の一九七二年五月一日のことであった。川端康成と国文学研究資料館とのかかわりについては、古川清彦の証言が参考になる[古川、一九八六]。

日本文学を後代に伝える大きな事業に奔走していた時期に、川端は、中国の文化大革命に際して学問・芸術の自律性を訴える声明を発表する。一九六七(昭和四二)年二月二八日、東京の帝国ホテルで、石川淳・安部公房・三島由紀夫とともに記者会見を行い、『朝日新聞』(一九六七年三月一日)などで、次のように報じられた。

われわれは左右いずれのイデオロギー的立場をも超えて、学問芸術の自由の圧殺に抗議し、中国の学問芸術が(その古典研究も含めて)本来の自律性を回復するためのあらゆる努力に対して、支持を表明する。

われわれはあらゆる「文学報国」的思想、または、学問芸術を終局的には政治権力の具とするような思考方法に一致して反対する。

直接的には、中国の文化大革命に対する声明であるが、いかなる政治体制にあっても、すべての国家において「学問芸術の自由」が守られるべきであることを強く訴える重要な提言を、川端は親交のある作家たちと行っていたのである。

《コラム13》川端康成と松本清張

川端康成は、松本清張の小説「或る「小倉日記」伝」(『三田文学』一九五二年九月)が芥川賞の候補作となった際に、選考委員として受賞を強く後押しし、「芥川龍之介賞選評」(『文藝春秋』一九五三年三月)の中で「私は始終これを推した」としている。両者の作風は、川端が高度経済成長によって失われていく美しい日本を描いたのに対し、清張は高度経済成長によって生み出される日本社会の矛盾や歪みを暴き出し、日本の暗部をあえて描こうとした点で対照的である。それは、「伊豆の踊子」(『文藝時代』一九二六年一、二月)と「天城越え」(『サンデー毎日特別号』一九五九年一一月、原題は「天城こえ」)の対照にもうかがえる。清張は

「伊豆の踊子」を強く意識し、次のように書き出される「天城越え」を創作した。

私が、はじめて天城を越えたのは三十数年昔になる。

「私は二十歳、高等学校の制帽をかぶり、紺飛白の着物に袴をはき、学生カバンを肩にかけていた。一人伊豆の旅に出かけて四日目のことだった。修善寺温泉に一夜泊まり、湯ヶ島温泉に二夜泊まり、そして朴歯の高下駄で天城を登ってきたのだった」というのは川端康成氏の名作「伊豆の踊子」の一節だが、これは大正十五年に書かれたそうで、ちょうど、このころに私も天城を越えた。

違うのは、私が高等学校の学生でなく、十六歳の鍛冶屋の倅であり、この小説とは逆に下田街道から天城峠を歩いて、湯ヶ島、修善寺に出たのであった。そして朴歯の高下駄ではなく、裸足であった。なぜ、裸足で歩いたか、というのはあとで説明する。むろん、袴はつけていないが、私も紺飛白を着ていた。

「伊豆の踊子」の主人公の「私」が、二〇歳の第一高等学校の学生で朴歯の高下駄を履き、湯ヶ島・修善寺から天城峠を越えるのとは対照的に、「天城越え」の主人公の「私」は、十六歳の鍛冶屋の息子で、袴をはかず裸足で、下田から天城峠を越えるという逆ルートの設定をとっていた。この冒頭以降も、「伊豆の踊子」を意識し創作された箇所が随所に見られることから、藤井淑禎は、清張は川端に対して「戦闘的」「挑戦的」と評している[藤井、二〇〇七]。清張は「天城越え」を、家出少年、娼婦、無口な土工の貧しい三者の邂逅が織り成すエロティシズムと犯罪のミステリーとして描いた。そうすることで、一人旅をする知的エリートと踊子との仄かな恋心と旅芸人一行との出会いと別れを美しく描き、「名作」とされた「伊豆の踊子」の物語を見事に読み替え、反転させてみせたのである。

17　翻訳と「日本」の発信——「古都」から「たまゆら」へ

国際的な活躍と翻訳

日本ペンクラブを通じた国際的な活動と並行して、一九五〇年代中頃から、川端の小説は翻訳され、海外に紹介されていた。

一九五五（昭和三〇）年一月、エドワード・サイデンステッカーによる「伊豆の踊子」の抄訳（*The Izu Dancer*）が『アトランティック・マンスリイ』日本特集号に、「ほくろの手紙」の翻訳（*The Mole*）が『ジャパン・クオータリー』に掲載された。「ほくろの手紙」は『婦人公論』（一九四〇年三月）掲載時の原題は「悪妻の手紙——愛する人達」で、『愛する人達』（新潮社、一九四一年）に収録された短篇小説である。その後、サイデンステッカーの翻訳によって、一九五六年には「雪国」が *Snow Country*（Knopf）（図59）として、一九五八年には「千羽鶴」が *Thousand Cranes*（Knopf）としてそれぞれ出版された。サイデンステッカーの果たした役割については、マイケル・ボーダッシュが東西冷戦との関連から考察している[ボーダッシュ、二〇一六]。また、片岡真伊は、文化的障壁を緩和するなど、サイデンステッカーの翻訳方法の解明を進めている[Kataoka、二〇一六]。他にも海外の優れた日本文学の研究者・翻訳家が、川端の著作を紹介することで、その文学が世界に伝播していくこ

図59　『雪国』英訳
（翻訳：エドワード・サイデンステッカー）

とになったのである。

ドナルド・キーンは、サイデンステッカーの果たした重要な役割について次のように述べている［キーン、二〇〇五］。

国際的な評価が高まったのは、何といってもエドワード・サイデンステッカーのみごとな英訳に負うところが大きい。最初に発表されたのは同じく「伊豆の踊子」の抄訳で一九五五（昭和三十）年、ついで「雪国」（一九五六）、「千羽鶴」（一九五九）が発表され、これらの英語版によって海外における川端の名声は定まった。ただし売り上げは失望もので、「山の音」の試訳を出版社に提出したサイデンステッカーは、川端の〝精気のない〟小説をこれ以上出す予定はない、と編集者に告げられたのである。

ところが、一九六八（昭和四十三）年十月、川端のノーベル文学賞が決まると、出版社の態度は一変する。アジアからこの賞に輝くのは一九一三年、インドの詩人タゴール以来、二人目であった。おそらく、スウェーデン・アカデミーは知る由もなかっただろうが、一九六八年は日本人にとって特別な意味を持つ年だったのである。ちょうど百年前の一八六八年、明治の王政復古《レストレーション》（維新）によって、日本の文化状況と世界における位置づけが根底から変わったのだ。川端の受賞は、百年ほど前まで国外では全く知られていなかった日本の文学が、世界の文学と肩を並べるまでになったことを示す象徴的な出来事だった。

「山の音」はノーベル文学賞受賞後、一九七〇(昭和四五)年に*The Sound of the Mountain*(Knopf)として刊行、翌一九七一年に第二二回全米図書賞翻訳部門を受賞している。ドナルド・キーンは、『ニューヨーク・タイムズ』に、川端のノーベル文学賞受賞後にエッセイを寄稿している[キーン、二〇二二]。また、エドワード・サイデンステッカーは自伝中で、川端との交流についても描いている[サイデンステッカー、二〇〇四]。キーンとサイデンステッカーは、ニューヨークのコロンビア大学で共に教鞭を執ることになり、翻訳を通じて日本文学を世界に伝えると同時に、多くの優れた日本文学の研究者たちを育成した。

英語圏では、川端康成の他に、谷崎潤一郎と三島由紀夫の作品が数多く紹介された。川端の作品は、英語だけでなく、アジア・ヨーロッパなどの言語に翻訳され、多くの地域で読まれるようになった。田村充正は、「雪国」の英語・フランス語・ロシア語訳の比較・分析をしており、参考になる[田村、二〇〇二]。英語圏を中心に海外で紹介され、川端の文学が次第に読まれるようになったことが、後のノーベル文学賞につながっていくことになるのである。

こうした国際的な活躍を重視するならば、鎌倉を舞台とする「山の音」「千羽鶴」、あるいは京都を舞台とする「古都」が、占領期から高度経済成長期にかけて執筆されたことの意味が問い返されてくるであろう。というのも、川端の戦後の代表作とされる「山の音」「千羽鶴」「古都」は、オリエンタリズムの視線を受けとめながら、「日本」の姿を世界に発信しようとした小説に見えてくるからである。そのような特色が表れている小説としては、「古都」が挙げられる。「古都」は、この時期の話題作「眠れる美女」と「片腕」にはさまれるように発表された新聞連載小説であった。

新幹線開通前夜の京都を舞台とする物語――「古都」と「美しさと哀しみと」

「古都」は一九六一(昭和三六)年一〇月から一九六二年一月にかけて『朝日新聞』に連載された、川端の代表作の一つである。京都を舞台とするこの小説では、四季の移ろいと京都の風物とを印象的に織り込みながら、出生以後、別れ別れとなった双子の姉妹の再会の奇縁が描かれる(図60)。

「古都」の執筆に先立って、川端は「古都など」(『毎日新聞』一九六〇年一月一日)で「東海道線を京都に近づくにつれて、山川風物にやわらかい古里を感じる」と書いていた。ここからは、還暦をこえた川端が日本の古都、京都に郷愁を感じていることがうかがえる。「古都」と並行するようにして連載された「美しさと哀しみと」(『婦人公論』一九六一年一月―六三年一〇月)もまた、京都を舞台としていた(図61)。この時期の川端の関心が、千年の歴史をもつ古い都に注がれていたことをうかがい知ることができる。「古都」が一九六〇年代前半に執筆されたことは、国内外にかかわる二つの観点から見て興味深い。

国外とのかかわりで注目したいのは、海外からの視線を織り込みながら、日本のイメージを表現し、発信しようとした点である。これは、戦後からノーベル文学賞受賞時の講演「美しい日本の私」へとつながる、日本の伝統を意識した川端の創作態度ともかかわる。受賞に際して、「古都」がその代表作の一つとしてとりあげられたこととも少なからず関連してくるであろう。

一方、国内において注目したいのは、高度経済成長を背景に進行した交通網の整備と余暇の過ごし方の変質とも少なからずかかわる点である。「古都」において直接関連するのは、東海道新幹線の開通である。東海道新幹線の開通は東京オリンピックの開催された一九六四(昭和三九)年であり、その五年前の一九五九年四月には起工式が行われていた。川端の「古都」執筆中には、この計画はすでに周知のこととなっていたのである。

「浅草紅団」が地下鉄の、「雪国」が清水トンネルの開通をそれぞれ背景に創作されていたことなどの例にもうかがえるように、交通網の整備を媒介として、川端の小説は創作されることが少なくなかった。同様に、ツーリズムと密接にかかわる「古都」も来るべき新幹線の開通を織り込むことなくしては、書かれることはなかったように見えるのである。

図 60　『古都』(新潮社, 1962 年)

図 61　『美しさと哀しみと』(中央公論社, 1965 年)

高度経済成長による市街の変容――「若いころの京都は日に失はれてゆく」

「古都」の場合、京都という日本の故郷をイメージさせる空間を舞台としていた。観光資源として奉仕するとともに、観光地というメディアを通じて川端という作家名とその著作が広告されていくことになった。高度経済成長を背景に進行した交通網の整備と余暇の過ごし方の変質も、川端とその小説を国民的なものにするうえで大きく貢献することになるのである。

川端が高度経済成長期の日本の変化を意識し、これを織り込むようにして「古都」を執筆していた。それは、小説の完結後発表した「「古都」を書き終へて」(『朝日新聞』一九六二年一月二九―三一日)で次のように述べていることからもうかがえる。

町に建築中の建物は、洋風の安ビルデイング・アパアトのたぐひが多い。京都、大阪間がすつかり工場地帯になつてゐる。高速度道路が出来上がつたら、どうなるだらう。

とにかく、私たちが若いころの京都は日に失はれてゆくのではないかとうれへる。

一九六四(昭和三九)年の東海道新幹線開通、あるいは、一九六五年の名神高速道路開通などに象徴されるように、オリンピック東京大会開催前夜の、高度経済成長による日本の都市の変容を川端はとらえていた。新幹線の開通は、「東海道線を京都に近づくにつれて、山川風物にやわらかい古里を感じる」ことなく、京都に到着可能となるような、高度経済成長を背景にした交通網の劇的な発展の証に相違ない。そうした新幹線開通の前夜に、「古都」は執筆されていたのである。

映画「古都」（中村登監督・松竹）もまた、新幹線開通の前年の一九六三年に劇場公開されていた。双子の姉妹の二役を演じたのは岩下志麻であった。この映画では、高度経済成長によって、失われてゆく、あるいは忘却されてゆく日本の古い都の姿を記憶に留めていた。「古都」は、高度経済成長期に執筆され、その中で失われていく「日本」へのノスタルジーによって支えられた世界ととらえることができる。

『古都』刊行後、随筆「古都」（『きょうと』一九六三年四月）の冒頭で、京都について次のように記している。

　京都に住み、京都を歩き、京都（関西）のものを食べ、京都をゆつくりと書きたい念願は、年々切々となるが、存命中果せるであらうか。

『古都』を創作したことによって、川端の中で京都への憧憬がますます募っていったことがうかがえるのである。

「テレビ小説」時代の到来――「たまゆら」のテレビ・ドラマ化

川端は、新しいメディアに強い関心を示し続けた文学者であった。瀬崎圭二は、「テレビスタジオの川端康成氏」（『週刊新潮』一九六一年四月一〇日）を参照しながら、川端自身は、テレビ出演には消極的であったが、自宅では好んで視聴していたことを指摘している〔瀬崎、二〇二〇〕。川端は、当時のニューメディアであるテレビにも関心を示していた。

青春期に映画に強い関心を寄せ、前衛映画「狂った一頁」の製作にかかわったことからも十分にうかがえる。そうした新しいメディアへの関心は、その後も継続されていたように見える。その一例として、映画からテレビへという映像メディアの交替の時期に、川端がテレビ・ドラマに原作を提供している点が挙げられる。宮崎・京都・鎌倉を舞台とする「たまゆら」(『小説新潮』一九六五年九月―六六年三月)がその原作小説にあたる。

もとより、「たまゆら」が川端の作品のドラマ化の最初ではない。「たまゆら」以前に、日本放送協会(NHK)で一九六一(昭和三六)年に「連続テレビ小説」として「伊豆の踊子」のドラマが製作・放映されていた。文学とテレビ・ドラマを結びつけた新しい試みであるこの企画は、現在でも続く「朝の連続テレビ小説」の嚆矢となる。ただし、夜の放映だったため、「朝の連続テレビ小説」のカテゴリーには含まれていない。この企画は、新聞朝刊に掲載された連載小説からの着想があると同時に、文芸と映画を結びつけた「文芸映画」のテレビにおける類似的な試みであったことは、「テレビ小説」という呼称からもわかるだろう。

このテレビ・ドラマの演出を行ったディレクターの畑中庸生は、その後も川端の小説のテレビ・ドラマ化にかかわっている。文芸劇場「古都」(一九六四年)の演出を手がけ、翌年には、連続テレビ小説「たまゆら」が約一年間にわたって放映されることになるのである。
「「たまゆら」原作者言」（『グラフＮＨＫ』一九六五年五月一五日）では、この原作について以下のように記していた。

私は日本の美しさのなにかを描きたいのである。日本のいろいろな地方の風物、民俗、あるひは歴史、伝説などに多少触れながら、筋を運びたいと思ふのも、そのための一つのこころみである。

川端が「私は日本の美しさのなにかを描きたいのである」と述べた「たまゆら」も、「伊豆の踊子」「古都」などと同様に、「故郷」としての「日本」をイメージさせる物語内容をもつ小説であった。そして、「故郷」としての「日本」の各地域を舞台とする特色は、「連続テレビ小説」においては現在でも大きく変わることはない。このような文芸ドラマの、「連続テレビ小説」のさきがけとなったのが、川端の小説のテレビ・ドラマ化であった。

映画は文芸作品を原作として採用し、「文芸映画」として一つのジャンルを確立したが、これをドラマで試みたのが「テレビ小説」や「文芸劇場」である。すでに原作の多くが映画化されていた川端は、テレビにおいても同様に原作を提供することになった。そして、そこでとりあげられた作品が、視聴者に「故郷」としての「日本」のイメージを喚起させる、日本の各地を舞台とした小説「伊豆の踊子」「古都」「たまゆら」などであったことは偶然ではない。

映画産業の凋落とテレビ時代の到来というマス・メディアの交替の時期に際して、川端の小説は二つのマス・メディアを横断して活用されることになった。映画産業が衰退しテレビ時代を迎えてからは、川端の小説はテレビでドラマ化され、広く国民に視聴されることになる。その結節点に位置していたのが「伊豆の踊子」「古都」「たまゆら」といった、日本の地域性を強く打ち出した小説であった。そしてそこには、失われていった美しい「日本」を表象した懐古的な物語を、高度経済成長を背景に発展した映画やテレビなどのマス・メディアが国民に浸透させていくという逆説性がうかがえるのである。

《コラム14》「弓浦市」と『富士の初雪』

高度経済成長の時期に、回想の中につくられた「日本」のイメージが浮かび上がる構造の小説「弓浦市」(『新潮』一九五八年一月)を川端は創作していた。この小説は、『富士の初雪』(新潮社、一九五八年)に収録されている。「弓浦市」では、九州の弓浦市で三〇年ほど前に出会った、突然の来訪者である女性の回想の中に美しい日本の風景が浮かび上がり、ここでも戦前の美しい日本が表現されている。しかしそれは、実際に存在する日本の風景というよりも、回想の中でつくられた「日本」の風景として表現されていた。長谷川泉は、地形の類似性や「青春の回想」などの視点から、「伊豆の踊子」と「弓浦市」との関連性を指摘している[長谷川、一九八〇]。また、原善は、この小説における記憶、回想の重要性に注目し[原、一九九九]、金井景子は、架空の日本が表現されていることを指摘し、その意味を考察している[金井、一九九〇]。仁平政人は、「弓浦市」を中心としながら、川端の戦後の創作に重要なモチーフである、記憶と忘却の方法について考察した[仁平、二〇一二]。

『富士の初雪』については、マイケル・エメリックによる英訳、坂井セシルによるフランス語訳、ジョルジョ・アミトラーノによるイタリア語訳など、優れた翻訳者・研究者による翻訳が出版されている(図E)。

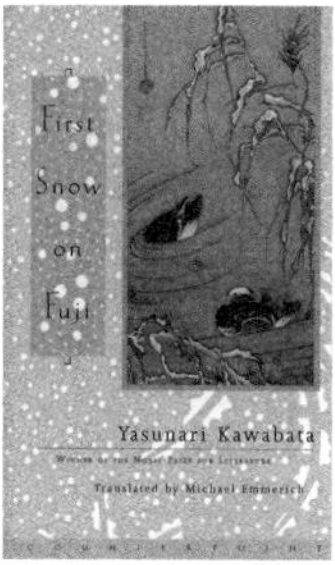

図E　『富士の初雪』上より英訳・仏訳・伊訳

18　ノーベル文学賞への軌跡——日本語の文学を後代に伝える

四人の候補者たち——谷崎潤一郎・西脇順三郎・川端康成・三島由紀夫

ノーベル賞の選考記録はスウェーデン・アカデミーで受賞から五〇年後に公開される。川端康成の受賞理由が公開されたのは、二〇一九(平成三一)年一月であった。近年の調査・報道によって、一九六八(昭和四三)年の川端のノーベル文学賞受賞までに、谷崎潤一郎・西脇順三郎・三島由紀夫も候補になっていた事実が明らかになった。一九五八―六八年までの、日本人のノーベル文学賞の候補者は、以下のとおりである。一九五八年に谷崎と西脇が候補となってから、川端が受賞するまで、どのような過程をたどったかが明らかとなるだろう。

一九五八年　谷崎潤一郎・西脇順三郎
一九五九年　候補者なし
一九六〇年　谷崎潤一郎(最終候補)・西脇順三郎
一九六一年　谷崎潤一郎・西脇順三郎・川端康成
一九六二年　谷崎潤一郎・西脇順三郎・川端康成
一九六三年　谷崎潤一郎・西脇順三郎・川端康成・三島由紀夫(最終候補)

一九六四年　谷崎潤一郎(最終候補)・西脇順三郎・川端康成・三島由紀夫
一九六五年　谷崎潤一郎・西脇順三郎・川端康成・三島由紀夫
一九六六年　西脇順三郎・川端康成(最終候補)
一九六七年　川端康成(最終候補)・三島由紀夫(最終候補)
一九六八年　川端康成受賞

スウェーデン・アカデミー資料からは、日本文学の翻訳事情がまだ十分に整わない状況の中で、日本の作家たちが候補となり、落選を繰り返しながら存在感を持つ過程が浮かび上がる。それと同時に、日本の作家や国内外の文学研究者や翻訳者の協力が重要であったことも明らかとなる。川端康成は三島由紀夫に宛てた一九六一(昭和三六)年五月二七日付の書簡で、ノーベル文学賞の推薦文の英語あるいはフランス語による執筆を依頼し、三島はそれを承諾、推薦文はスウェーデン・アカデミーに送られた。『川端康成・三島由紀夫　往復書簡』(新潮社、一九九七年)には、佐伯彰一によるこの推薦文の邦訳「一九六一年度ノーベル文学賞に川端康成氏を推薦する」が収録されている。一九六一年にノーベル文学賞にノミネートされながらも、翻訳された作品集が少なかったことで選からもれたことについては、大木ひさよが指摘している[大木、二〇一四]。

二〇一四年に公開された資料からは、一九六三(昭和三八)年には、三島由紀夫が最終候補の六人に入っており、さらに谷崎・西脇・川端の文学者の名前もリストに含まれていたことが新たに判明した。三島については、日本人候補者の中で最も受賞の可能性があるとも記されている。加えて、一九六〇年代に日本で刊行された話題作『宴のあと』(新潮社、一九六〇年)の英訳についての言及があり、そこでは、三島の「技術的才能」が高く評価されると同時に、「ジャーナリスティックな作風」に対する批判も記されている。三島の類い稀な文才を認めながらも、東京都知事選をめぐるスキャンダルを題材にした『宴のあと』を否定的にとらえているところに、選考委員会の評価軸の一端がうかがえる。

川端の『雪国』は一九五六(昭和三一)年、谷崎の『細雪』は一九五七年、三島の『金閣寺』は一九五九年にそれぞれ英訳が出版された。そして、ドナルド・キーン訳の *After the Banquet*(『宴のあと』)が一九六三年に刊行された。毎年公表される選考過程の資料からは、日本文学が翻訳を通じて海外においても受容される環境が徐々に整っていくにしたがい、日本の作家が繰り返し候補になっていることがわかる。日米の作家や文学者たちの間の協力関係、日本文学における翻訳の果たした役割の重要性に改めて気づかされる。また、『宴のあと』が選考委員会で議論の対象になっていたことからは、オリエンタリズムとは異なる、日本文学に対する新たな関心の萌芽が見られた。

一九六六(昭和四一)年には、川端と西脇が候補となり、川端は最終候補となる。しかも、ノーベル委員会のオステリングのレポートでは、最終選考の候補の第一位に名前が挙げられていた。最初は複数の日本人作家が候補にあがっていたが、一九六五年七月三〇日の谷崎潤一郎の死去により、状況は変わる。川端文学の理解者である伊藤整の意見書が委員会に提出され、京都を舞台とする『古都』が注目されたことなどもあり、最有力候補が川端に収斂していくことになる。

一九六七年には川端と三島が最終候補となり、六八年には川端が日本人で最初のノーベル文学賞の受賞者となった。一九六一年に候補者として名前が挙がってから八年目の受賞であった。

ノーベル文学賞受賞講演――「美しい日本の私」の陰翳

一九六八（昭和四三）年一一月、川端康成は日本で最初のノーベル文学賞を受賞する（図62）。アジアでは一九一三（大正二）年ラビンドラナート・タゴールが受賞して以来のことであった。「ノベル賞を思はぬでもない」と一九一六（大正五）年一月二〇日の日記に記した川端の念頭にはタゴールのことがあったと想像するが、青年時代の志は五十余年を経て実現することになったのである。

スウェーデン・アカデミーは、「日本人の心の精髄をすぐれた感受性をもって表現した」ことを授賞理由とした。受賞に際してのスピーチは、「美しい日本の私――その序説」（『朝日新聞』『毎日新聞』『読売新聞』一九六八年一二月一六日など）であった。

この講演における「美しい日本」とは、高度経済成長を果たした「日本」ではなく、古典文学の世界から脈々と続く伝統的な「日本」のイメージであり、それこそを川端は「美しい」ものととらえていた。つまり、川端の想定する「日本」とは、雪月花、あるいは花鳥風月という日本文学の伝統美の世界であったのだ。それは、次の講演の一節にもうかがうことができる。

雪の美しいのを見るにつけ、月の美しいのを見るにつけ、つまり四季折り折りの美に、自分が触れ目覚める時、美にめぐりあふ幸ひを得た時には、親しい友が切に思はれ、このよろこびを共にしたいと願ふ、つまり、美の感動が人なつかしい思ひやりを強く誘ひ出すのです。この「友」は、広く「人間」ともとれませう。また「雪、月、花」といふ四季の移りの折り折りの美を現はす言葉は、日本においては山川草木、森羅万象、自然のすべて、そして人間感情をも含めての、美を現はす言葉とするのが伝統なのであります。そして日本の茶道も、「雪月花の時、最も友を思ふ」のがその根本の心で、茶会はその「感会」、よい時によい友どちが集ふよい会なのであります。

図 62　ノーベル文学賞授賞式

すでに鬼籍に入った友人たちと共有した時代の日本を、川端は「美しい日本」と考えていたように見える。「哀愁」(『社会』一九四七年一〇月)の中で、「敗戦後の私は日本古来の悲しみのなかに帰ってゆくばかりである」と、相次ぐ知友の死に遭遇した川端は述べていた。親友であった横光利一や三島由紀夫をはじめ、多くの友人たちが、この「親しい友」に含まれていたに相違ない。

この引用箇所が、ノーベル文学賞受賞時のスピーチであり、世界に発信されるということが前提であったことを念頭に置く必要がある。タイトルの「美しい日本の私」もそうであるが、この文章は「日本」をとりわけ「美」という言葉で強調している点に特徴がある。たとえばそれは、二度も登場する「四季折り折り」の「美」という表現もそうであり、「雪月花」が日本では「自然のすべて」「人間感情をも含めて」の「美を現はす言葉」だと説明した上で、それを「伝統」だと位置づけている点にも読み取ることができる。さらに後半では「日本の茶道」を例に挙げることで、固有の文化を「美」と「伝統」の中で強く意識させることに役立っている。このように、海外からの視線を意識し、日本の伝統的な美について語られた「美しい日本の私」。ここで川端のイメージする「日本」と、アジア・太平洋戦争後の高度経済成長によってもたらされた現実の「日本」とは大きく異なっている。むしろ対極にあったといえるであろう。

しかし、高度経済成長によって失われていくからこそ、川端は自らが理想とする「美しい日本」を描き続けようとし、また、同時代の少なくない読者もそれをもとめていたように見えてくる。光度が強ければ強いほど影が鮮やかに映し出されるように、経済成長の程度が高く、急速であったがゆえに、失われていく「美しい日本」はより理想化され、表現されることになったのである。

川端が描き出す「美しい日本の私」を批評したのは、大江健三郎であった。『あいまいな日本の私』（岩波新書、一九九五年）の「回路を閉じた日本人でなく」の中で次のように述べている。

それでは誰に向かって川端さんは語りかけたのか？　川端さんは「美しい日本の私」に向かって語りかけていたのです。しかも川端さんは、そのようなものが現実には存在しないと知っていました。かれの想像力のなかの、かれの美のヴィジョンのなかの「美しい日本の私」にのみ向かって語っているのです。

これまでたどってきたように、高度経済成長を背景に、文学全集・文庫本などの活字や映画・テレビなどの映像を通じて、川端の作品の数々は多くの人々に受け入れられてきた。ここには、高度経済成長期に失われていく「美しい日本」を描こうとした川端の文学を、この時期に大きく発展を遂げたマス・メディアが日本の国民に広めていったという図式が透けて見えてくる。活字・映像などのマス・メディアが相互に作用することで、多くの読者・観客に伝えられた川端の創作の数々は、以前にもまして、「名作」として記憶されていくことになったのである。

作家の記憶を記録し、後代に伝える ——文学賞・記念会・文学館・学会

文学を多くの人々に普及させていく文学全集や文庫本というメディアを通じて、作家は後世の人々にも読み継がれることになる。とりわけ、個人の文業を網羅的に収集・編集した個人全集は、作家の記憶を継承し、再評価を促す契機となる点で重要な機能を果たす。川端康成の場合は、次のように、新潮社から四度も個人全集が刊行されている。

①『川端康成全集』全一六巻（一九四八―五四年）
②『川端康成全集』全一二巻（一九五九―六二年）
③『川端康成全集』全一九巻（一九六九―七四年）
④『川端康成全集』全三五巻・補巻二（一九八〇―八四年）

このように、新潮社という同じ出版社から全集が繰り返し刊行されたことは、記憶の継承という点で重要である。作品を多くの人々に普及させる文庫本についても、多くの出版社から出版されており、川端の創作を普及させるうえで重要な機能を果たした。こうした継続的な出版が、作家の記憶を後代に伝えるうえで大きく貢献することになった。

作家の記憶が継承されるにあたっては、その著作の魅力はもとより重要ではあるが、こうした出版物の刊行に加え、映画やテレビ・ドラマなどへの原作の提供も重要となることは、本書で述べてきたとおりである。原作の提供といったアダプテーションの役割は大きい。映画については、戦前・戦後を通じて原作が多く提供され、川端の小説を広く伝えることになった。「伊豆の踊子」が六度も映画化されたことは特筆に値する。川端の活動期間が長かったこともあり、映画からテレビへと時代が推移してからも、書き下ろしの「たまゆら」をはじめ、「伊豆の踊子」「古都」などの自作がテレビ・ドラマ化された。異なるメディアを通じて原作を提供してきたことが、川端の文学を広く伝えるうえで少なからぬ役割を果たしたのである。

他にも、作家の記憶の継承という点では、作家の人物及び芸術を、広く後世に伝える機関として文学賞・記念会・文学館・学会などの機関が大切な機能を有することは忘れてはならない。

文学賞については、新潮社と公益財団法人川端康成記念会が協力して、川端康成文学賞を創設し、今日に至っている。川端が亡くなってから半年後の一九七二(昭和四七)年一〇月には、作家の井上靖が理事長をつとめ、財団法人が設立された。そして翌年の一九七三年一月一六日に開催された財団の評議委員会で「川端康成文学賞」の創設が決定した。当該年度におけるもっとも完成度の高い短篇小説に贈られる賞である。約五〇年の歴史を刻み、多くの優れた作家に授賞してきた。この賞は、川端という作家の記憶の継承とともに、彼が得意とした短篇小説の優れた書き手を顕彰するうえでも大きな役割を果たしている。

「川端康成記念室」のある日本近代文学館についてはすでに述べた。鎌倉市にある公益財団法人川端康成記念会、茨木市立川端康成文学館はいずれも、川端康成の記憶を伝える役割を果たしている。

学会については、一九七〇(昭和四五)年に川端文学研究会が設立されている。久松潜一・吉田精一・長谷川泉・羽鳥徹哉・林武志・片山倫太郎が会長をつとめ、現在では川端康成学会に改称し、学会活動は継続している。川端康成の研究と学術交流、そしてその成果のアーカイブ化という点でも学会は重要な機能を有するのである。

おわりに

川端康成が文学者として活躍しはじめる一九二〇年代には、海外文学の翻訳が以前にもまして盛んに行われるようになった。川端は、自身の創作の糧にもなる翻訳の重要性を十分に理解しており、習作期には外国文学の翻訳を試みていた。一方、文壇で頭角を現すためには、日本語で読み、書く時間を少しでも多く確保する必要に迫られていた。そうした状況もあって、川端は原典ではなく、翻訳を通じて外国文学を受容することが次第に多くなっていく。それは、「古典を読む人々へ」(『群像』一九五六年三月)の中で、一九二二(大正一一)年に東京帝国大学の英文学科から国文学科に転科した際に、「なににしても相手は日本語だと思つたものであつた」と回想していることとおそらく無縁ではない。

横光利一は、『書方草紙』(白水社、一九三一年)の「序」で「国語との不逞極る血戦時代」と自らの文学の来歴について記したが、親友の川端もまた、日本語との格闘という点で同じ軌跡をたどった。川端と横光はいずれも地方で生育し、尋常小学校で東京の山の手の言葉を基準とする「標準語」を学んだ第一世代でもあった。新感覚派の文学者たちの多くが地方出身者であり、外国語を学ぶように「標準語」を獲得する中で日本語との格闘を繰り広げ、新しい時代の表現を開拓していったと想像されるのである。

大正時代に旧制高等学校進学のため上京した川端と横光は、東京で多くの外国文学に接する機会に恵まれた。川端も横光も、本格的な文筆活動に入る前には自身で翻訳を試みていた。作家を目指す両者にとって、陸続と紹介される海外の文学と翻訳の日本語は大いに刺激になったに違いない。その意味において、川端と横光の「新感覚」を「主として翻訳文学に養われた小説家の最初の世代の、日本語に対する感覚ということである」と評する、加藤周一の言は正鵠を射たものであったと言える(『日本文学史序説』下、筑摩書房、一九八〇)。坪内逍遥・森鷗外・夏目漱石・二葉亭四迷ら、明治時代の文学者たちの多くが、原典から海外の文学を吸収したのとは異なり、川端と横光は翻訳を通じて海外の文学を吸収し、多彩な訳語に刺激を受けて新しい日本語の表現を創造することに力を注いだ。それはつまり、メディアが拡大すると同時に多様化し、同人雑誌・文芸雑誌・総合雑誌、そして新聞など発表の舞台が増えたことで、日本語による創作の需要が高まったことと深くかかわる。

日本の文壇・ジャーナリズムの中で活躍する必要を求められた川端が、後年、翻訳の重要性を改めて知る機会が訪れる。アジア・太平洋戦争、アメリカ軍による占領を経て、一九五五(昭和三〇)年に、エドワード・サイデンステッカーによる「伊豆の踊子」の英訳が雑誌に掲載された。「経済白書」に「もはや戦後ではない」とうたわれた翌五六年には、サイデンステッカーの英訳で『雪国』が出版された。これ以降、川端の文学は毎年のように多くの言語に翻訳され、それが一九六八年のノーベル文学賞受賞につながる。「鳶の舞ふ西空」(『新潮』一九七〇年三月)の中で、「私のノオベル賞は、翻訳によつて審査されたのをゆゑとして辞退したらどうであらうか」と述べており、川端は翻訳の価値を強く認識していた。

アルゼンチンのホルヘ・ルイス・ボルヘス、中国の莫言《ばくげん》らのように、川端の文学に感化された世界文学の作家たちは少なくない。そうした作家たちが川端の文学を読むことができたのは、翻訳があったからに他ならない。川端の文学は、翻訳によって広く世界に伝えられた。独立行政法人国際交流基金の「日本文学翻訳作品データベース」によれば、川端康成の作品の翻訳数は、五〇以上の言語に翻訳された村上春樹に迫ることがわかる。川端とともに「ビッグ・スリー」と称された三島由紀夫・谷崎潤一郎の作品の翻訳数も多い。村上春樹・多和田葉子・小川洋子をはじめ、日本語で書かれた魅力的な文学が優れた翻訳の恩恵によって現在でも世界に伝えられており、川端はそのような時代の到来を指し示した作家の一人であったと言える。

川端の作品の翻訳を構想する優れた翻訳者・研究者たちは現在でもおり、これからも新たな翻訳を通して、新たな読者が生まれてゆくだろう。この意味において、世界文学の中における川端の位置づけとその評価は現在進行形である。今後も世界の読者たちによって再読され、新たな魅力が再発見されるに違いない。

川端康成が文学者として創作活動を開始した約一〇〇年前には、第一次世界大戦(一九一四—一八年)、ロシア革命(一九一七年)、スペイン風邪の流行(一九一八—二〇年)、関東大震災(一九二三年)と、戦争・革命・パンデミック・大地震が相次いだ。その後も、日本国内外の激動と困難の時代に活動を続けた。川端が活躍したおよそ半世紀は、メディアが大きく変化した時代でもあった。雑誌・新聞や書籍を中心とする活字メディア、写真や映画・テレビなどの映像メディアなど、新たなメディアによる革新の時代を、川端は文学者として駆け抜けた。活字メディアはもとより、一九二五(大正一四)年放送開始のラジオ、一九二〇年代から三〇年代にかけてサイレントからトーキーに移行して国民文化となった映画、一九五三(昭和二八)年放送開始のテレビなど、絶えず新しいメディアに関心を持ち続け、柔軟に受け入れたのが川端であった。

こうしたメディアへの強い関心は、川端文学の根底に流れる、他者とのつながり、心を通わせることへの強い希求と不即不離であっただろう。本書の冒頭で、川端のメディアへの関心は、他者との交流を強く求める思いと深く関連する、と書いた。幼少期に家族を相次いで失うことで抱いた天涯孤独の感覚、多くの師友との死別によって、川端の人生には常に「孤独」や「喪失」が揺曳している。だからこそ川端は、他者と自己とをつなぎ、両者の通路となる媒体(メディア)に強い関心を持つことになったのではないだろうか。川端にとっての他者は、生者だけでなく、時にはかつて同じ時を生きた死者たちであった。

川端の関心は、言葉を基点としながら、写真・映画・ラジオ・テレビなど、その生涯を通じて、絶えず広がりながら更新されていった。その軌跡は、二〇世紀前半から後半にかけてもたらされたメディアの発展と密接にかかわる。川端の「孤独」は、他者とのつながりを希求するものであると同時に、メディアへの関心の源泉でもあった。常に「孤独」を抱いていたが故に、川端は、メディアの状況が大きく変化していく時代の中を、旺盛な創作活動と社会活動を展開しながら、しなやかに駆け抜けていくことができたのである。

主要参考文献

＊前半に本書全般にかかわる文献を、後半に各章ごとの文献を提示した。作成にあたっては、福田淳子氏のご教示を得た。なお、紙幅の関係上、前半の文献については二〇〇一年以降に刊行されたものに限っている。それ以前の文献も含めた参考文献全体については岩波書店のウェブサイト(http://iwnm.jp/431968)に掲出しているので参照されたい(作成者＝大木エリカ、堺雄輝、十重田裕一、馮思途)。

原善編『川端康成『伊豆の踊子』作品論集』(クレス出版、二〇〇一)
川端文学研究会編『論集川端康成――掌の小説』(おうふう、二〇〇一)
林武志編『川端康成研究文献総覧』(二松学舎大学東洋学研究所、二〇〇一)
張月環『川端康成の美の性格』(サン・エンタープライズ、二〇〇一)
瀧田夏樹『川端康成と三島由紀夫をめぐる21章』(風間書房、二〇〇二)
田村充正『「雪国」は小説なのか――比較文学試論』(中央公論事業出版、二〇〇二)
平山城児『川端康成　余白を埋める』(研文出版、二〇〇三)
大久保喬樹『川端康成――美しい日本の私』(ミネルヴァ書房、二〇〇四)
森本穫『作家の肖像――宇野浩二・川端康成・阿部知二』(林道舎、二〇〇五)
康林『川端康成と東洋思想』(新典社、二〇〇五)
川俣従道『哀愁を旅行く人――川端文学の諸相』(ボロンテ。、二〇〇六)
ジョルジョ・アミトラーノ『『山の音』　こわれゆく家族』(みすず書房、二〇〇七)

張月環『川端康成　追い求める愛と美』(致良出版社、二〇〇八)
羽鳥徹哉監修『別冊太陽　日本のこころ157　川端康成　蒐められた日本の美』(平凡社、二〇〇九)
十重田裕一『「名作」はつくられる――川端康成とその作品』(日本放送出版協会、二〇〇九)
羽鳥徹哉・林武志・原善監修『川端康成作品論集成』全八巻(おうふう、二〇〇九―一三)
仁平政人『川端康成の方法――二〇世紀モダニズムと「日本」言説の構成』(東北大学出版会、二〇一一)
中嶋展子『川端文学の「をさなごころ」と「むすめごころ」――昭和八年を中心に』(龍書房、二〇一一)
小谷野敦『川端康成伝　双面の人』(中央公論新社、二〇一三)
吉田秀樹『川端康成――東京のシルエット』(龍書房、二〇一三)
李聖傑『川端康成の「魔界」に関する研究――その生成を中心に』(早稲田大学出版部、二〇一四)
川端香男里・東山すみ・斉藤進監修、水原園博編『巨匠の眼――川端康成と東山魁夷』(求龍堂、二〇一四)
富岡幸一郎『川端康成　魔界の文学』(岩波書店、二〇一四)
森本穫『魔界の住人　川端康成　その生涯と文学』上・下(勉誠出版、二〇一四)
藤尾健剛『川端康成　無常と美』(翰林書房、二〇一五)
川端香男里・平山三男・東山すみ監修『川端康成コレクション　伝統とモダニズム――知識も理屈もなく、私はただ見てゐる。』(川端康成記念会・東京ステーションギャラリー、二〇一六)
小谷野敦・深澤晴美編『川端康成詳細年譜』(勉誠出版、二〇一六)
坂井セシル、紅野謙介、十重田裕一、マイケル・ボーダッシュ、和田博文編『川端康成スタディーズ　21世紀に読み継ぐために』(笠間書院、二〇一六)
中嶋展子『川端康成『愛する人達』論――連なる愛の諸相』(龍書房、二〇一七)
福田淳子『川端康成をめぐるアダプテーションの展開――小説・映画・オペラ』(フィルムアート社、二〇一八)

三重県立美術館編『川端康成と横光利一』（三重県立美術館、二〇一八）
水原園博『川端康成と書――文人たちの墨跡』（求龍堂、二〇一九）
張月環『「掌の小説」における川端文学の探求』（致良出版社、二〇一九）
羽鳥徹哉・林武志・原善編『川端康成作品研究史集成』（鼎書房、二〇二〇）
森晴雄『川端康成と佐藤碧子　『川のある下町の話』の舞台・西小山、立会川など 六作品』（龍書房、二〇二〇）
立川明『『伊豆の踊子』を読む――分析と推論の間』（川島書店、二〇二一）
山中正樹『川端康成　生涯と文学の軌跡』（鼎書房、二〇二二）
多胡吉郎『生命の谺 川端康成と「特攻」』（現代書館、二〇二二）
小谷野敦『川端康成と女たち』（幻冬舎、二〇二二）
尾形大『「文壇」は作られた――川端康成と伊藤整からたどる日本近現代文学史』（文学通信、二〇二二）
日本近代文学館編『川端康成没後五〇年・日本近代文学館開館五五周年　川端康成展――人を愛し、人に愛された人』（日本近代文学館、二〇二二）
仁平政人・原善編『〈転生〉する川端康成Ⅰ――引用・オマージュの諸相』（文学通信、二〇二二）
深澤晴美『川端康成　新資料による探求』（鼎書房、二〇二二）
神奈川文学振興会編『没後50年川端康成展――虹をつむぐ人』（県立神奈川近代文学館・神奈川文学振興会、二〇二二）

第一章

ベアトリス・ディディエ（西川長夫・後平隆訳）『日記論』（松籟社、一九八七）Béatrice Didier, *Le journal intime*, PUF, 1976.
日高昭二「写真という装置――川端康成の視線」（『文学テクストの領分：都市・資本・映像』白地社、一九九五）

イ・ヨンスク『「国語」という思想　近代日本の言語認識』(岩波書店、一九九六)
安田敏朗『帝国日本の言語編制』(世織書房、一九九七)
安田敏朗『〈国語〉と〈方言〉のあいだ　言語構築の政治学』(人文書院、一九九九)

第二章

高木健夫『新聞小説史　昭和篇Ⅰ』(国書刊行会、一九八一)
山本武利『近代日本の新聞読者層』(法政大学出版局、一九八一)
前田愛『都市空間のなかの文学』(筑摩書房、一九八二)
海野弘『モダン都市東京——日本の一九二〇年代』(中央公論社、一九八三)
林武志『川端康成作品研究史』(教育出版センター、一九八四)
高橋真理「亜砒酸と望遠鏡——「浅草紅団」の方法」(『日本文学』一九八九・四)
野末明『康成・鷗外　研究と新資料』(審美社、一九九七)
佐藤秀明「『浅草紅団』論——遊歩者の目と語りの目」(田村充正・馬場重行・原善編『川端文学の世界1　その生成』勉誠出版、一九九九)
関肇『新聞小説の時代　メディア・読者・メロドラマ』(新曜社、二〇〇七)
Gerow, Aaron. *A Page of Madness: Cinema and Modernity in 1920s Japan.* Ann Arbor: Center for Japanese Studies, The University of Michigan, 2008.
川勝麻里「映画『狂つた一頁』における代作と『最後の人』——川端康成の未発見シナリオ『狂へる聖』との断絶について」(『叙説』二〇一一・九)
石川巧「「美しい！」から「美しき墓」へ——川端康成における方法的転回」(『立教大学大学院日本文学論叢』二〇一

四方田犬彦『署名はカリガリ――大正時代の映画と前衛主義』（新潮社、二〇一六）
三・一〇）

第三章

森本穫・平山三男編著『遺稿「雪国抄」・「住吉」連作：注釈』（林道舎、一九八四）
中島国彦「「雪国」の背後に潜むもの――一九三五年秋の湯沢滞在をめぐって」（『國文學：解釈と教材の研究』一九八七・一二）
柄谷行人「近代日本の批評　昭和前期Ⅰ」（『近代日本の批評・昭和篇〔上〕』福武書店、一九九〇）
平山三男編著『遺稿『雪国抄』――影印本文と注釈・論考』（至文堂、一九九三）
中島義勝「戦争の中の岩波新書」（日本出版学会・出版教育研究所編『日本出版史料3――制度・実態・人』日本エディタースクール出版部、一九九七）
坪井秀人『感覚の近代　声・身体・表象』（名古屋大学出版会、二〇〇六）
三浦卓「『少女の友』のコミュニティーと川端康成「美しい旅」――〈障害者〉から〈満洲〉へ」（『日本近代文学』二〇〇九・五）
荒井裕樹『隔離の文学　ハンセン病療養所の自己表現史』（書肆アルス、二〇一一）
藤井仁子「デコちゃん教育――『綴方教室』と事変下の恐るべき女児たち」（十重田裕一編『横断する映画と文学』森話社、二〇一一）
坂井セシル「検閲、自己検閲の連続性――川端康成の作品において」（鈴木登美、十重田裕一、堀ひかり、宗像和重編『検閲・メディア・文学――江戸から戦後まで』新曜社、二〇一二）
紅野謙介「「代作」と文学の共同性」（坂井セシル他編『川端康成スタディーズ　21世紀に読み継ぐために』

鈴木貞美『『文藝春秋』の戦争——戦前期リベラリズムの帰趨』(筑摩書房、二〇一六)
小平麻衣子編『文芸雑誌『若草』 私たちは文芸を愛好している』(翰林書房、二〇一八)
中村三春『〈原作〉の記号学——日本文芸の映画的次元』(七月社、二〇一八)
岸惠子『岸惠子自伝——卵を割らなければ、オムレツは食べられない』(岩波書店、二〇二一)
曾根博義「川端康成『小説の研究』の代作者」(『伊藤整とモダニズムの時代——文学の内包と外延』花鳥社、二〇二一)
尾形大『「文壇」は作られた——川端康成と伊藤整からたどる日本近現代文学史』(文学通信、二〇二二)
田中裕編『北條民雄集』(岩波文庫、二〇二二)

第四章

澤野久雄「失われた四枚」(『川端康成全集』第一巻「月報」、新潮社、一九五九)
澤野久雄「舞姫誕生」(『川端康成点描——この美しい日本の人』実業之日本社、一九七二)
木村徳三『文芸編集者 その跫音』(TBSブリタニカ、一九八二)
小川洋子「見えないものを見る——「たんぽぽ」」(『新潮』一九九二・六)
西河克己『「伊豆の踊子」物語』(フィルムアート社、一九九四)
横手一彦『被占領下の文学に関する基礎的研究 資料編』(武蔵野書房、一九九五)
山本武利『占領期メディア分析』(法政大学出版局、一九九六)
川端康成・三島由紀夫『川端康成・三島由紀夫 往復書簡』(新潮社、一九九七)
ミツヨ・ワダ・マルシアーノ「上映作品解説⑬——「伊豆の踊子」」(『NFCニューズレター』一九九八・一一)
成田龍一『「故郷」という物語——都市空間の歴史学』(吉川弘文館、一九九八)
谷口幸代「川端康成と古美術」(田村充正・馬場重行・原善編『川端文学の世界4 その背景』勉誠出版、一九九九)

岡田茉莉子『女優　岡田茉莉子』（文藝春秋、二〇〇九）
紅野謙介「チャタレイ裁判と検閲制度の変容――伊藤整の闘争とその帰趨」（『第3回 日韓検閲国際会議報告集 検閲の転移と変容――敗戦／解放期の文学とメディア』二〇一一・七）
勝又浩『「鐘の鳴る丘」世代とアメリカ――廃墟・占領・戦後文学』（白水社、二〇一二）
坂口周『意志薄弱の文学史――日本現代文学の起源』（慶應義塾大学出版会、二〇一六）
鈴木登美「川端康成の文章観・国語観・古典観――『新文章読本』と文学史の系譜づくり」（坂井セシル他編『川端康成スタディーズ 21世紀に読み継ぐために』）
米村みゆき「「文芸アニメ」にとって〈原作〉とは何か――アニメ版『伊豆の踊子』の脚色」（中村三春編『映画と文学 交響する想像力』森話社、二〇一六）
青木言葉「マルクス主義と〈形容詞の幽霊〉――川端康成「死者の書」」（『三田國文』二〇二〇・一二）
平井裕香「「欠視」がもたらす「肌ざはり」――川端康成「たんぽぽ」の文体と身体をめぐって」（『比較文学』二〇二〇・三）

第五章

古川清彦「川端康成と国文学研究資料館」（『川端文学への視界2』教育出版センター、一九八六）
大江健三郎「回路を閉じた日本人でなく」（『あいまいな日本の私』岩波新書、一九九五）
川端康成・三島由紀夫『川端康成・三島由紀夫 往復書簡』（新潮社、一九九七）
ドナルド・キーン（松宮史朗訳）『思い出の作家たち 谷崎・川端・三島・安部・司馬』（新潮社、二〇〇五） Donald Keene, *Five Modern Japanese Novelists*, Columbia University Press, 2003.
エドワード・G・サイデンステッカー（安西徹雄訳）『流れゆく日々――サイデンステッカー自伝』（時事通信出版局、

二〇〇四）　Edward G. Seidensticker, *Tokyo Central: A Memoir*, University of Washington Press, 2002.
大木ひさよ「川端康成とノーベル文学賞――スウェーデンアカデミー所蔵の選考資料をめぐって」（『京都語文』二〇一四・一一）
Kataoka, Mai. "Emending a Translation into 'Scrupulous' Translation: A Comparison of Edward G. Seidensticker's Two English Renditions of 'The Izu Dancer'"（『総研大文化科学研究』二〇一六・三）
マイケル・ボーダッシュ「冷戦時代における日本主義と非同盟の可能性――『美しい日本の私』再考察」（坂井セシル他編『川端康成スタディーズ　21世紀に読み継ぐために』）
瀬崎圭二『テレビドラマと戦後文学――芸術と大衆性のあいだ』（森話社、二〇二〇）
ドナルド・キーン（角地幸男訳）『『ニューヨーク・タイムズ』のドナルド・キーン』（中央公論新社、二〇一一）

《コラム》
木佐木勝『木佐木日記』第二巻（現代史出版会、一九七五）
羽鳥徹哉『作家川端の基底』（教育出版センター、一九七九）
石川弘義編著『余暇の戦後史』（東京書籍、一九七九）
『学校読書調査25年――あすの読書教育を考える』（毎日新聞社、一九八〇）
長谷川泉「『弓浦市』の作品構造と背景」（『川端康成研究叢書8　哀艶の雅歌』教育出版センター、一九八〇）
武部良明「国語・国字問題の由来」（『日本語表記法の課題』三省堂、一九八一）
金井景子「架空の『日本』を描く――『弓浦市』を手がかりにして」（『川端文学への視界4』教育出版センター、一九九〇）
藤井淑禎『望郷歌謡曲考――高度成長の谷間で』（NTT出版、一九九七）

原善『川端康成——その遠近法』（大修館書店、一九九九）
山本芳明『文学者はつくられる』（ひつじ書房、二〇〇〇）
水原園博『川端康成と伊藤初代　初恋の真実を追って』（求龍堂、二〇一六）
片山倫太郎『川端康成　官能と宗教を志向する認識と言語』（翰知の海出版、二〇一九）
森本穫『川端康成の運命のひと　伊藤初代——「非常」事件の真相』（ミネルヴァ書房、二〇二一）
須藤宏明『疎外論——日本近代文学に表れた疎外者の研究』（おうふう、二〇〇二）
四方田犬彦「川端康成と日本映画」（『國文學：解釈と教材の研究』二〇〇一・三）
福嶋亮大『復興文化論　日本的創造の系譜』（青土社、二〇一三）
日本近代文学館編『文学者の手紙4　昭和の文学者たち　片岡鉄兵・深尾須磨子・伊藤整・野間宏』（博文館新社、二〇〇七）
十重田裕一「大阪毎日新聞社刊行雑誌「芝居とキネマ」に見る文学関係記事をめぐって」（奥出健〈研究代表者〉『昭和戦前新聞文芸記事に関する総合的調査及び研究　平成16年度—平成18年度科学研究費補助金【基盤研究(B)(1)】研究成果報告書』、二〇〇七）
藤井淑禎『清張　闘う作家——「文学」を超えて』（ミネルヴァ書房、二〇〇七）
石川偉子「『川端康成全集』未収録文——「「谷崎潤一郎集」を読む」「映画入門」、他二篇」（『芸術至上主義文芸』二〇一三・一一）
四方田犬彦「『伊豆の踊子』映画化の諸相」（坂井セシル他編『川端康成スタディーズ　21世紀に読み継ぐために』）

あとがき

本書をまとめるにあたり、『川端康成全集』全三五巻・補巻二（新潮社、一九八〇―八四年）を読み返すとともに、第三五巻収録の川端香男里編「年譜」と小谷野敦・深澤晴美編『川端康成詳細年譜』（勉誠出版、二〇一六年）を参考にした。川端の文章と年譜を繰り返し紐解くことで、新しいメディアに関心を持つ過程と、その変化の時代をいかに駆け抜けてきたかが鮮明となった。内務省とＧＨＱ／ＳＣＡＰという異なるメディア検閲との葛藤、新たな才能の発掘と育成、文学振興への貢献、ノーベル文学賞受賞の経緯など、本書で強調したい川端康成の輪郭が次第に明瞭になっていったのである。

本書巻末の「関連年表」からは川端がどのような激動の時代を生きたかが、「著作目録」からはいかに多くの出版社から書物を上梓し、装幀や造本に強い関心を示していたかがうかがえる。この著作目録には各初版本の値段も示し、書物の価格の変化をたどれるようにした。そこからは、敗戦後に多くの書物が出版され、インフレーションによって価格が高騰したこと、高度経済成長期に書物の価格がさらに上昇したことなどが明らかとなる。「原作映画一覧」からは、多くの映画会社・映画監督によって作品が映画化されていることがわかって興味深い。

川端康成がノーベル文学賞を受賞するまでの過程を調査するプロジェクトに、読売新聞社の待田晋哉氏からお誘いいただいたことは、本書の後半で生かされている。毎年、スウェーデン・アカデミーで公開される五〇年前のノーベル文学賞の資料を調査・分析したことは懐かしい思い出である。その時の取材をもとに、待田氏は「50年目のスウェーデン・アカデミー資料公開　川端康成ノーベル賞受賞秘話」(『中央公論』二〇一九年三月)を発表されている。

本書執筆のきっかけは、川端康成の文学を出版・映画などのメディアとの関連から再考しようとした以下の二つの講演に遡る。

"Lights and Shadows of a Modernist: Kawabata Yasunari and Postwar High Economic Growth"

(二〇〇四年三月二一日、コロンビア大学ドナルド・キーン日本文化センター)

"1926: Close Encounters between Cinema and Literature in Japan"

(二〇〇八年五月九日、ハーバード大学エドウィン・O・ライシャワー日本研究所)

それぞれ招聘してくださった、コロンビア大学の鈴木登美、ハルオ・シラネ、ポール・アンドラの各氏、ハーバード大学の栗山茂久氏に改めて深い感謝を捧げたい。

その後、この二つの講演をもとに、『「名作」はつくられる――川端康成とその作品』(日本放送出版協会、二〇〇九年)を刊行し、二〇〇九年にNHKカルチャーラジオで約三ヶ月間、川端康成について話をする機会を得た。これは、NHK文化センターにお勤めだった多田紀子氏の有難いご発案であった。そして昨年、『横光利一と近代メディア――震災から占領まで』(岩波書店、二〇二一年)を出版してまもなく、岩波新書編集部の吉田裕氏から、川端について新書にまとめる企画のご提案をいただいた。多田・吉田両氏からの思い掛けないお誘いがなければ、本書は上梓されることはなかった。お二人に衷心より御礼を申し上げたい。

本書では、『「名作」はつくられる――川端康成とその作品』と、以下の拙稿などを活用した。

「『狂つた一頁』の群像序説――新感覚派映画聯盟からの軌跡」(十重田裕一編『横断する映画と文学』森話社、二〇一一年)「内務省とGHQ／SCAPの検閲と文学――一九二〇―四〇年代日本のメディア規制と表現の葛藤」(鈴木登美・十重田裕一・堀ひかり・宗像和重編『検閲・メディア・文学――江戸から戦後まで』新曜社、二〇一二年)「『浅草紅団』の新聞・挿絵・映画――川端康成の連載小説の方法」(『文学』岩波書店、二〇一三年七月)「ノーベル文学賞 60年代の選考」(『読売新聞』二〇一四年一月二八日朝刊)「占領期日本の検閲と川端康成の創作 「過去」「生命の樹」「舞姫」を中心に」(坂井セシル、紅野謙介、十重田裕一、マイケル・ボーダッシュ、和田博文編『川端康成スタディーズ 21世紀に読み継ぐために』笠間書院、二〇一六年)

本書は、新書という限られた紙幅の中で川端康成の文学者としての軌跡をたどることを目的としており、さらに関心を持たれたテーマについては、本書の中で引用した先行研究、巻末の「主要参考文献」を参照していただければ幸いである。作成にあたっては、川端康成を研究する堺雄輝・馮思途の両氏のご助力を仰いだ。図版については、坂井セシル(パリシテ大学)、ジョルジョ・アミトラーノ（ナポリ東洋大学）、マイケル・エメリック（ＵＣＬＡ）の各氏とメリーランド大学図書館ゴードン・Ｗ・プランゲ文庫のジェンキンス加奈氏がご協力くださった。また、日本近代文学館の石川賢・土井雅也・信國奈津子の各氏に調査のご助力をいただき、クリスティーナ・イ（ＵＢＣ）、金ヨンロン（大妻女子大学）、斉藤綾子（明治学院大学）、志村三代子（日本大学）、福田淳子（昭和女子大学）、山岸郁子（日本大学）の各氏からそれぞれ貴重なご教示を賜った。

本文の編集・校閲では吉野志枝氏と西岡亜希子氏、資料収集・参考文献作成では大木エリカ氏、総務では井貫恭子氏のご協力をいただいた。タイトルについては、最初の読者である西岡・大木・吉田の各氏が率直なご意見を出してくださり、西岡氏の「孤独を駆ける人」という案をもとに編集部・営業部の皆様が検討を重ねて決まった。皆様のご助力に対し、記して謝意を表したい。

本書が、川端康成の再読、再評価の一つの契機となれば望外の喜びである。

二〇二二年一一月二〇日

十重田裕一

【附記】本書は、ＪＳＰＳ科学研究費「基盤研究（Ｃ）課題番号：18 K00330」、課題番号：21K00313」、早稲田大学特定課題研究費（課題番号：2022C-346）の研究成果の一部である。

川端康成関連年表

（*〔 〕内は歴史的・文化的事項を示す）

1899（明治 32）年

6月14日，大阪市北区此花町1丁目79番屋敷に，父栄吉，母ゲンの長男として出生（自筆年譜には6月11日出生と記載）．父は医師で，漢詩文，文人画をたしなんだ．〔1月，『中央公論』創刊．2月，中学校令改正公布により，尋常中学校を中学校と改称する．6月，最初の日本映画「日本率先活動大写真」が歌舞伎座で公開される．7月，著作権保護に関するベルヌ条約に加盟．9月，柴田常吉が日本で最初の劇映画「稲妻強盗捕縛の場」を撮影．11月，團十郎・菊五郎の「紅葉狩」の映画が撮影された．〕

1900（明治 33）年　1歳

〔8月，小学校令を改正．尋常小学校を4年制とし，授業料が撤廃される．9月，夏目金之助（漱石）がイギリスに留学．〕

1901（明治 34）年　2歳

1月，父死去．母の実家，黒田家のある大阪府西成郡豊里村に移った．〔12月，1896年に死去したアルフレッド・ノーベルの遺言で創設されたノーベル賞の最初の授与式が行われる．〕

1902（明治 35）年　3歳

1月，母死去．祖父三八郎，祖母カネに引きとられる．〔3月，島村抱月が留学生として欧州に出発，国語調査委員会が設置される．〕

1903（明治 36）年　4歳

〔4月，国定教科書制公布．9月，永井荷風がアメリカに留学．〕

1904（明治 37）年　5歳

〔2月，日露戦争が始まる（～1905年9月）．日韓議定書調印．5月，新潮社創業．『新潮』創刊．〕

1905（明治 38）年　6歳

〔4月，阪神鉄道が日本初の都市間電気鉄道として神戸・大阪間の営業開始．9月，ポーツマス条約調印．日比谷で講和条約反対国民大会開催，政府系新聞・交番などが焼き打ちされた，日比谷焼き打ち事件がおこる．〕

1906（明治 39）年　7歳

大阪府三島郡豊川尋常高等小学校に入学．9月，祖母死去，以後約8年，祖父とふたりで暮らす．〔2月，文藝協会の発足式が行われる．3月，『文章世界』創刊．鉄道国有法公布．6月，『趣味』創刊．11

月，文藝協会がシェイクスピア「ヴェニスの商人」，歌劇「常闇」などを上演．南満洲鉄道設立．〕

1907（明治 40）年　8 歳

〔3 月，小学校令改正により，尋常小学校の年限は 6 年，高等小学校の年限は 2 年ないし 3 年と定められる．〕

1908（明治 41）年　9 歳

〔10 月，『阿羅々木』創刊（翌年から『アララギ』と改称）．〕

1909（明治 42）年　10 歳

7 月，4 歳上の姉芳子死去．〔1 月，『スバル』創刊．5 月，新聞紙条例を廃止し，新聞紙法公布．6 月，日本で最初の映画雑誌『活動写真界』創刊．10 月，ハルビン駅で伊藤博文が暗殺される．〕

1910（明治 43）年　11 歳

〔3 月，現在の阪急電鉄が大阪梅田と宝塚，箕面間で開通．4 月，京阪電鉄が大阪・京都間で開通．4 月，『白樺』創刊．5 月，『三田文学』創刊．8 月，韓国併合．12 月，ゴーリキー「どん底」（小山内薫訳「夜の宿」）が有楽座で初演．この年，大逆事件が起こる．〕

1911（明治 44）年　12 歳

〔5 月，文藝協会が第 1 回公演にシェイクスピア「ハムレット」を上演．9 月，文藝協会演劇研究所第 1 回試演会でイプセン「人形の家」を初演．10 月，辛亥革命．11 月，フランス映画「ジゴマ」（ヴィクトラン・ジャッセ監督）が公開され，一大ブームとなる．〕

1912（明治 45・大正元）年　13 歳

3 月，尋常科 6 年を卒業．4 月，大阪府立茨木中学校入学．〔3 月，ジャパン・ツーリスト・ビューロー（日本交通公社の前身）の創業．7 月，明治天皇崩御．大正と改元．〕

1913（大正 2）年　14 歳

中学 2 年に進級．小説家を志望し，文芸雑誌を積極的に読むようになり，新体詩・短歌・俳句・作文などの表現を試みた．〔8 月，岩波書店創業．〕

1914（大正 3）年　15 歳

5 月，祖父死去，孤児となる．9 月，母の実家に引きとられる．「十六歳の日記」が書かれる．〔4 月，現在の近鉄が大阪の上本町・奈良間で開通．7 月，第一次世界大戦が始まる（～ 1918 年 11 月）．12 月，東京駅開業．〕

1915（大正 4）年　16 歳

1 月から茨木中学校の寄宿舎に入り，卒業まで寮生活をする．

1916(大正5)年　17歳

2月，地元の小週刊新聞『京阪新報』社をはじめて訪れ，以後，同紙に短文・短詩等が掲載される．他に，『文章世界』『秀才文壇』『新潮』などの雑誌に投稿していた．4月，5年に進級，寄宿舎の室長になる．同室の2年生との親交をもとに，後に「少年」が書かれる．〔12月，夏目漱石死去．〕

1917(大正6)年　18歳

3月，茨木中学校を卒業．第一高等学校を志望し上京，従兄の家に身を寄せる．同月，南部修太郎を訪ねる．9月，第一高等学校文科乙類(英文科)に入学．同級には石浜金作・鈴木彦次郎・守随憲治・辻直四郎らがいた．〔3月，ロシア二月革命．7月，東京市で「活動写真興行取締規制」が警視庁により公布される．11月，ロシア十月革命．〕

1918(大正7)年　19歳

10月，初めて伊豆に旅行し，旅芸人の一行と道連れになる．この時の伊豆旅行の体験から，「湯ケ島での思ひ出」が書かれた．以後10年間，湯ヶ島を毎年のように訪れる．〔9月，原敬内閣成立．天然色活動写真の帰山教正を中心に，純映画劇運動がおこる．この年，スペイン風邪が大流行する．〕

1919(大正8)年　20歳

6月，第一高等学校『交友会雑誌』第277号に「ちよ」を発表．〔4月，改造社創業．『改造』創刊．都市計画法・市街地建築物法が公布される．5月，中国で五・四運動起こる．〕

1920(大正9)年　21歳

7月，第一高等学校卒業，東京帝国大学文学部英文学科に入学．秋に，今東光・酒井眞人・鈴木彦次郎らと第六次『新思潮』の発行を計画，菊池寛を訪ね，雑誌継承の了承を得る．〔5月，上野公園で日本初のメーデー．10月，第1回国勢調査．11月，大正活映に入社した谷崎潤一郎原案の映画「アマチュア倶楽部」(栗原トーマス監督)公開．〕

1921(大正10)年　22歳

2月，第六次『新思潮』発刊．4月，第六次『新思潮』に「招魂祭一景」発表，好評を博す．本郷カフェ・エランの伊藤初代との婚約，破談．11月，菊池寛の紹介で，横光利一との交友が始まる．〔4月，ドイツ映画「カリガリ博士」(1919年製作，ロベルト・ヴィーネ監督)輸入・公開．6月，臨時国語調査会設置．11月，東京駅で原敬

首相刺殺される.〕

1922(大正11)年　23歳

6月, 英文学科から国文学科に転科. 夏,「湯ケ島での思ひ出」を書く.〔2月, ワシントン海軍軍備制限条約. 7月, 森鷗外死去.〕

1923(大正12)年　24歳

1月, 文藝春秋社創業. 菊池寛主宰の『文藝春秋』創刊, 編集同人に加わる. 9月, 関東大震災後, 今東光と芥川龍之介を見舞い, 3人で災害状況を見て歩く.

1924(大正13)年　25歳

3月, 東京帝国大学国文学科卒業. 卒業論文「日本小説史小論」. 10月, 横光利一・片岡鉄兵・今東光らと『文藝時代』を金星堂より創刊.「新感覚派」と名付けられる.〔5月, アメリカで排日移民法成立.『文藝戦線』創刊.〕

1925(大正14)年　26歳

一年のほとんどを伊豆湯ヶ島湯本館に滞在する.〔3月, 東京放送局がラジオ放送を開始. 4月, 治安維持法公布. 5月, 普通選挙法公布. 内務省警保局により「活動写真フィルム検閲規則」が公布され, 映画検閲の全国統一がなされる. 11月, 神田・上野間が開通し, 山手線環状運転開始.〕

1926(大正15・昭和元)年　27歳

1月,「伊豆の踊子」を『文藝時代』に発表(～2月). 4月, 松林秀子(戸籍名はヒテ)との生活がはじまる. 新感覚派映画聯盟が結成され, サイレント映画「狂つた一頁」の製作にかかわる. 6月, 第1創作集『感情装飾』を金星堂より刊行. 9月から湯ヶ島で生活.〔1月, ドイツ映画「最後の人」(1924年製作, フリードリッヒ・ヴィルヘルム・ムルナウ監督)輸入・公開. 12月,『現代日本文学全集』(改造社)刊行開始. 大正天皇崩御, 昭和と改元.〕

1927(昭和2)年　28歳

3月, 第2創作集『伊豆の踊子』を金星堂より刊行. 片岡鉄兵編輯『手帖』(文藝春秋社)創刊, 同人となる. 4月, 横光利一の結婚披露宴のため上京し, 杉並町馬橋に住む. 5月,『文藝時代』終刊. 12月, 熱海の鳥尾子爵の別荘に移る.〔3月,『世界文学全集』(新潮社)刊行開始. 4月, 小田急電鉄の新宿・小田原間が開通. 7月, 岩波文庫刊行開始. 芥川龍之介が自殺. 12月, 東京地下鉄道の浅草・上野間が開通(日本初の地下鉄開業).〕

1928(昭和3)年　29歳

5月，尾崎士郎に誘われ，大森，さらに馬込に転居．当時の馬込は，近隣に尾崎士郎・宇野千代夫妻，萩原朔太郎・広津和郎・室生犀星・牧野信一らが居住する文士村であった．〔5月，『戦旗』創刊．6月，『マルクス・エンゲルス全集』(改造社)刊行開始．6月，張作霖爆殺事件．〕

1929(昭和4)年　30歳

4月，中村武羅夫を中心に創刊された『近代生活』の同人となる．10月，堀辰雄編輯『文学』(第一書房)創刊，同人となる．12月，「浅草紅団」を『東京朝日新聞』に連載開始．9月，上野桜木町に転居．〔10月，ニューヨーク株式市場大暴落．世界恐慌が始まる．〕

1930(昭和5)年　31歳

6月，中村武羅夫らの十三人倶楽部に参加．文化学院，日本大学の講師として出講．武田麟太郎・新田潤・堀辰雄らと浅草通いをする．〔3月，帝都復興祭が行われる．〕

1931(昭和6)年　32歳

1月，「水晶幻想」を『改造』に発表．犬を数多く飼う．12月5日，秀子と入籍．〔6月，旧著作権法改正公布され，プラーゲ旋風が起こる．8月，日本初のオール・トーキー映画「マダムと女房」(松竹・五所平之助監督)公開．9月，満洲事変が起こる．〕

1932(昭和7)年　33歳

2月，「抒情歌」を『中央公論』に発表．小鳥を数多く飼う．〔1月，『プロレタリア文学』創刊．第一次上海事変が始まる．3月，満洲国建国宣言．梶井基次郎死去．5月，五・一五事件が起こる．チャールズ・チャプリンが来日(～6月)．〕

1933(昭和8)年　34歳

「伊豆の踊子」が初めて映画化される(五所平之助監督)．7月，「禽獣」を『改造』に発表．10月，『文学界』(文化公論社)を創刊，武田麟太郎・林房雄・小林秀雄・豊島與志雄・広津和郎・宇野浩二・深田久彌らと同人になり，編集に携わる．12月，「末期の眼」を『文藝』に発表．〔2月，小林多喜二が検挙され，築地署で拷問死する．3月，「映画国策樹立に関する建議案」が可決される．国際連盟を脱退．6月，共産党幹部の佐野学・鍋山貞親が獄中で転向を表明する．9月，古賀春江・宮澤賢治死去．10月，『文学界』『行動』創刊．11月，『文藝』創刊．12月，池谷信三郎死去．この年，「文芸復興」の機運が起こる．〕

1934(昭和9)年　35歳

6月，越後湯沢を初めて訪れる．8月，北條民雄より来簡，交流が始まる．〔2月，直木三十五死去．3月，内務省が映画統制委員会を設置する．5月，出版法改正．〕

1935(昭和10)年　36歳

1月，芥川龍之介賞・直木三十五賞の制定が『文藝春秋』で公表され，菊池寛・久米正雄・山本有三・佐藤春夫・谷崎潤一郎・室生犀星・小島政二郎・佐佐木茂索・瀧井孝作・横光利一とともに，芥川龍之介賞の選考委員になる．「夕景色の鏡」を『文藝春秋』に発表し，それを皮切りに，『雪国』の断続的な発表が始まる．11月，北條民雄「間木老人」を『文学界』に推薦．12月，鎌倉町浄明寺に転居．〔2月，天皇機関説事件．11月，日本ペンクラブ結成．この年，「純粋小説論」をめぐって論争が起こる．〕

1936(昭和11)年　37歳

8月，「最初の人」と題した南部の追悼文を『三田文学』に寄せる．〔2月，二・二六事件が起こる．6月，南部修太郎死去．7月，オリンピックの東京開催が国際オリンピック委員会(IOC)で決定．11月，日独防共協定調印．〕

1937(昭和12)年　38歳

5月，鎌倉町二階堂に転居．6月，『雪国』を創元社より刊行．7月，尾崎士郎『人生劇場　青春篇』とともに，『雪国』で第3回文藝懇話会賞を受賞．9月，軽井沢に別荘を購入．〔4月，十一谷義三郎死去．7月，盧溝橋事件．8月，第二次上海事変が始まる．9月，中国で国共合作，抗日民族統一戦線を結成．12月，北條民雄死去．〕

1938(昭和13)年　39歳

4月，『川端康成選集』(全9巻・改造社)刊行開始．6月，本因坊秀哉名人引退碁を観戦．7月，財団法人日本文学振興会(理事長・菊池寛)の設立が許可され，久米正雄・佐藤春夫・瀧井孝作・齋藤龍太郎・永井龍男らとともに理事に選出される．〔4月，国家総動員法の公布．7月，1940年開催予定の東京オリンピックの実施を返上．紀元二六〇〇年記念日本万国博覧会の延期が決定，実質的に中止となる．11月，岩波新書刊行開始．〕

1939(昭和14)年　40歳

1月，『新女苑』の読者応募コント作品の選評を開始．5月，大宅壮一・坪田譲治・豊田四郎・北村小松らと少年文学懇話会を結成．〔2月，岡本かの子死去．4月，映画法公布(10月施行)，脚本の事前検

閲，製作本数の制限，ニュース映画と文化映画併映の義務化．5月，ノモンハン事件．9月，ドイツがポーランドに侵攻を開始し，第二次世界大戦が始まる．〕

1940（昭和15）年　41歳

5月，前年から『少女の友』に連載していた「美しい旅」の取材のため，盲学校・聾唖学校を見学．〔5月，菊池寛らの「文藝銃後運動」第1回講演会の開催．9月，日独伊三国軍事同盟に調印．10月，大政翼賛会の発足．11月，紀元二六〇〇年祝賀行事．〕

1941（昭和16）年　42歳

4月，『満洲日日新聞』の招きで渡満（〜5月）．9月，関東軍の招聘で，山本実彦・大宅壮一・火野葦平・高田保らと渡満，10月から北京・齊家鎮・張家口・天津・旅順・大連などを旅行（〜11月）．この年，健康のためゴルフをよくする．〔3月，国防保安法公布．12月，ハワイ真珠湾空襲，米英に宣戦布告，太平洋戦争開始．〕

1942（昭和17）年　43歳

8月，季刊雑誌『八雲』創刊号に「名人」を掲載（以後，各誌に分載）．〔5月，日本文学報国会が創立，翌月に発足式が行われる．6月，関門鉄道トンネル竣工（11月開通式）．7月，萱忠雄死去．12月，大日本言論報国会結成．〕

1943（昭和18）年　44歳

5月，母方の従兄，黒田秀孝の三女・麻紗子（戸籍名は政子）を養女として入籍．「故園」を『文藝』に連載（〜45年1月）．〔3月，『中央公論』連載の谷崎潤一郎「細雪」が時局のため中断となる．アッツ島玉砕．8月，島崎藤村死去．9月，イタリアが無条件降伏し，休戦協定を締結．11月，徳田秋聲死去．12月，第1回学徒出陣．〕

1944（昭和19）年　45歳

4月，「故園」「夕日」などにより，第6回菊池寛賞受賞．源氏物語などの古典を耽読する．〔12月，片岡鉄兵死去．〕

1945（昭和20）年　46歳

4月，海軍報道班員として鹿児島県鹿屋の海軍航空隊特攻基地に山岡荘八らとともに行き，約1ヶ月滞在．5月，鎌倉文庫を貸本屋として開店．終戦後に出版社として再発足し，重役のひとりとなる．〔3月，東京大空襲．4月，沖縄戦（〜6月）．5月，ドイツ軍，無条件降伏文書に正式調印．8月，広島・長崎への原爆投下．敗戦．島木健作死去．連合国軍の占領下でGHQ/SCAPの検閲が始まる．11月，『新生』創刊．12月，映画法廃止．〕

1946(昭和21)年　47歳

1月，鎌倉文庫より『人間』を創刊．4月，大佛次郎・岸田國士・豊島與志雄・野上彌生子らと「赤とんぼ会」を結成，藤田圭雄編集の児童雑誌『赤とんぼ』を実業之日本社から発刊．6月，三島由紀夫「煙草」を『人間』誌に掲載．10月，鎌倉市長谷に転居．〔2月，公職追放令施行．3月，武田麟太郎死去．4月，敗戦後初の総選挙．5月，極東国際軍事裁判(東京裁判)開廷．6月，言論出版界の戦犯追放始まる．11月，日本国憲法公布(施行は47年5月3日)．新憲法第21条により，「言論・出版の自由」「検閲の禁止」が確立．〕

1947(昭和22)年　48歳

10月，「続雪国」を『小説新潮』に発表．古美術への関心が深まる．〔3月，教育基本法公布・施行．6・3制義務教育実施(男女共学となる)．12月，横光利一死去．〕

1948(昭和23)年　49歳

1月，横光利一の告別式で弔辞を読む．5月，『川端康成全集』(全16巻・新潮社)の刊行が始まる．各巻の「あとがき」が後に『独影自命』にまとめられる．6月，日本ペンクラブ第4代会長に選出．10月，与謝蕪村と池大雅の競作《十便十宜図》を入手．11月，読売新聞の委嘱で東京裁判を傍聴．12月，決定版『雪国』を創元社より刊行．〔3月，菊池寛死去．6月，太宰治が自殺．〕

1949(昭和24)年　50歳

5月から「千羽鶴」(～51年10月)，8月から「山の音」(～54年4月)をそれぞれ分載開始．9月，ヴェネチアでの第21回国際ペンクラブ大会に日本会長としてメッセージを寄せる．11月，広島市の招聘で，ペンクラブを代表して，小松清・豊島與志雄らと原爆の被災地を見る．帰途，京都に寄る．〔3月，ジョセフ・ドッジ公使が経済安定九原則実行を声明．6月，日本国有鉄道(JNR)設立．7月，下山事件・三鷹事件．11月，湯川秀樹がノーベル物理学賞を受賞．〕

1950(昭和25)年　51歳

4月，ペンクラブ会員とともに広島・長崎を視察．広島での「世界平和と文芸講演会」において「平和宣言」を読む．帰途，京都に約半月滞在．12月，「舞姫」を『朝日新聞』に連載開始(～51年3月)．鎌倉文庫倒産．〔6月，朝鮮戦争勃発．〕

1951(昭和26)年　52歳

〔6月，林芙美子死去．9月，サンフランシスコ講和条約・日米安全保障条約調印(1952年4月発効)．〕

1952(昭和 27)年　53 歳

2 月,『千羽鶴』を筑摩書房より刊行. 第 8 回芸術院賞を受賞.〔5 月, メーデー事件. 3 月, 久米正雄死去, 4 月, 公職追放令廃止. 10 月, 警察予備隊が保安隊に改組.〕

1953(昭和 28)年　54 歳

11 月, 永井荷風・小川未明とともに芸術院会員に選出.〔2 月, NHK がテレビ放送を開始. 5 月, 堀辰雄死去. 7 月, 朝鮮休戦協定調印.〕

1954(昭和 29)年　55 歳

1 月,「みづうみ」を『新潮』に連載(～12 月). 4 月『山の音』を完結, 筑摩書房より刊行. 12 月, 第 7 回野間文芸賞受賞.〔3 月, アメリカのビキニ水爆実験で第五福竜丸被災. 7 月, 防衛庁・自衛隊発足.〕

1955(昭和 30)年　56 歳

1 月, エドワード・サイデンステッカー抄訳「伊豆の踊子」が『アトランティック・マンスリイ』の日本特集号に掲載.〔2 月, 坂口安吾死去. 6 月, 豊島與志雄死去. 8 月, 広島で第 1 回原水爆禁止世界大会.〕

1956(昭和 31)年　57 歳

1 月,『川端康成選集』(全 10 巻・新潮社)の刊行が始まる. エドワード・サイデンステッカーが『雪国』の英訳を刊行. この年以降, 海外での翻訳出版が多くなる.〔4 月, 首都圏整備法が公布され, 都市機能の拡充・整備が図られた. 7 月,『経済白書』に「もはや戦後ではない」とうたわれた. 9 月, 大西洋横断海底ケーブル完成. 10 月, 日ソ国交回復共同宣言. 11 月, 東海道線の電化完成. 12 月, 国際連合に加入.〕

1957(昭和 32)年　58 歳

3 月, 国際ペンクラブ執行委員会出席のため松岡洋子とともに渡欧. フランソワ・モーリヤック, T・S・エリオットらに会う. 9 月, 第 29 回国際ペンクラブ大会を東京で開催.

1958(昭和 33)年　59 歳

1 月,「弓浦市」を『新潮』に発表. 2 月, 国際ペンクラブ副会長に選出. 3 月,「国際ペンクラブ大会日本開催への努力と功績」により, 戦後復活した第 6 回の菊池寛賞受賞.〔11 月, 東京・神戸間の特急「こだま」運転開始. 12 月, 東京タワーが竣工.〕

1959(昭和34)年　60歳

5月，第30回国際ペンクラブ大会(フランクフルト)でゲーテ・メダルが贈られる．11月，『川端康成全集』(全12巻・新潮社)の刊行が始まる．〔4月，皇太子結婚パレードのテレビ中継．5月，オリンピックの東京開催が国際オリンピック委員会(IOC)で決定．この年，安保闘争はじまる．〕

1960(昭和35)年　61歳

1月，「眠れる美女」を『新潮』に連載(～61年11月)．5月，アメリカ国務省の招聘により渡米．7月，第31回国際ペンクラブ大会(サンパウロ)にゲスト・オブ・オナーとして出席．フランス政府より芸術文化勲章オフィシエが贈られる．〔1月，日米新安保条約調印．9月，カラーテレビ放送開始．12月，日本政府が所得倍増計画を決定．この年，ベトナム戦争が始まる(～1975年)．〕

1961(昭和36)年　62歳

1月，NHKで「伊豆の踊子」が連続テレビ小説として放送される．10月，「古都」を『朝日新聞』に連載(～62年1月)．11月，文化勲章を受章．

1962(昭和37)年　63歳

10月，世界平和アピール七人委員会に参加．11月，『眠れる美女』により第16回毎日出版文化賞受賞．〔10月，キューバ危機．〕

1963(昭和38)年　64歳

8月より「片腕」を『新潮』に断続連載(～64年1月)．4月，財団法人日本近代文学館が発足，監事となる．〔11月，ケネディ大統領暗殺．〕

1964(昭和39)年　65歳

6月，「たんぽぽ」を『新潮』に連載．第32回国際ペンクラブ大会(オスロ)にゲスト・オブ・オナーとして出席．11月，日本近代文学館文庫が上野図書館内に仮開設．〔6月，太平洋横断海底電話用ケーブルの開通．10月，東海道新幹線，東京・新大阪間開業．東京オリンピック開催．〕

1965(昭和40)年　66歳

4月，NHKで連続テレビ小説「たまゆら」が放送開始．10月，日本ペンクラブ会長を辞任．11月，伊豆湯ヶ野温泉に「伊豆の踊子」文学碑建立．〔6月，日韓基本条約締結．〕

1966(昭和41)年　67歳

1～3月まで肝臓炎のため東大病院に入院．

1967(昭和 42)年　68 歳

2 月，中国文化大革命に対する学問芸術の自由擁護のための声明を，安部公房・石川淳・三島由紀夫とともに出す．4 月，日本近代文学館が開館，名誉顧問となる．

1968(昭和 43)年　69 歳

7 月，参議院選挙に立候補した今東光の選挙事務長をつとめる．10 月，ノーベル文学賞の受賞が決定．12 月，スウェーデン・アカデミーで「美しい日本の私 ── その序説」の記念講演を行う．〔4 月，東名高速道路開業．6 月，小笠原諸島がアメリカから返還．7 月，郵便番号制の導入．12 月，三億円強奪事件．〕

1969(昭和 44)年　70 歳

4 月，『川端康成全集』(全 19 巻・新潮社)の刊行が始まる．3 月，ハワイ大学に赴き，5 月に「美の存在と発見」の特別講義，6 月に名誉文学博士号が贈られる．〔1 月，東京大学安田講堂事件．7 月，アポロ 11 号，人類初月面着陸．〕

1970(昭和 45)年　71 歳

6 月，アジア作家会議に出席(台北)．第 38 回国際ペンクラブ大会(京城)にゲスト・オブ・オナーとして出席．5 月，「川端文学研究会」(会長・久松潜一)が設立．〔3 月，大阪で日本万国博覧会開催(～ 9 月)．よど号ハイジャック事件．5 月，著作権法が旧著作権法を全面改正して制定(1971 年 1 月施行)．〕

1971(昭和 46)年　72 歳

1 月，三島由紀夫の葬儀委員長をつとめる．3 月，東京都知事選で秦野章の応援を引き受ける．

1972(昭和 47)年

4 月 16 日，逗子マリーナの仕事部屋でガス自殺．享年 72．〔2 月，札幌冬季オリンピック開催．あさま山荘事件．5 月，沖縄がアメリカから返還．9 月，日中共同声明，中国との国交回復．〕

＊本年表作成にあたっては，『川端康成全集』第 35 巻(新潮社，1983 年)所収「年譜」と川端康成記念会の「略年表」をもとに，本書で扱った川端の著作や生涯にかかわる事項を抽出するとともに，時事やメディアに関連する事項を適宜追加した．関連事項については，岩波書店編集部編『近代日本総合年表　第四版』(岩波書店，2001 年)，土屋礼子編『日本メディア史年表』(吉川弘文館，2018 年)，加藤友康他編『日本史総合年表　第三版』(吉川弘文館，2019 年)を参照した．

川端康成著作目録

1926（大正 15）年

6 月　『感情装飾』金星堂，1 円 20 銭，装幀：吉田謙吉

1927（昭和 2）年

3 月　『伊豆の踊子』金星堂，1 円 50 銭，装幀：吉田謙吉

1928（昭和 3）年

10 月　『伊豆の踊子』金星堂（前年刊の普及版）

1930（昭和 5）年

4 月　『僕の標本室』（新興芸術派叢書）新潮社，50 銭

10 月　『花ある写真』（新興芸術派叢書）新潮社，50 銭

12 月　『浅草紅団』先進社，1 円 50 円，装幀：吉田謙吉，挿画：太田三郎

1932（昭和 7）年

6 月　『伊豆の踊子』（180 部限定）江川書房，3 円 80 銭，装幀：小穴隆一

1933（昭和 8）年

4 月　『抒情哀話 伊豆の踊子』近代文芸社，1 円 50 銭

6 月　『化粧と口笛』新潮社，1 円 20 円，装幀：妹尾正彦

1934（昭和 9）年

4 月　『水晶幻想』（文藝復興叢書）改造社，1 円

12 月　『抒情歌』竹村書房，2 円，装幀：木村荘八

1935（昭和 10）年

5 月　『禽獣』（800 部限定）野田書房，1 円 80 銭

1936（昭和 11）年

8 月　『小説の研究』（新思想芸術叢書）第一書房，1 円

9 月　『純粋の声』沙羅書店，1 円 40 銭，装幀：堀辰雄

12 月　『花のワルツ』改造社，2 円 20 銭，題簽：川端康成

1937（昭和 12）年

6 月　『雪国』創元社，1 円 70 銭，装幀：芹澤銈介

7 月　『むすめごころ』竹村書房，1 円 30 銭

12 月　『女性開眼』創元社，1 円 90 銭

『級長の探偵』中央公論社，2 円 50 銭，装幀・挿画：深澤省三・深澤紅子

1938(昭和 13)年

1月　『伊豆の踊子』(コルボオ叢書 12・150 部限定)野田書房，定価未記載

4月　『乙女の港』実業之日本社，1円 50 銭，装幀：中原淳一

6月　『女性開眼』(改装版)創元社，1円 80 銭

『純粋の声』(新選随筆感想叢書)金星堂，1円 20 銭，装幀：一木孶

11月　『抒情歌』(岩波新書)岩波書店，50 銭

1939(昭和 14)年

11月　『短篇集』(黒白叢書 2)砂子屋書房，1円 60 銭

1940(昭和 15)年

2月　『花のワルツ』(昭和名作選集 2)新潮社，1円

10月　『浅草紅団』三笠書房，1円 50 銭，装幀：齋藤清

12月　『正月三ケ日』新声閣，3円 20 銭(特装版)，6円(愛蔵限定本)，装幀：芹澤銈介

1941(昭和 16)年

7月　『寝顔』(有光名作選集 4)有光社，1円 30 銭，装幀：小穴隆一

8月　『小説の構成』(現代叢書 11)三笠書房，1円 50 銭

12月　『愛する人達』新潮社，1円 80 銭，装幀：芹澤銈介

1942(昭和 17)年

4月　『小説の研究』(増補改訂)第一書房，1円 50 銭

7月　『文章』東峰書房，2円 30 銭，装幀：林芙美子

『美しい旅』実業之日本社，2円

『高原』甲鳥書林，2円 30 銭，装幀：堀辰雄

1945(昭和 20)年

1月　『女性文章』満洲文藝春秋社，3円 20 銭

10月　『愛する人達』新潮社，3円，装幀：芹澤銈介

『朝雲』新潮社，1円 80 銭

11月　『愛』(養徳叢書 10)養徳社，2円 60 銭

12月　『駒鳥温泉』(新日本少年少女選書)湘南書房，3円，装幀：岡秀行，装画：門屋一雄

1946(昭和 21)年

2月　『雪国』(現代文学選 7)鎌倉文庫，15円

4月　『朝雲』新潮社，10円

『日雀』新紀元社，9円 50 銭，装幀：恩地孝四郎

『夕映少女』丹頂書房，18円，装幀：石井友太郎

7月　『温泉宿』実業之日本社，12円，装幀：芹澤銈介
8月　『学校の花』湘南書房，8円，装幀：中原淳一
9月　『小説の構成』雁文庫，15円
　『浅草紅団』札幌青磁社，15円
　『散りぬるを』前田出版社，10円
11月　『愛する人達』新潮社，20円，装幀：芹澤銈介(第7刷改装版)
12月　『美しい旅』実業之日本社，20円(1942年版と同一紙型)
　『乙女の港』ヒマワリ社，30円，装幀・挿画：中原淳一

1947(昭和22)年

1月　『純粋の声』大地書房，30円
5月　『伊豆の踊子』(細川叢書1)，定価未記載
　『水晶幻想』京都印書館，50円，装幀・三岸節子
6月　『学校の花』(増補版)湘南書房，33円，装幀・口絵：中原淳一
7月　『女性開眼』永晃社，50円，装幀：林芙美子，題簽：川端康成
9月　『虹』四季書房，80円，装幀：猪熊弦一郎，題簽：川端康成
11月　『抒情歌』(創元選書126)，65円，装幀：青山二郎

1948(昭和23)年

1月　『一草一花』青龍社，65円
2月　『浅草紅団』永晃社，90円，装幀：吉村力郎
3月　『乙女の港』東和社，85円，装幀：松本かつぢ
　『旅の風景』(川端康成集　上)細川書店，190円(500部限定版・260円)
5月　『伊豆の踊子』(東鉄文化読本第7号)東京鉄道局，非売品
6月　『級長の探偵』東和社，85円
7月　『心の雅歌』(川端康成集　下)細川書店，200円(500部限定版・300円)
11月　『温泉宿』実業之日本社，150円，装幀：岡村夫二
　『翼の抒情歌』東光出版社，80円
　『白い満月』ロッテ出版社，200円，装幀：岡村夫二
　『二十歳』(文藝春秋選書14)文藝春秋新社，150円，装幀：恩地孝四郎
12月　『花日記』ヒマワリ社，95円，装幀・口絵：中原淳一
　『雪国(決定版)』創元社，300円

1949(昭和24)年

1月　『夜のさいころ』(浪漫新書)株式会社トッパン，140円，装幀：鈴木道明

4月　『乙女の港』東和社，130円，装幀：松本かつぢ
『伊豆の踊子』(小山文庫8)，170円
6月　『陽炎の丘』東光出版社，110円，装幀・挿画：大槻さだを
12月　『哀愁』(細川新書5)細川書店，140円(特別函入・300円)

1950(昭和25)年

1月　『学校の花』(増補版)湘南書房，80円，装幀・口絵：中原淳一
8月　『浅草物語』中央公論社，200円，装幀・口絵：岡田謙三
9月　『川端康成文藝童話集』(五年生のための)三十書房，190円，装幀：野間仁根，挿画：大森啓助
11月　『新文章読本』あかね書房，150円
12月　『歌劇学校』ひまわり社，170円，装幀・挿画：中原淳一

1951(昭和26)年

3月　『伊豆の踊子』細川書店，120円
4月　『少年』(人間選書Ⅳ)目黒書店，220円，装幀：岡鹿之助
7月　『舞姫』朝日新聞社，300円，装幀：岡鹿之助，題字：高橋錦吉

1952(昭和27)年

2月　『千羽鶴』筑摩書房，580円，装幀・題簽：小林古径
3月　『千羽鶴』(普及版)筑摩書房，250円，装幀：福田豊四郎(7刷以降，装幀・題簽：小林古径)
『小説入門』(要選書30)要書房，180円
6月　『千羽鶴』(芸術院賞受賞記念500部限定版)筑摩書房，580円，装幀・題簽：小林古径
8月　『千羽鶴』(特装版)筑摩書房，580円，装幀・題簽：小林古径
『雪国・伊豆の踊子』新潮社，200円，表紙カット：三岸節子，本文カット：岡鹿之助
『万葉姉妹』ポプラ社，130円，装幀(カバー絵)：松本昌美，挿画：花房英樹
9月　『千羽鶴・山の音』(現代日本名作選)筑摩書房，200円，装幀：恩地孝四郎
11月　『乙女の港』ポプラ社，130円，装幀(カバー絵)：松本昌美，挿画：花房英樹

1953(昭和28)年

2月　『再婚者』三笠書房，280円，装幀：藤岡光一
5月　『日も月も』中央公論社，250円，装幀：太田聴雨
7月　『花と小鈴』ポプラ社，130円，装幀(カバー絵)：松本昌美，挿画：花房英樹

『小説の研究』要書房，220 円
10 月　『翼の抒情歌』東光出版社，140 円，装幀：渡邊郁子，カバー絵：糸井俊二，挿画：松井行正
12 月　『歌劇学校』ポプラ社，130 円，装幀(カバー絵)：松本昌美，挿画：花房英樹

1954(昭和 29)年

1 月　『川のある下町の話』新潮社，290 円，装幀：阿部龍應
4 月　『山の音』(1000 部限定版)筑摩書房，650 円
6 月　『山の音』(普及版)筑摩書房，300 円，装幀・題簽：山本丘人
7 月　『呉清源棋談・名人』文藝春秋新社，290 円，題簽：呉清源
8 月　『童謡』東方社，290 円，装幀：福田豊四郎，題簽：川端康成
10 月　『伊豆の旅』中央公論社，120 円，装幀：恩地孝四郎，カバー・カット：高畠達四郎

1955(昭和 30)年

1 月　『雪国・千羽鶴』角川書店，280 円，装幀・挿画：小倉遊亀
『虹いくたび』(河出新書 2)河出書房，100 円，装幀：東山魁夷
『東京の人』新潮社，270 円，装幀：金島桂華
『伊豆の踊子』(新潮青春文学叢書)，130 円，装幀：山田申吾
2 月　『山の音』筑摩書房，130 円，装幀：庫田叕
3 月　『親友』偕成社，130 円，装幀：山中冬兒，カバー絵・挿画：江川みさお
『小説の研究』(要選書 76)要書房，200 円
『雪国・千羽鶴』(限定版署名入)角川書店，500 円，装幀・挿画：小倉遊亀
4 月　『みづうみ』新潮社，300 円，装幀：徳岡神泉，題簽：町春草
5 月　『千羽鶴』筑摩書房，100 円，装幀：杉山寧
『続東京の人』新潮社，270 円，装幀：金島桂華
6 月　『日も月も』(河出新書 26)河出書房，100 円，装幀：東山魁夷
7 月　『たまゆら』角川書店，120 円，装幀：高橋忠彌
8 月　『駒鳥温泉』ポプラ社，150 円，装幀・挿画：玉井徳太郎
9 月　『燕の童女』筑摩書房，130 円，装幀：稗田一穂
10 月　『続々東京の人』新潮社，270 円，装幀：金島桂華
12 月　『完結東京の人』新潮社，250 円，装幀：金島桂華

1956(昭和 31)年

1 月　『虹』(河出新書文藝篇 89)河出書房，120 円，装幀：東郷青児
2 月　『雪国』筑摩書房，130 円，装幀：山本丘人

5月　『乙女の港・霧の造花他』(川端康成抒情小説選集)ひまわり社，300円，装幀・挿画：玉井徳太郎
8月　『山の音』(ミリオン・ブックス)講談社，130円
10月　『日も月も』中央公論社，160円，装幀：太田聴雨
『女であること(一)』新潮社，280円，装幀：勅使河原霞，挿画：森田元子

1957(昭和32)年

2月　『女であること(二)』新潮社，300円，装幀：勅使河原霞，挿画：森田元子
『東京の人(一)』新潮社，250円，装幀：橋本明治
『東京の人(二)』新潮社，250円，装幀：橋本明治
『東京の人(三)』新潮社，250円，装幀：橋本明治

1958(昭和33)年

4月　『富士の初雪』新潮社，310円，装幀：町春草

1959(昭和34)年

7月　『風のある道』角川書店，280円，装幀：堀文子，題簽：町春草

1961(昭和36)年

1月　『歌劇学校』ポプラ社，260円，装幀(カバー絵)：辰巳まさ江，挿画：日向房子
11月　『眠れる美女』新潮社，300円

1962(昭和37)年

6月　『川のある下町の話』(家庭小説選書)東方社，420円，装幀：御正伸
『古都』新潮社，350円，装幀：石井敦子

1963(昭和38)年

5月　『山の音』(ロマンブックスR107A)講談社，200円
12月　『高原』(ロマンブックスR107B)講談社，210円，装幀：高畠達四郎

1964(昭和39)年

2月　『雪国』(ロマンブックスR107C)講談社，180円，装幀：高田力蔵
5月　『伊豆の踊子』(ロマンブックスR107D)講談社，220円，装幀：高田力蔵
9月　『千羽鶴』(ロマンブックスR107E)講談社，180円，装幀：堀文子

1965(昭和40)年

2月　『美しさと哀しみと』中央公論社，590円，装幀・挿画：加山

又造
10月 『片腕』新潮社，480円，装幀：東山魁夷
12月 『たまゆら(上)』日本放送出版協会，380円，題簽：川端康成

1966(昭和41)年

5月 『落花流水』新潮社，700円，装幀：山本丘人

1967(昭和42)年

12月 『月下の門』大和書房，520円

1968(昭和43)年

12月 『川端康成少年少女小説集』中央公論社，1200円，装幀：深澤紅子，挿画：深澤省三，題字：深澤武藏

1969(昭和44)年

2月 『日も月も』中央公論社，520円，装幀：加山又造
『高原』甲鳥書林，580円
3月 『美しい日本の私――その序説』(講談社現代新書180)講談社，180円，装幀(カバー写真)：濱谷浩
7月 『美の存在と発見』毎日新聞社，380円，装幀：杉山寧
『女であること』(ロマンブックスR107F)講談社，350円，装幀：堀文子

1970(昭和45)年

4月 『小説入門』(アテネ新書)弘文堂書房，450円
8月 『美しさと哀しみと』(AJBC版)中央公論社，650円，装幀・挿画：加山又造

1971(昭和46)年

8月 『定本 雪国』(限定1200部)牧羊社，15000円(別に著者用非売本として限定30部)，装幀・挿画：岡鹿之助，題簽：川端康成

1972(昭和47)年

9月 『たんぽぽ』新潮社，500円，装幀：東山魁夷
『ある人の生のなかに』河出書房新社，750円，装幀：加山又造
11月 『川端康成青春小説集』ワグナー出版，2000円，装幀：大久保實雄
12月 『眠れる美女』(名作自選　日本現代文学館)ほるぷ出版，定価未記載
『雪国抄』(名作自選　日本現代文学館)ほるぷ出版，定価未記載

1973(昭和48)年

1月 『日本の美のこころ』講談社，980円，装幀：東山魁夷

『竹の声桃の花』新潮社，1200円，装幀：山本丘人

2月　『美しさと哀しみと』中央公論社，550円，装幀・挿画：加山又造

5月　『古都』牧羊社，23000円(紅葉装700部限定)，45000円(松山装350部限定)，装幀・挿画：東山魁夷

1975(昭和50)年

6月　『天授の子』新潮社，1200円，装幀：東山魁夷

1978(昭和53)年

4月　『婚礼と葬礼』創林社，1800円

1979(昭和54)年

5月　『海の火祭』毎日新聞社，1500円，装幀：山高登

『舞姫の暦』毎日新聞社，1300円，装幀：山高登

＊本著作目録は，『川端康成全集』第35巻(新潮社，1983年)所収「著書目録」の「一　単行本」に基づき，該当する単行本を日本近代文学館所蔵資料で可能な範囲で確認し，必要に応じて情報を補って作成した．本目録は35巻本全集の「著書目録」に依拠しており，代作とされる著作が含まれる一方，川端康成の名前で出版された著作で記載していないものもある．作成にあたっては，福田淳子氏のご教示を得た．

川端康成原作映画一覧

（＊公開年・作品名・製作／配給・監督の順に記載した）

1926年　「狂つた一頁」　新感覚派映画聯盟／ナショナルフィルムアート／衣笠映画聯盟　衣笠貞之助
1930年　「浅草紅団」　帝国キネマ演芸　高見貞衛
1933年　「恋の花咲く　伊豆の踊子」　松竹キネマ(蒲田撮影所)　五所平之助
1934年　「水上心中」　松竹キネマ(蒲田撮影所)　勝浦仙太郎
1935年　「乙女ごゝろ三人姉妹」　P. C. L映画製作所　成瀬巳喜男
　　　　「舞姫の暦」　松竹　佐々木康
1936年　「有りがたうさん」　松竹キネマ(大船撮影所)　清水宏
1939年　「女性開眼」　新興キネマ　沼波功雄
1951年　「舞姫」　東宝　成瀬巳喜男
　　　　「めし」　東宝　成瀬巳喜男
1952年　「浅草紅団」　大映　久松静児
1953年　「千羽鶴」　大映　吉村公三郎
　　　　「浅草物語」　大映　島耕二
1954年　「山の音」　東宝　成瀬巳喜男
　　　　「伊豆の踊子」　松竹　野村芳太郎
　　　　「母の初恋」　東京映画／東宝　久松静児
1955年　「川のある下町の話」　大映　衣笠貞之助
1956年　「虹いくたび」　大映　島耕二
　　　　「東京の人」　日活　西河克己
1957年　「雪国」　東宝　豊田四郎
1958年　「女であること」　東京映画／東宝　川島雄三
1959年　「風のある道」　日活　西河克己
1960年　「伊豆の踊子」　松竹　川頭義郎
1963年　「古都」　松竹　中村登
　　　　「伊豆の踊子」　日活　西河克己
1965年　「美しさと哀しみと」　松竹　篠田正浩
　　　　「雪国」　松竹　大庭秀雄
1966年　「女のみづうみ」　現代映画／松竹　吉田喜重
1967年　「伊豆の踊子」　東宝　恩地日出夫
1968年　「眠れる美女」　近代映画協会／松竹　吉村公三郎
1969年　「日も月も」　松竹　中村登

「千羽鶴」　大映　増村保造

1974年　「伊豆の踊子」　東宝＝ホリプロ　西河克己

1980年　「古都」　ホリ企画制作／東宝　市川崑

1985年　「美しさと哀しみと」(*Tristesse et Beauté*)　ジョイ・フルーリー(Joy Fleury)＊日本公開は1987年

1994年　「オディールの夏」(*Le sourire*)　クロード・ミレーレ(Claude Miller)＊日本公開は1995年

1995年　「眠れる美女」　横山博人プロダクション／ユーロスペース　横山博人

2006年　「眠れる美女」(*Das Haus Der Schlafenden Schönen*)　ヴァディム・グロウナ(Vadim Glowna)

2008年　「夕映え少女」(オムニバス映画)　「夕映え少女」製作委員会／東京芸術大学大学院映像研究科／ジェネオン・エンタテインメント
(1)イタリアの歌　山田咲／(2)むすめごころ　瀬田なつき／(3)浅草の姉妹　吉田雄一郎／(4)夕映え少女　船曳真珠

2010年　「掌の小説」(オムニバス映画)　「掌の小説」製作委員会／エースデュース
(1)笑わぬ男　岸本司／(2)有難う　三宅伸行／(3)日本人アンナ　坪川拓史／(4)不死　高橋雄弥

2011年　「スリーピング ビューティー　禁断の悦び」(*Sleeping Beauty*)　ジュリア・リー(Julia Leigh)

2016年　「古都」　and pictures／DLE　Yuki Saito

2019年　「葬式の名人」　劇団とっても便利／テイ・ジョイ　樋口尚文

＊本資料作成にあたっては，「日本映画情報システム」(文化庁)，志村三代子「川端康成原作映画事典」(坂井セシル他編『川端康成スタディーズ　21世紀に読み継ぐために』笠間書院，2016年)を参照した．林芙美子「めし」を原作とする映画「めし」については，川端康成監修であることから，このリストに加えた．なお，このリストには含めていないが，韓国のコ・ヨンナム監督「雪国」(1977年，テヨン興行株式会社)など，海外で製作され，日本では未公開だった川端康成原作映画もある．

図版出典一覧

図 1　十重田裕一『岩波茂雄 ── 低く暮らし，高く想ふ』(ミネルヴァ書房，2013 年)

図 2　群像日本の作家 13『川端康成』(小学館，1991 年)

図 3・6・15・16・18・31・33・34・39・52・54・56・58・60・62・A・C　『没後 20 年川端康成展 生涯と芸術 ── 「美しい日本の私」』(日本近代文学館，1992 年)

図 4・5・7・8・17・32・40・41・44・53・55・57・59・61　人と文学シリーズ『現代日本文学アルバム 川端康成』(学習研究社，1980 年)

図 9　『文藝春秋』創刊号(1923 年 1 月)

図 10　『文藝時代』創刊号(1924 年 10 月)

図 11・12・19・36・37・D　十重田裕一『「名作」はつくられる ── 川端康成とその作品』(日本放送出版協会，2009 年)

図 13・14　ジークフリート・クラカウアー『カリガリからヒトラーへ ── ドイツ映画 1918-1933 における集団心理の構造分析』(丸尾定訳，みすず書房，1970 年)

図 20-28　『文学』(2013 年 7・8 月)

図 29　近代の美術第 36 号『古賀春江』(至文堂，1976 年)

図 30・50　新潮日本文学アルバム 16『川端康成』(新潮社，1984 年)

図 35　『改造』(1935 年 1 月)

図 38　『小説の研究』(第一書房，1936 年)

図 42・45・47-49　メリーランド大学図書館ゴードン・W・プランゲ文庫所蔵

図 43　鈴木登美，十重田裕一，堀ひかり，宗像和重編『検閲・メディア・文学 ── 江戸から戦後まで』(新曜社，2012 年)

図 46・51　坂井セシル，紅野謙介，十重田裕一，マイケル・ボーダッシュ，和田博文編『川端康成スタディーズ　21 世紀に読み継ぐために』(笠間書院，2016 年)

図 B　ビジュアルブック江戸東京 別巻『震災復興 大東京絵はがき』(近藤信行編，岩波書店，1993 年)

図 E　*First Snow on Fuji* (Counterpoint, 1999)，*Première Neige sur le Mont Fuji* (Albin Michel, 2014)，*Prima neve sul Fuji* (Mondadori, 2000)

十重田裕一

1964年東京都生まれ．日本近現代文学専攻．
博士(文学)．
早稲田大学文学学術院教授・国際文学館館長，柳井イニシアティブ共同ディレクター．
著書に，
『占領期雑誌資料大系　文学編』全5巻(共編，岩波書店，2009-10年)
『岩波茂雄 ── 低く暮らし、高く想ふ』(ミネルヴァ書房，2013年)
Literature among the Ruins, 1945-1955: Postwar Japanese Literary Criticism(共編著，Lexington Books, 2018年)
『東京百年物語』全3巻(共編，岩波文庫，2018年)
『〈作者〉とは何か　継承・占有・共同性』(共編著，岩波書店，2021年)
『横光利一と近代メディア ── 震災から占領まで』(第30回やまなし文学賞，岩波書店，2021年)
ほか．

川端康成 孤独を駆ける　　岩波新書(新赤版)1968

2023年3月17日　第1刷発行

著　者　十重田裕一《とえだひろかず》

発行者　坂本政謙

発行所　株式会社 岩波書店
〒101-8002 東京都千代田区一ツ橋2-5-5
案内 03-5210-4000　営業部 03-5210-4111
https://www.iwanami.co.jp/

新書編集部 03-5210-4054
https://www.iwanami.co.jp/sin/

印刷・精興社　カバー・半七印刷　製本・中永製本

ISBN 978-4-00-431968-9　　Printed in Japan

岩波新書新赤版一〇〇〇点に際して

ひとつの時代が終わったと言われて久しい。だが、その先にいかなる時代を展望するのか、私たちはその輪郭すら描きえていない。二〇世紀から持ち越した課題の多くは、未だ解決の緒を見つけることのできないままであり、二一世紀が新たに招きよせた問題も少なくない。グローバル資本主義の浸透、憎悪の連鎖、暴力の応酬――世界は混沌として深い不安の只中にある。

現代社会においては変化が常態となり、速さと新しさに絶対的な価値が与えられた。消費社会の深化と情報技術の革命は、種々の境界を無くし、人々の生活やコミュニケーションの様式を根底から変容させてきた。ライフスタイルは多様化し、一面では個人の生き方をそれぞれが選びとる時代が始まっている。同時に、新たな格差が生まれ、様々な次元での亀裂や分断が深まっている。社会や歴史に対する意識が揺らぎ、普遍的な理念に対する根本的な懐疑や、現実を変えることへの無力感がひそかに根を張りつつある。そして生きることに誰もが困難を覚える時代が到来している。

しかし、日常生活のそれぞれの場で、自由と民主主義を獲得し実践することを通じて、私たち自身がそうした閉塞を乗り超え、希望の時代の幕開けを告げてゆくことは不可能ではあるまい。そのために、いま求められていること――それは、個と個の間で開かれた対話を積み重ねながら、人間らしく生きることの条件について一人ひとりが粘り強く思考することではないか。その営みの糧となるものが、教養に外ならないと私たちは考える。歴史とは何か、よく生きるとはいかなることか、世界そして人間はどこへ向かうべきなのか――こうした根源的な問いとの格闘が、文化と知の厚みを作り出し、個人と社会を支える基盤としての教養となった。まさにそのような教養への道案内こそ、岩波新書が創刊以来、追求してきたことである。

岩波新書は、日中戦争下の一九三八年一一月に赤版として創刊された。創刊の辞は、道義の精神に則らない日本の行動を憂慮し、批判的精神と良心的行動の欠如を戒めつつ、現代人の現代的教養を刊行の目的とする、と謳っている。以後、青版、黄版、新赤版と装いを改めながら、合計二五〇〇点余りを世に問うてきた。そして、いままた新赤版が一〇〇〇点を迎えたのを機に、人間の理性と良心への信頼を再確認し、それに裏打ちされた文化を培っていく決意を込めて、新しい装丁のもとに再出発したいと思う。一冊一冊から吹き出す新風が一人でも多くの読者の許に届くこと、そして希望ある時代への想像力を豊かにかき立てることを切に願う。

（二〇〇六年四月）